Karl Joseph Simrock

Italienische Novellen

Karl Joseph Simrock

Italienische Novellen

ISBN/EAN: 9783741125003

Hergestellt in Europa, USA, Kanada, Australien, Japan

Cover: Foto ©Andreas Hilbeck / pixelio.de

Manufactured and distributed by brebook publishing software
(www.brebook.com)

Karl Joseph Simrock

Italienische Novellen

Italienische Novellen.

Ausgewählt und übersetzt

von

Karl Simrock.

Zweite,
verbesserte und vermehrte Auflage.

Heilbronn.
Verlag von Gebr. Henninger.
1877.

Italienische Novellen.

Ausgewählt und übersetzt
von
Karl Simrock.

Zweite,
verbesserte und vermehrte Auflage.

Verlag von
Gebr. Henninger,
Heilbronn

Inhalt.

I. Die ältesten Novellen.
(Cento novelle antiche.)

		Seite
1	Die drei Edelsteine	3
2.	Der Weise im Gefängniß	5
3.	Acht Pfennige täglich	8
4.	Der vertriebene König	13
5.	Die drei Zauberer	15
6.	Das Pferd an der Glocke	17
7.	Der Gnadenruf	18
8.	Gottes Wille geschieht	21
9.	Der Gang nach dem Eisenhammer	26
10.	Das todte Fräulein	28
11.	Die Flucht vor dem Tode	29
12.	Das Beziermärchen	32

II. Novellen des Boccaccio.

1.	Die drei Ringe	35
2.	Nathan der Milde	38

		Seite
3.	Saladins Dankbarkeit .	46
4.	Der wilde Jäger	69
5.	Der Blumentopf	76
6.	Der Edelfalke	81
7.	Frauenlist	88
8.	Der Bindfaden	93
9.	Der Birnbaum	103
10.	Die beiden Freunde	117
11.	Der Graf von Antwerpen	140
12.	Die Haarschur	161
13.	Das edle Herz	168
14.	Guiscardo und Ghismonda	172
15.	Griseldis	186

III. Novellen des Sacchetti.

1.	Lob und Tadel	203
2.	Der Müller und der Abt	206
3.	Die drei Gebote des Vaters	211
4.	Das Vermächtniß	216
5.	Gonnellas Heimkehr	217
6.	Die kalbende Kuh	219
7.	Die drei Blinden	221
8.	Die drei Tauben	227
9.	Die großen Fische verschlingen die kleinen	230
10.	Alle Glocken lauten	232

IV. Novellen des Giovanni Fiorentino.

Seite

1. Galgano 237
2. Das Hemde der Glücklichen 241
3. Gute Rathschläge 244
4. Der Goldadler 248
5. Die vertauschten Briefe 266

I.

Die ältesten Novellen.

~~~~~~

1.

Die drei Edelſteine.

Der Prieſter Johann, der erlauchte Beherrſcher Indiens,
ſchickte eine prächtige Geſandtſchaft an den edeln Kaiſer
Friedrich, an ihn, den reinſten Spiegel hoher Weltſitte,
der ſinnvolle Reden über Alles liebte und ſich bemühte,
weiſe Antworten zu geben. Der Zweck dieſer Geſandt=
ſchaft beſtand in zwei Dingen, nemlich zu erproben, ob
der Kaiſer weiſe wäre in Worten und weiſe in Werken.
Er ſchickte ihm durch die beſagten Geſandten drei edle
Steine und trug ihnen auf: Gebt ſie dem Kaiſer und
ſagt ihm meinerſeits, er ſolle euch ſagen, was das beſte
Ding in der Welt ſei, und behaltet ſeine Reden und Ant=
worten wohl; beobachtet ſeinen Hof und deſſen Sitten, und
berichtet mir Alles, wie ihr es gefunden habt, ohne die ge=
ringſte Auslaſſung.

Die Geſandten begaben ſich vor den Kaiſer, begrüßten
ihn mit geziemender Ehrerbietung und gaben ihm von Seiten
ihres Herrn jene drei Edelſteine. Der Kaiſer nahm ſie an,
erkundigte ſich aber nicht weiter nach ihrer Kraft, ſondern
ließ ſie fortlegen, indem er ihre große Schönheit rühmte.
Die Geſandten thaten nun ihre Frage und beobachteten die

1 *

Sitten des Hofes. Wenige Tage darauf baten sie um Ur=
laub. Der Kaiser ertheilte ihnen ihre Antwort mit den
Worten: Sagt euerm Herrn, daß das beste Ding in der
Welt das M a a ß sei.

Die Gesandten reisten ab und berichteten ihrem Herrn,
was sie gesehen und gehört hätten. Sie priesen den kaiser=
lichen Hof sehr wegen des Glanzes edler Sitten und der
Zucht seiner Ritter. Als der Priester Johann die Er=
zählung seiner Abgesandten vernommen hatte, lobte er den
Kaiser, indem er sagte, er sei zwar sehr weise in Worten
aber nicht so in Thaten; weil er nicht nach der Kraft jener
Steine gefragt hatte, die doch von so seltenem Werthe waren.
Hierauf schickte er die Gesandten wieder zurück und erbot
sich, wenn es ihm beliebe, den Kaiser zum Seneschall seines
Hofes zu machen und ließ ihm Nachricht geben von seinen
Reichthümern, von den verschiedenen Gattungen seiner Unter=
thanen und den Sitten seines Landes.

Einige Zeit nachher gedachte der Priester Johann, daß
die dem Kaiser geschenkten Steine ihre Kraft verlören, da
der Kaiser ihren Werth nicht kenne. Er nahm also seinen
besten Juwelier und sagte: Strenge alle deine Kräfte an,
mir die Steine wieder zu schaffen, und laß sie um keinen
Preis zurück. Der Juwelier machte sich mit vielen Steinen
von großer Schönheit auf den Weg. Er gelangte an den
kaiserlichen Hof, schlug nahe bei dem Schloß einen Laden
auf und fing an seine Steine zu bearbeiten. Die Barone
und Ritter kamen und sahen seine Handtierung. Der Ju=
welier war ein kluger Mann: wenn er einen sah, der am
Hofe Zutritt hatte, so verkaufte er ihm nicht, sondern schenkte
ihm viele Ringe, so daß sein Ruhm bis vor den Kaiser ge=
langte. Dieser ließ ihn kommen und zeigte ihm seine Steine.

Der Meister rühmte sie, aber nicht sonderlich und fragte,
ob er keine bessere habe? Da ließ der Kaiser jene drei
kostbaren Steine bringen, welche er eben zu sehen wünschte.
Der Juwelier freute sich, nahm einen Stein in die Hand
und sagte: Herr, dieser Stein ist so viel werth, als die
beste Stadt eures Reichs. Dann nahm er den andern und
sagte: Dieser ist so viel werth, als die beste Provinz eures
Landes. Darauf nahm er den dritten und sprach: Herr,
dieser ist mehr werth als euer ganzes Reich. Und somit
schloß er die Hand, worin er die Steine hielt und alsbald
verhüllte ihn die Kraft des einen derselben so, daß weder
der Kaiser noch seine Leute ihn sehen konnten. So stieg er
die Treppe hinab und ging davon und heim zu seinem
Herrn, dem Priester Johann, welchem er die Steine mit
großer Freude überreichte.

2.

Der Weise im Gefängniß.

In Griechenland war ein König mit Namen Philipp,
der ein großes Reich besaß. In seiner Haft befand sich
wegen eines Vergehens ein Grieche, dessen Weisheit so groß
war, daß er Himmel und Erde erkannte. Eines Tages
ward dem Könige von Seiten des spanischen Hofs ein edles
Roß von seltenem Werth und schöner Gestalt zum Geschenk
gemacht. Sogleich berief er seine Marschälle, um sie über
den Werth des Pferdes zu befragen. Man sagte ihm, daß
sich in seinen Gefängnissen ein edler Grieche befinde, der
von allen Dingen Kenntniß habe, worauf er Befehl gab,

das Roß vorzuführen und den Weisen aus dem Gefängniß herbeizuholen. Dann sprach er zu diesem: Betrachtet dies Pferd, Meister, ich höre ihr versteht euch auf Alles. Der Grieche schaute nach dem Pferde und sprach: Herr, das Roß hat eine schöne Gestalt, schade nur, daß es mit Eselsmilch genährt worden ist.

Da schickte der König nach Spanien um auszumitteln, wie das Pferd erzogen sei, und es ergab sich, daß die Mutter gestorben und das Fohlen von einer Eselin gesäugt worden war. Verwundert über diese Bestätigung befahl der König dem Griechen täglich ein h a l b e s Brot auf Kosten des Hofes zu verabreichen.

Bald darauf als der König seine Kronjuwelen ordnete, ließ er den Griechen abermals aus seiner Haft vorführen und sprach: Meister, ihr habt von allem Kenntniß und eurer Wissenschaft ist nichts verborgen; zeigt jetzt einmal, daß ihr euch auf Edelsteine versteht und sagt mir, welchen ihr unter diesen für den kostbarsten haltet? Der Grieche blickte sie an und sprach: Herr, welchen haltet ihr dafür? Der Kö=nig griff einen Edelstein von besonderem Glanze heraus und sprach: Ich halte diesen für den schönsten und kostbarsten. Der Grieche legte ihn auf die flache Hand, schloß sie und hielt die Hand ans Ohr: Dann sagte er: Herr, dieser hat einen Wurm.

Alsbald berief der König seine Juweliere und ließ den Stein durchfeilen, und siehe, es fand sich ein lebendiger Wurm darin. Da rühmte der König Philipp die außerordentliche Wissenschaft des Griechen und befahl ihm täglich ein g a n z e s Brot auf Kosten des Hofes zu reichen.

Nicht lange nachher meinte der König Ursache zu haben, seine Geburt nicht für rechtmäßig zu halten, er schickte daher wieder nach dem weisen Griechen, schloß sich mit ihm in seinem Kabinet ein und hub an: Meister, ich habe große Begriffe von eurer Weisheit, von der ihr bei den Fragen, die ich euch vorlegte, unwiderspechliche Beweise gegeben. Nun wünsche ich von euch zu hören, wessen Sohn ich sei? Herr, antwortete der Grieche, welche Frage legt ihr mir vor! Wißt ihr doch, daß ihr der Sohn des verstorbenen Königs seid. — Antwortet mir nicht, um mir zu schmeicheln, versetzte der König, sondern sprecht die Wahrheit frei von der Brust, wo nicht, so lasse ich euch eines schimpflichen Todes sterben. So wißt denn, spricht der Weise, daß ihr eines Bäckers Sohn seid.

Wohlan, sprach der König, das muß ich von meiner Mutter hören, ließ diese herbeirufen und bestürmte sie so lange mit heftigen Drohungen, bis sie die Wahrheit gestand und die Aussage des Griechen bestätigte.

Hierauf verschloß sich der König wieder mit dem weisen Griechen und sprach: Meister, nach allen Beweisen, die ihr mir von eurer Weisheit gegeben habt, bitte ich euch, mir zu sagen, wie ihr zu der Kenntniß dieser Dinge gelangt seid?

Herr, antwortete der Alte, daß das Pferd mit Esels= milch gesäugt worden, sah ich an einem ganz natürlichen Zeichen: es hatte lange herabhängende Ohren, welche den Pferden sonst nicht eigen sind. Daß sich ein Wurm in dem Edelsteine befand, schloß ich aus seiner Wärme, denn die Steine sind von Natur kalt, und weil dieser warm war, so mußte ich daraus auf etwas Lebendiges schließen, das sich darin befand.

Woran erkanntest du aber, fiel der König ein, daß ich eines Bäckers Sohn sei?

Herr, fuhr der Grieche fort, als ich euch jenen über=
raschenden Aufschluß über das Pferd gab, ließt ihr mir zur
Belohnung täglich ein halbes Brot reichen, und als ich euch
von dem Wurm in dem Steine sagte, befahlt ihr mir täglich
ein ganzes zu geben. Daraus schloß ich, wessen Sohn ihr
sein müßtet. Denn wäret ihr eines Königs Sohn gewesen,
so würde euch eine reiche Stadt ein zu geringes Geschenk
gedünkt haben; aber nach eurer Herkunft hieltet ihr es für
hinreichend, mich mit Brot abzuspeisen, wie euer Vater zu
thun pflegte.

Da schämte sich der König seines Geizes, entband ihn
seiner Haft und beschenkte ihn reichlich.

3.

Acht Pfennige täglich.*)

Titus, der Kaiser zu Rom, gab ein Gesetz, daß der
Tag seiner Geburt gefeiert werden, und wer an diesem Tage
etwas verrichte oder arbeite, eines harten Todes sterben
solle. Dann berief er den Zauberer Virgilius, und sagte
ihm, welch Gebot er ausgehen lassen, und daß er fürchte,
man werde dessen Uebertretung zu verheimlichen wissen.
Deßhalb bitte er ihn, ein Mittel ausfindig zu machen, woran
er erkennen möchte, wenn Jemand seinem Gebot zuwider=
handle. Da schuf Virgilius durch seine Zauberkunst eine
Säule mitten in der Stadt, und setzte darauf einen Abgott,
der dem Kaiser genau anzeigte, wer das Gesetz gebrochen

---

*) Zum Theil nach den deutschen Gestis Romanorum.

und an dem gebotenen Tage gearbeitet hatte. Und auf die Anklage dieses Abgotts hatten schon Viele das Leben einge= büßt. Nun lebte in Rom ein Schmied, Namens Phocas, der hatte an dem Tage, deſſen Feier geboten war, wie an jedem gewöhnlichen Werktag gearbeitet, und als er nun des Nachts in seinem Bette lag, bedachte er, wie er das Gebot des Kaiſers verletzt und schon Mancher vor ihm durch den Verrath der Säule das Leben verloren habe. Hiermit stand er auf und ging hin zu dem Abgott, drohte ihm und sprach: O Säule, Säule, dein Geplauder hat schon manchen armen Sünder das Leben gekostet; aber ich befehle dir jetzt, mich nicht zu verrathen, sonst schlag ich dir dein Haupt ab und zerschmettere es mit meinem Hammer. Darum laß dir rathen und schweige von mir. Des andern Morgens in aller Frühe schickte der Kaiser nach seiner Gewohnheit seine Boten zu der Säule und ließ fragen, ob Jemand wider sein Gebot gethan habe? Und wie die Boten kamen und den Auftrag des Kaiſers ausrichteten, da sprach die Säule: Schaut auf und lest, was an meiner Stirne geschrieben steht. Die Boten blickten empor und lasen; da stand geschrieben: „Die Zeit verkehrt sich, die Menschen verschlimmern sich, und wer die Wahrheit sagt, dem wird das Haupt zerschlagen mit einem eisernen Hammer: darum höre, sieh und schweige, willst du in Frieden leben. Geht hin und sagt eurem Herrn, was ihr gesehen und gelesen habt." Die Boten schieden von dem Abgott und hinterbrachten dem Kaiser, was sie vernommen hatten. Und als der Kaiser dies hörte, befahl er zwölfen seiner Ritter sich eilends zu wappnen und zu der Säule zu gehen; wenn dann Jemand komme, der Böses wider sie im Schilde führe, dem sollten sie Hände und Füße binden, und ihn gefangen vor ihn führen. Die zwölf Ritter kamen zu der Säule, grüßten sie im Namen des Kaisers, und baten sie, diejenigen zu nennen, die das Gebot übertreten und ihr gedroht hätten. Da sprach sie: So nehmt Phocas den Schmied gefangen, denn der hat das Gesetz des Kaisers in keinen Betracht genommen, und ist auch der gewesen, der mir gedroht hat. Da gingen die zwölf Ritter, ergriffen den Schmied und führten ihn gefangen vor den Kaiser. Da sprach dieser: Sag an, warum hältst du das Gebot nicht, das ich gesetzt habe? Phocas antwortete und sprach: Ich kann das Gebot nicht halten, denn ich muß alle Tage acht Pfennige verdienen, die ich nicht erschwingen kann, ohne täglich zu arbeiten. Der Kaiser fragte hierauf, wozu er der acht Pfennige bedürfe? Da sprach Phocas: Das will ich euch sagen. Das ganze Jahr hindurch muß ich jeden Tag zwei Pfennige erstatten, zwei Pfennige ausleihen, zwei verlieren und zwei verzehren. Das macht acht Pfennige, die ich täglich haben muß. Der Kaiser befahl ihm, sich deutlicher zu erklären, wie dies zu verstehen sei? Da hob der Schmied an und sprach: Herr, zwei Pfennige muß ich meinem Vater erstatten, der mich von Jugend auf erzogen hat, nun aber alt ist, und nichts mehr verdienen kann. Auch habe ich einen Sohn, der in die Schule geht, dem muß ich täglich zwei Pfennige leihen, die er mir auch erstattet, wenn ich alt werde. Dann habe ich auch ein Weib, welchem ich täglich zwei Pfennige geben muß: die sind verloren, denn wenn ich sterbe, so nimmt sie einen andern Mann und vergißt mein ganz. Endlich bedarf ich selber zwei Pfennige, die ich verzehre mit Essen und Trinken. Darum, gnädiger Herr, bedenket meinen Nothstand und fällt ein gerechtes Urtheil, denn ich kann von den acht Pfennigen mit Nichten einen entbehren.

Als der Kaiser dies hörte, war er unschlüssig, was er thun solle. Er dachte, wenn ich ihm geböte, von seiner Ge= wohnheit abzulassen, so würde ich ihn verdrießen und irre machen; ich will ihm lieber ein strenges Gebot auferlegen, und wenn er dagegen verstößt, ihn zugleich für Alles bestrafen, was er meinen Befehlen zuwider gethan hat. Geh mit Gott, sagte er zu dem Schmied, und arbeite fleißig fort wie bis= her, nur hüte dich wohl, bei Strafe deines Lebens, Jemand etwas von unserer Unterredung zu sagen, es sei denn, daß du zuvor hundertmal unser kaiserliches Antlitz gesehen hättest. — Diesen Befehl ließ er von seinem Schreiber auf= zeichnen. Der Schmied beurlaubte sich und ging an seine Geschäfte.

Bald darauf berief der Kaiser die Weisen an seinen Hof, um sie auf die Probe zu stellen, legte ihnen den Fall von den acht Pfennigen vor, von welchen zwei erstattet, zwei verliehen, zwei verloren und zwei verzehrt würden, und fragte sie, wie dies zu verstehen sei. Die Weisen wußten nicht gleich Bescheid und baten um eine achttägige Bedenk= zeit, welche ihnen bewilligt ward. In ihren Zusammenkünften bemühten sie sich indeß vergeblich, das Räthsel zu lösen, bis sie zuletzt muthmaßten, daß sich die Frage auf den Schmied beziehe, den der Kaiser hatte verhaften lassen. Sie begaben sich also in seine Wohnung und fragten ihn um die Be= deutung der seltsamen Worte. Aber der Schmied, dem der Kopf auf dem rechten Flecke saß, hütete sich wohl, sein Ge= heimniß zu verrathen. Als sie ihm zuletzt Geld anboten, ward er willfährig und sprach: Besteht ihr darauf, es zu wissen, so geht hin und bringt mir hundert Goldgülden: unter keiner andern Bedingung werdet ihr es je erfahren. Die Weisen, denen kein anderes Mittel übrig blieb, fürch=

reten, die Frift möchte verstreichen und gaben ihm die ver=
langten hundert Goldstücke. Der Schmied nahm sie, bevor
er ihnen ein Wort sagte, Stück für Stück in die Hand, be=
schaute das Gepräge, welches auf der einen Seite den Kopf
des Kaisers darstellte, mit aufmerksamem Wohlbehagen; und
sagte dann den Weisen Alles, was er dem Kaiser über die
acht Pfennige gesagt hatte. Befriedigt gingen sie von ihm
und erwarteten den Ablauf der acht Tage.

Als diese verstrichen waren, ließ der Kaiser sie vor sich
berufen, um die Antwort der Weisen auf die ihnen vor=
gelegte Frage zu hören, und siehe, sie sagten ihm genau
dasselbe, was er von dem Schmied gehört hatte. Den Kaiser
wunderte es sehr, wie sie dies erfahren, ließ den Schmied
vor sich laden und gedachte bei sich selbst: Den will ich gut
auszahlen. Sie werden ihm mit Versprechen und Dro=
hungen so lange zugesetzt haben, bis er ihnen Alles ver=
rathen hat: durch ihre eigene Weisheit hätten sie es nun
und nimmer herausgebracht. Da hat er sich aber selber
geschadet.

Als der Schmied kam, redete ihn der Kaiser an: Meister,
ihr habt euch schwer an meinem Gebot vergangen, indem ihr
verriethet, was ich befahl geheim zu halten. Das wird euch
übel bekommen. Herr, begann der Schmied, ihr habt zu
verfügen, nicht nur über mich, sondern über die ganze Welt
nach eurem Wohlgefallen; ich unterwerfe mich euch, wie einem
geliebten Vater und Herrn. Wißt aber, daß ich nicht glaube,
wider euch gehandelt zu haben, denn euer Befehl war, Nie=
mand, was ich euch gesagt, zu offenbaren, ich habe denn zu=
vor hundertmal euer kaiserliches Antlitz geschaut. Ich
durfte daher dem Ansinnen der Weisen kein Gehör geben,
bevor ich der von euch gestellten Bedingung Genüge ge=

leiſtet. Dieſe ſuchte ich alſo zu erfüllen, und ließ mir, ehe ich ein Wort ſagte, hundert Goldgülden geben, beſah in ihrer Gegenwart euer darauf ausgeprägtes Bild und ſagte ihnen erſt dann, was ſie zu wiſſen begehrten. Dadurch, gnädiger Herr, glaube ich nicht wider euch verſtoßen zu haben.

Als dies der Kaiſer hörte, mußte er lachen und ſprach: Geh mit Gott, du biſt klüger als alle meine Weiſen. Der Herr ſchenke dir Glück und Segen! Damit beurlaubte ſich der Schmied, ging nach Haus und lebte fortan in Frieden nach ſeiner Weiſe. Aber nach dem Tode des Kaiſers ward Phocas der Schmied zu deſſen Nachfolger erwählt, und als er ſelber zu ſterben kam, ſtellte man ſein Bild zu denen der andern Kaiſer, und acht Pfennige wurden über ſein Haupt gemalt.

4.

Der vertriebene König.

Ein Herr in Griechenland, der ein großes Königreich beſaß, hatte einen Sohn, den er ſorgſam auferziehen, in den ſieben freien Künſten unterrichten und zu einem geſitteten Leben anleiten ließ. Eines Tages nahm dieſer König eine Menge Goldes, gab es dem Sohne und ſprach: Verwende dies nach deinem Wohlgefallen. Zugleich befahl er den Edelleuten am Hofe, ihm keinerlei Anleitung über den Gebrauch des Goldes zu geben, jedoch ſein Benehmen ſorgfältig zu beobachten. Jene gehorchten und ſtanden eines Tages mit dem Jünglinge, der ſeinen Gedanken nachhing, an den Fenſtern des Palaſtes, als einige Leute des Weges zogen, deren Tracht und Anſehen von Reichthum und Adel zeugte. Der Weg lief am Fuße des königlichen Palastes hin. Der Jüngling befahl den ganzen Zug der Vorbeirei= senden anzuhalten und vorzuführen. Man gehorchte und die Fremden wurden im Beisein der Edelleute vor den Jüngling geführt, und einer derselben, der am beherztesten und gewandtesten schien, trat vor und fragte: Herr, was ist zu euerm Befehl? Der Königssohn fragte ihn nach seiner Heimath und seinem Stande, worauf jener erwie= derte: Herr, mein Vaterland ist Italien, ich bin Kaufmann und Herr eines großen Vermögens, das ich nicht der Sorge mei= ner Vorfahren, sondern meiner eigenen Betriebsamkeit verdanke.

Der Jüngling wandte sich nun zu dem Zweiten, der zwar mit edelm Anstande, aber mit dem Ausdruck des Kummers und der Verlegenheit dastand, und befahl ihm vorzutreten, weil er sich unter der Menge verbarg, worauf er, jedoch nicht mit dem Selbstvertrauen des Erstern vortrat und fragte: Herr, was befehlt ihr? Der Jüngling versetzte: Nenne mir deine Heimath und deinen Stand. Und Jener entgegnete: Herr, ich bin König von Syrien und habe mich so betragen, daß meine Unterthanen mich vom Throne stießen. Da nahm der Jüngling all sein Gold und schenkte es dem vertriebenen Könige.

Diese Handlung ward bald im ganzen Palaste bekannt. Die Ritter und Barone berathschlagten sich laut darüber und der ganze Hof hallte wieder von der Verwendung jenes Goldes. Auch der König erfuhr den Vorgang und ließ sich die an die Fremden gerichteten Fragen und ihre Antworten von Wort zu Wort erzählen. Dann berief er den Sohn und stellte ihn, in Gegenwart vieler Barone, über die Verwendung des Geldes zur Rede. Welchen Grund hattest du, welche Rücksicht bewog dich, den unbeschenkt zu lassen,

der durch seinen Fleiß Vieles erworben und Alles dem zuzu=
wenden, der das Seinige durch seine Thorheit verloren hatte?

Der weise Jüngling entgegnete: Herr, ich gab dem
nichts, der mich nichts gelehrt hatte; auch beschenkte ich
weder den Einen noch den Andern: was ich gab, war nicht
Geschenk, sondern Lohn. Der Kaufmann lehrte mich nichts:
ich war ihm also zu nichts verpflichtet; der Andere aber,
eines Königs Sohn und voreinst im Besitz einer Krone,
dessen Unbesonnenheit Ursache war, daß ihn seine Unter=
thanen verstießen, lehrte mich, wie ich mich zu betragen
habe, daß die meinigen mir nicht dermaleinst ein Gleiches thun:
für eine so heilsame Lehre empfing er noch zu geringen Lohn.

Da rühmte der König und alle Anwesende des Jüng=
lings Verstand und hegten große Erwartungen von seiner
Jugend und der Weisheit, womit er bei reifern Jahren
regieren werde, da er bei so zartem Alter schon so hohe
Beweise seiner Einsicht gegeben. Briefe flogen durch das
Land, den Vorfall Baronen und Edeln zu melden und
großer Hader entstand unter den Weisen.

5.

Die drei Zauberer.

Der Kaiser Friedrich war ein höchst edler Herr, und
was nur Muth und Tugenden hatte, strömte von allen
Seiten an seinen Hof, denn er war willig im Geben und
aller adlichen Sitte voll. Wer sich durch irgend eine Gabe
auszeichnete, kam zu ihm und so sah man Kunstsänger,
Spielleute und Schönredner, Lanzenbrecher, Fechter und
viel anderes Volk bei ihm verkehren.

Eines Tages stand der Kaiser vor gedeckten Tafeln und ließ schon das Wasser zum Handwaschen reichen, so daß man sich nur noch zu Tische zu setzen hatte, als drei Meister der Negromantie mit drei Dienern erschienen und sich dem Kaiser sofort vorstellten. Dieser fragte: Wer ist der Meister von euch dreien? Einer von ihnen trat vor und sagte: Ich bin es, Herr. Der Kaiser bat ihn, seine Künste zu zeigen, worauf sie ihre Kreise zogen und ihre Beschwörungen begannen. Der Himmel fing an sich zu trüben, ein plötzlicher Regen goß nieder, häufige Donner=schläge und Blitze folgten sich und die Welt schien im Sturm vergehen zu wollen. Darauf fiel ein Schloßenhagel, so dick und schwer, daß die Ritter in die Gemächer nach allen Seiten flohen. Bald klärte sich das Wetter wieder auf und die Meister baten um Urlaub und Lohn. Der Kaiser sprach: Fordert. Diese forderten den Grafen Richard von St. Bonifacio, der zunächst bei dem Kaiser stand und sagten: Herr, befehlt dem Grafen, daß er uns gegen unsere Feinde zu Hülfe komme. Der Kaiser ersuchte ihn freundlich, ihnen zu willfahren.

Der Graf machte sich mit ihnen auf den Weg. Sie führten ihn in eine schöne Stadt. Hier zeigten sie ihm viele stolze Ritter und schöne Pferde, auch verschafften sie ihm herrliche Waffen und sagten: Alles dies ist zu euerm Befehl. Die Feinde boten sich zur Schlacht; der Graf schlug sie und befreite das Land. In zwei andern sieg=reichen Schlachten gelang es ihm, sich das ganze Reich zu unterwerfen. Darauf vermählte er sich und zeugte Kinder und beherrschte das Land viele Jahre in Frieden.

Es verging eine lange Zeit, eh die Meister zurück=kehrten: der Sohn des Grafen zählte schon vierzig Jahre,

der Graf selbst war ein alter Mann geworden. Die
Meister traten vor den Grafen: sie erkannten sich wieder.
Die Meister frugen: Beliebt es euch, zu dem Kaiser zu=
rückzukehren? Der Graf antwortete: Das Reich wird seit=
dem seinen Herrn mehrmals gewechselt haben, alle Leute
würden mir unbekannt sein, wohin sollte ich kehren? Die
Meister lächelten und sagten: Wir bestehen darauf, euch
zurückzuführen.

Sie begaben sich auf den Weg und kamen nach langer
Reise an den Hof. Sie fanden den Kaiser und seine Ba=
rone, die eben mit dem Wasser zum Handwaschen fertig
wurden, welches man umher gereicht hatte, als der Graf
sich mit den Meistern entfernte. Der Kaiser bat ihn zu
erzählen, was er ausgerichtet habe. Da sprach der Graf:
Seit ich von hier weggegangen bin, habe ich ein Weib ge=
nommen und Kinder von vierzig Jahren gezeugt und in
drei Feldschlachten den Sieg erfochten. Die ganze Welt
müßte sich erneut und umgestaltet haben, mit welchen Din=
gen geht dies zu? Der Kaiser vernahm seine Erzählung mit
großem Vergnügen, so auch seine Ritter und Barone.

6.

Das Pferd an der Glocke.

Zu den Zeiten König Johanns war in Atri eine
Glocke, die ein Jeder, dem großes Unrecht geschah, läuten
ging, worauf der König seine dazu bestellten Weisen ver=
sammelte und Recht sprach. Als diese Glocke lange bestan=
den hatte, geschah es, daß das Ende des Stranges ver=

schliffen war, so daß man eine Zaunrübe daran gebun=
den hatte. Nun hatte ein Ritter aus Atri ein edles Roß,
das so gealtert war, daß es keine Dienste mehr leisten
konnte, und um es nicht beköstigen zu müssen, ließ es der
Herr frei umherlaufen. Das hungrige Pferd gerieth mit
dem Maul an jene Zaunrübe und wollte sie abweiden: die
gezogene Glocke begann zu läuten. Sogleich versammelten
sich die Richter und sahen die Bitte des Pferdes, das um
Recht zu 'flehen schien. Sie urtheilten, daß der Ritter,
dem es in der Jugend gedient habe, es im Alter zu ernäh=
ren verbunden sei. Da ward es ihm von dem König bei
schwerer Strafe anbefohlen.

7.

Der Gnadenruf.

An dem Hofe von Puy Notre Dame in Provence
wurde ein edles Fest angeordnet, als der Sohn des Grafen
Raimon zum Ritter geschlagen ward und viele Edeln ein=
lud. Da kamen ihm zu Liebe so Viele dahin, daß an
Silber und Gewändern Mangel ward und der junge Graf
die Ritter seines Landes entblößen mußte, um die fremden
Hofleute auszustatten, womit nicht Alle sich zufrieden be=
zeigten. Eines Tages ward das Fest angeordnet und ein
jähriger Sperber auf eine Stange gesetzt. Wer sich nun
an Muth und Habe reich genug wußte und den erwähnten
Sperber auf seine Faust nahm, der war verbunden, den
Hof jenes ganze Jahr lang zu unterhalten. Die Ritter
und Edelknappen, die fröhlich und wohlgemuth waren, dich=

teten schöne Canzonen, sowohl die Weise wie die Worte,
und vier Merker waren bestellt, welche die gelungenen in
Ansatz brachten und die übrigen den Dichtern zur Ver=
besserung empfahlen. So verbrachten sie die Zeit und
sprachen viel zum Ruhm ihres Herrn und priesen seine
Söhne als ritterlich und wohlgezogen. Nun geschah es, daß
einer dieser Ritter, den wir Messer Alamanno nennen
wollen, ein Mann von großer Tapferkeit und Trefflichkeit,
eine sehr schöne Edelfrau von Provence liebte, Dame Gri=
gia, und zwar so geheim, daß ihn Niemand bewegen konnte,
sie kund zu geben. Die Edelknappen von Puy aber ver=
banden sich, ihn irre zu führen und zum Prahlen zu ver=
leiten; sie sagten zu gewissen Rittern und Baronen: Wir
bitten euch, es beim nächsten Turnier so einzurichten, daß
ein Jeder großspreche. Sie dachten nämlich: Der Ritter
ist ein trefflicher Kämpfer und wird sich jenes Tages im
Turnier hervorthun und vor Freude in Hitze gerathen, die
Ritter werden sich alsdann rühmen und dann wird auch er
sich nicht enthalten können, mit seiner Dame zu prahlen.
So leiteten sie es ein, und als der Tag des Turniers kam
gewann der Ritter den Preis der Waffen und gerieth vor
Freuden außer sich. Als man des Abends sich ausruhte,
fingen die Ritter zu prahlen an: der Eine mit schönen
Damen, ein Anderer mit schönem Waffenspiel, ein Dritter
mit schönem Schloß; dieser mit schönem Habicht, jener mit
schönem Abenteuer. Da konnte der Ritter sich nicht ent=
halten mit seiner schönen Dame zu prahlen.

Als er nun heimging, um sich wie gewöhnlich mit ihr
zu erfreuen, verabschiedete ihn die Edelfrau. Der Ritter
gerieth vor Schrecken außer sich, schied von ihr und der
Gesellschaft der Ritter, floh in einen Wald und verschloß

sich so heimlich in eine Einsiedelei, daß Niemand davon er=
fuhr. Wer da die Betrübniß der Ritter, Frauen und Fräu=
lein gesehen hätte, wie oft sie den Verlust eines so edeln
Ritters beklagten, der hätte gewiß Mitleid gehabt.

Eines Tages geschah es, daß sich die Edelknappen von
Puy auf der Jagd verirrten und zu der besagten Einsiedelei
gelangten. Er fragte sie, ob sie von Puy seien? Sie ant=
worteten ja, und er erkundigte sich nach Neuigkeiten. Da
fingen die Edelknappen an, ihm zu erzählen, wie es dort
üble Neuigkeiten gebe, indem man um eines geringen Fehl=
tritts willen die Blume der Ritterschaft verloren und seine
Dame ihn verabschiedet habe und wie Niemand wisse, was
aus ihm geworden sei: es sei aber für nächstens ein Tur=
nier angekündigt, zu dem sich viele Edeln einfinden würden
und da dächten sie, er habe ein so edles Herz, daß er, wo
er auch sei, erscheinen werde, um mit ihnen zu turnieren.
Auch hätten sie Wachen von großer Gewalt und Klugheit
ausgestellt, welche ihn sogleich festhalten würden, und so
hofften sie Ersatz ihres großen Verlustes.

Da schrieb er einem vertrauten Freunde, er möge ihm
am Tage des Turniers heimlich Roß und Waffen senden,
und hierauf schickte er die Edelknappen weg. Der Freund
erfüllte das Verlangen des Einsiedlers: am Tage des Tur=
niers sandte er ihm Roß und Waffen und dieser befand
sich jenen Tag in dem Gewühl der Ritter und trug den
Preis des Turniers davon. Die Wachen hatten ihn gesehen
und erkannt und sogleich trugen sie ihn auf den Händen
zu großer Lust daher. Die Gesellschaft in ihrer Freude
schlug ihm den Helmsturz vor dem Gesichte nieder und bat
ihn inständigst, ein Lied zu singen. Er aber antwortete:
Ich singe nicht eher, bis ich Frieden von meiner Dame habe.

Da wandten sich die edeln Ritter an die Edelfrau und baten sie inständig, ihm zu vergeben. Die Dame antwortete: Sagt ihm, ich würde ihm niemals vergeben, wenn er nicht durch hundert Barone, hundert Ritter, hundert Edelfrauen und hundert Fräulein mich um Gnade bitten ließe: diese müßten alle einstimmig Gnade rufen, ohne zu wissen, wer sie gewähren solle. Der Ritter, welcher große Klugheit und Geschicklichkeit besaß, wußte, daß die Zeit heranrücke, wo ein großes Fest gefeiert werden sollte, zu dem viele Edle herbeiströmen würden. Meine Dame, dachte er, wird zugegen sein und außerdem so viel Ritter und Damen, als sie zum Gnaderufen verlangt. Er erfand nun eine sehr schöne Canzonette, und am Morgen begab er sich an einen erhöhten Platz und begann jene Canzonette so gut er's verstand zu singen und er verstand es vortrefflich. Sie lautete etwa so: So wie der Elephant, wenn er gefallen ist, sich nicht erheben kann, bis ihn Andere mit dem Ruf ihrer Stimme erheben, so thue auch ich: denn mein Vergehen ist mir so schwer und drückend, daß der Hof von Puy mir vergällt ist. Und wenn die Bitte tadelloser Liebhaber mich nicht wieder aufhebt, so komme ich nie wieder auf die Füße. Möchten sie geruhen dort für mich um Gnade zu rufen, wo meine Bitten nichts fruchten u. s. w.

Hierauf schrien Alle, die auf dem Platze waren, um Gnade und die Edelfrau verzieh ihm, und hiermit erlangte er ihre vorige Gunst wieder.

8.

Gottes Wille geschieht.

Der König von Frankreich führte Krieg mit dem Gra=
fen von Flandern; zwei Schlachten waren schon geschlagen,
in welchen viel gute Ritter und eine große Menge Volks
von beiden Seiten den Tod gefunden, gewöhnlich aber der
König den Kürzern gezogen hatte. Um diese Zeit pflegten
zwei Blinde auf der Straße vor Paris zu stehen, um Al=
mosen zu ihrem Lebensunterhalte zu sammeln. Unter diesen
entspann sich ein lebhafter Streit: den ganzen Tag sprachen
sie über den König von Frankreich und den Grafen von
Flandern. Einer sagte zu dem Andern: Höre, was sagst
du? Ich sage, der König wird siegen, der Andere erwiederte:
Nein, der Graf; und setzte dann hinzu: es wird geschehen,
was Gott gefällt. So stritten sie jeden Tag über den Aus=
gang der Kriegsbegebenheiten. Ein Edelmann vom Hofe,
der mit seinen Leuten jene Straße ging, blieb eines Tages
stehen, um den Streit der Blinden mit anzuhören; dann
begab er sich an den Hof zurück und erzählte dem König
zu großer Belustigung der Anwesenden, wie die beiden
Blinden den ganzen Tag über ihn und den Grafen in Streit
lägen. Der König lachte und schickte einen Edelknecht ab,
um dem Streit zuzuhören und sich zu merken, welcher von
beiden das Eine und welcher das Andere behaupte. Dieser
ging, horchte genau auf und stattete dem König Bericht ab.

Alsbald berief der König seinen Seneschall und befahl
ihm, zwei große Brote aus seinem weißen Mehl backen
zu lassen. Bevor sie in den Ofen kämen, solle er in das
eine zehn Goldstücke in geraumer Entfernung von einander
verbergen, in das andere aber nichts: wenn sie dann gar

seien, solle der Edelknecht sie den beiden Blinden um Gottes=
willen schenken, und zwar das mit dem Gelde demjenigen, welcher
den Sieg des Königs von Frankreich behaupte, das andere
dem, welcher der Meinung sei, Gottes Wille werde geschehen.

Der Edelknecht that nach des Königs Befehl. Als
der Abend kam, kehrten die Blinden nach Hause; der, wel=
chem das Brot ohne das Geld zu Theil geworden war,
sprach zu seiner Frau: Gott hat uns heute wohlbedacht:
genießen wir seiner Gaben. Sie setzten sich und aßen das
Brot rein auf, so wohl schmeckte es ihnen. Der andere
Blinde, welcher das goldbeschwerte Brot erhalten hatte,
sprach am Abend zu seinem Weibe: Frau, laß uns dieses
Brot aufbewahren und morgen verkaufen, damit wir etwas
baar Geld in die Hände bekommen: wir können ja heute
von den Brotscheiben zehren, die wir erbettelt haben.

Am Morgen standen sie auf und Jeder begab sich
mit seiner Frau dahin, wo sie gewohnt waren, zu stehen
und die Vorübergehenden anzusprechen. Als sie dahin ka=
men, sprach der Eine, der sein Brot verzehrt hatte, zu sei=
nem Weibe: Frau, unser Gefährte dort, der wie wir von
Almosen lebt und mit dem ich immer streite, hat doch auch
ein Brot von dem Edelknecht des Königs erhalten? Aller=
dings, antwortete die Frau. Nun wohlan, fuhr jener fort,
so gehe doch zu seiner Frau und höre, ob sie es verkaufen
wollen? Du kannst schon etwas daran wenden: das unsrige
schien mir sehr schmackhaft. Denkst du denn, entgegnete die
Frau, sie werden es nicht eben so gut als wir zu essen ver=
standen haben? Wer weiß? entgegnete der Blinde: vielleicht
haben sie es aufbewahrt, um einige Batzen dafür zu lösen,
und sich nicht getraut, es zu verzehren, wie wir thaten,
weil es so schön war und so groß und weiß.

Da die Frau den Willen des Mannes vernahm, ging sie zu der Frau des Andern und fragte, ob sie das Brot, das ihr der Edelknecht des Königs geschenkt, schon verzehrt hätten, und wenn es noch da sei, ob sie gewillt wären, es zu verkaufen? Wir haben es noch, gab Jene zur Antwort, ich werde fragen, ob mein Mann es verkaufen will, wie er gestern Abend sagte. Gleich darauf kehrte sie zurück und erklärte, sie wolle es verkaufen, allein nur für vier Silberbatzen Pariser Geld, die es wohl werth sei. Der Handel ward richtig und sie kehrte mit dem erkauften Brote zu ihrem Manne, der sich freute, als er es hörte. Heute Abend, sagte er, werden wir wieder so gut leben, als gestern.

Der Tag verging, die Blinden begaben sich nach Hause. Laß uns zu Nacht speisen, sagte der Eine, der das Brot gekauft hatte, zu seiner Frau. Sie nahm ein Messer um das Brot anzuschneiden: schon bei der ersten Scheibe fiel ihr ein Goldstück vor die Füße; sie schnitt weiter und jede Scheibe enthielt eine Goldmünze. Der Blinde hörte den Klang und fragte, was das sei, was er klingen höre, und die Frau erzählte ihm, was sie gefunden. Der Blinde bat sie, weiter zu schneiden, und als alles zerschnitten und jede Scheibe durchsucht war, fanden sich die zehn Goldstücke, welche der König befohlen hatte einzubacken. Der Blinde wußte sich vor Freude kaum zu lassen: Siehst du nun, sprach er zu seiner Frau, daß ich die Wahrheit sagte, daß Gottes Wille geschehen muß und daß es nicht anders sein kann! Nun weißt du doch, daß unser Gefährte täglich mit mir streitet und sagt, der König werde siegen; ich aber sage, Gottes Wille wird geschehen. Darauf begaben sie sich zur Ruhe.

Am Morgen standen sie auf, um ihrem Gefährten die Nachricht von dem Glücksfunde mitzutheilen. Aber

der König hatte schon bei Zeiten hingesandt, um zu er=
fahren, wie es mit dem goldbeschwerten Brote gegangen
sei; denn Tags zuvor hatte er nicht nachforschen lassen,
weil er dachte, sie würden es noch nicht verzehrt haben.
Der Edelknecht verbarg sich hinter einem Pfeiler, um
von den Frauen nicht gesehen zu werden. Als nun die
Blinden an die Stelle kamen, wo sie gewohnt waren, ihren
Stand zu haben, begann der Eine, welcher das Brot er=
kauft hatte, den Andern beim Namen zu rufen. Noch
immer behaupte ich, fuhr er dann fort, es wird geschehen,
was Gottes Wille ist. Gestern kaufte ich ein Brot für
vier Pariser Silberbatzen, darin fand ich zehn Goldstücke
von gutem Gepräge, und so hatte ich einen guten Abend
und werde auch ein gutes Jahr haben. Wie dies der
Andere hörte, erschrak er heftig und betheuerte, nicht länger
mit ihm streiten zu wollen, denn das Recht sei zu offenbar
auf des Gegners Seite und Gottes Wille müsse geschehen.

Dies hörte der Edelknecht, kehrte eiligst an den Hof
zurück und hinterbrachte dem Könige seine Neuigkeiten, und
was die beiden Blinden unter sich gesprochen hätten. Dar=
auf ließ sie der König vor sich kommen und sich den gan=
zen Hergang von ihnen erzählen: wie Jeder das ihm be=
stimmte Brot von dem Edelknecht erhalten und der Eine
das seinige dem Andern verkauft habe; wie sie vorher lange
Zeit mit einander gestritten, und der, welcher behauptet,
der König werde siegen, das Geld nicht erhalten, sondern
der Andere, der der Meinung gewesen, Gottes Wille müsse
geschehen. Daran ergötzte sich der König weidlich mit seinen
Baronen und Edelleuten: Wahrlich, rief er aus, dieser
Blinde hat Recht, der Wille Gottes muß geschehen und
alles Volk der Erde kann kein Titelchen daran ändern.

9.

Der Gang nach dem Eisenhammer.

Ein reicher Edelmann hatte einen einzigen Sohn, den er, als er heranwuchs, an den Hof eines Königs schickte, um dort Lebensart und seine Sitten zu lernen. Daselbst angelangt, erwarb er sich in Kurzem die Liebe des Königs in so hohem Grade, daß sich ein Theil der übrigen Hofleute, die sich da= durch hintangesetzt glaubten, wider ihn verschwor und einen der ersten Hofbeamten durch Geld und Versprechungen gewann, um den Jüngling aus dem Wege zu räumen. Eines Tages ließ dieser Edelmann ihn zu sich berufen und sagte ihm unter der Versicherung, daß er nur durch die Zuneigung, die er für ihn hege, zu dieser Eröffnung veranlaßt werde, Folgendes: Mein Sohn, der König liebt dich, wie du bemerkt haben wirst, vor allen seinen Untergebenen, aber er hat mir vertraut, daß du ihm durch deinen Athem beschwerlich wirst. Ich rathe dir daher, sei klug und halte, wenn du ihm einschenkst, Mund und Nase zu und wende den Kopf bei Seite, damit der Hauch deines Mundes den König nicht belästige.

Der Edelknabe folgte diesem Rath eine Zeitlang, wor= über sich der König so sehr beleidigt fühlte, daß er den Hof= beamten, der ihn dies gelehrt hatte, rufen ließ, und ihm befahl, wenn er den Grund zu diesem Betragen des Jünglings wisse, ihm solchen sofort bekannt zu machen. Dieser stellte sich, als gehorche er nur nothgedrungen dem Befehle, kehrte aber das Verhältniß um und sagte, der Edelknabe könne den Athem des Königs nicht ertragen.

Hierüber noch heftiger aufgebracht, ließ der König auf den Rath des Hofbeamten einen Eisenschmelzer zu sich kommen und befahl ihm, den ersten, den er ihm zusenden werde, in den glühenden Ofen zu werfen, indem er ihm die Ausführung dieses Befehls und unverbrüchliches Stillschweigen bei Todesstrafe zur Pflicht machte. Der Schmelzer versprach, das Gebot auszuführen, zündete ein großes Feuer in seinem Eisenhammer an und erwartete sorgfältig die Ankunft des Unglücklichen, dem ein so schrecklicher Tod zugedacht war. Andern Morgens schickte der König den unschuldigen Edelknaben in den Eisenhammer mit dem Auftrag, nachzufragen, ob der Befehl des Königs vollzogen sei? Dieser machte sich auf den Weg. Als er aber in die Nähe des Eisenhammers kam, hörte er zur Messe läuten, stieg vom Pferde, band es im Hof der Kirche an und hörte der Messe fleißig zu. Dann ging er nach der Eisenhütte und richtete dem Schmelzer den Auftrag des Königs aus. Dieser gab ihm zum Bescheide, daß schon alles geschehen sei. Der Anstifter der ruchlosen Verschwörung war nämlich, aus Furcht, die Sache möchte durch das Mitleiden des Schmelzers oder durch sonstige Hindernisse verzögert oder gar vereitelt werden, vor ihm hingekommen und hatte im Eisenhammer nachgefragt, ob die Sache schon vor sich gegangen sei? Der Schmelzer antwortete, noch habe er den Befehl des Königs nicht vollzogen, werde es aber sogleich thun. Damit ergriff er den Verräther und warf ihn, ohne auf seine Betheuerungen im Mindesten zu achten, in den glühenden Ofen.

Der Edelknabe kam daher zum Könige zurück und brachte ihm zur Antwort, sein Befehl sei vollzogen. Darüber erstaunte dieser über alle Maaßen, und gab sich alle erdenkliche Mühe, den Zusammenhang der Sache zu erfahren. Nachdem es ihm geglückt war, die Wahrheit ausfindig zu machen, ließ er alle die hämischen Neider, die den unschuldigen Jüngling hatten anschwärzen wollen, ohne Gnade hinrichten, vertraute auch diesem den ganzen Vorgang der Sache. Danach machte er ihn zum Ritter und schickte ihn mit vielen Reichthümern in seine Heimat zurück.

10.

Das todte Fräulein.

Die Tochter eines mächtigen Vasallen war zum Sterben in den Ritter Lanzelot vom See verliebt, aber er konnte ihr seine Liebe nicht schenken, weil die Königin Ginevra schon sein Herz besaß. Dies Fräulein liebte aber den Ritter so sehr, daß sie zu sterben kam, und Befehl gab, wenn ihre Seele den Leib verlassen habe, solle man ein Schifflein köstlich ausrüsten und mit rother Seide bedecken, auch ein Bette hineinstellen von reichen Zeugen und Seidendecken und mit kostbaren Steinen geziert, und auf dies Bette ihren Leichnam legen, eine herrliche Krone von Gold und seltenen Edelsteinen auf dem Haupt und von dem reichen Gürtel solle eine Börse herabhängen. In der Börse war aber ein Brief des nachstehenden Inhalts. Doch laßt mich erst das erzählen, was dem Briefe vorhergeht. Das Fräulein starb vor Liebesweh und es geschah mit ihr, wie sie befohlen hatte: das Schifflein ward ohne Segel, Ruder und Führer der See übergeben. Das Meer führte es gegen Camalot, wo es an den Strand getrieben wurde. Das Gerücht erscholl am Hofe. Die Ritter und Barone stiegen von dem Palaste hernieder und der edle König

Artus kam hinzu. Die Verwunderung war groß, daß das Schifflein so ohne Führung und Leitung dahin gelangt sei. Der König stieg hinein und erblickte das Fräulein und die prächtigen Gewänder. Man öffnete die Börse und fand den Brief. Der König befahl ihn vorzulesen. Er lautete so: „Allen Rittern der Tafelrunde, als den tapfersten Helden der Erde, entbietet das Fräulein von Scalot ihren Gruß. Und wenn ihr wissen wollt, wie ich mein Ende gefunden habe, so erfahrt, daß es um den besten Ritter der Welt geschah, und zugleich den grausamsten: um Herrn Lanzelot vom See, denn wie sehr ich ihn um Liebe flehte, so wollte er doch nie Mitleid mit mir haben. Und so bin ich Arme aus Liebe gestorben, wie ihr mit Augen sehen mögt."

11.

Die Flucht vor dem Tode.

Eines Tages ging ein Einsiedler durch eine Wildniß und kam an eine weite Höhle, die sehr verborgen gelegen war. Hierhin zog er sich zurück, um auszuruhen, weil er sich vom Wandern erschöpft fühlte. Als er aber in die Höhle kam, sah er es an einer Stelle glänzen und schimmern, denn da waren große Schätze Goldes. So= bald er dies bemerkte, entfernte er sich und lief durch die Einöde, so schnell er nur konnte. Während er so lief, begegnete er drei Erzräubern, die sich in diesem Walde aufhielten und Jeden plünderten, der vorüber= wanderte; doch hatten sie das Gold in der Höhle noch nicht bemerkt. Als die Räuber von ihrem Schlupfwinkel aus jenem Mann fliehen sahen, ohne daß ihn jemand verfolgt hätte, befiel sie erst Furcht; nachher aber traten sie ihm entgegen, um zu hören, wovor er fliehe, weil sie darüber sehr verwundert waren. Er antwortete und sprach: Lieben Brüder, ich fliehe den Tod, der hinter mir her ist und mich jagt. Da sie aber weder Menschen noch Thier sahen, sprachen sie: Zeige uns den, der dich jagt und führe uns zu ihm. Da sprach der Einsiedler zu ihnen: Wenn ihr mit mir gehen wollt, so will ich ihn euch zeigen. Doch bat er sie, nicht dahin zu gehen, denn er fliehe und fürchte ihn. Sie aber wollten ihn sehen, um der Sache auf den Grund zu kommen und bestanden auf ihrem Verlangen.

Da der Einsiedler sah, daß er nicht ausweichen könne, nöthigte ihn die Furcht vor ihnen, sie nach der Höhle zu führen, aus der er geflohen war. Da sprach er: Hier ist der Tod, der mich jagte, und zeigte ihnen das Gold, das da lag. Sie erkannten es sogleich und freuten sich sehr und hatten unter sich großen Jubel darüber. Dann entließen sie den guten Mann, der seine Wanderschaft getrost fortsetzte. Sie aber sprachen unter sich, welch ein einfältiger Mensch er sei.

Die drei Räuber blieben zur Bewachung des Schatzes zurück und hielten Rath, was sie thun sollten. Der Eine sagte: Da uns Gott so großes Glück bescheert hat, so dünkt mich das Beste, nicht von der Stelle zu gehen, bis wir all dies Gut hinweggeschafft haben. Der Andere sprach: Nicht also: einer von uns nehme sich eine Hand voll und laufe damit nach der Stadt, es zu Geld zu machen: dafür kaufe er uns Brot und Wein und sinne auf nichts, als wie er uns hier versorge. Hierin kamen alle drei überein.

Aber der Teufel, der erfinderisch und stets bedacht ist, so viel Uebel zu stiften als er kann, gab dem Einen, welcher in die Stadt gesandt wurde, Vorräthe zu kaufen, den Gedanken ein: Sobald ich nach der Stadt komme, sprach er zu sich selbst, will ich essen und trinken, so viel mir frommt, und mir dann einige Dinge anschaffen, deren ich jetzt zunächst bedarf, nachher aber die Speisen vergiften, die ich meinen Gefährten bringe; sind sie dann beide gestorben, so werde ich der alleinige Herr jener Schätze sein und mich dünkt, es ist des Gutes so viel, daß ich der reichste Mann des ganzen Landes sein werde. Gedacht, gethan. Er nahm von den erkauften Speisen soviel zu sich als er bedurfte, vergiftete dann das Uebrige und brachte es seinen Gesellen.

Während er eben mit diesen Gedanken nach der Stadt ging und Anstalten traf, seine Freunde zu vergiften, damit ihm das Gut allein bliebe, hatten jene unterdeß nicht besser von ihm gedacht, als er von ihnen. Sobald unser Geselle, sprachen sie unter sich, mit dem Brot und Wein und den andern Dingen zurückkehrt, die wir brauchen, wollen wir ihn tödten und sie dann allein verzehren; dann wird all dies Gut uns allein gehören, und je weniger Theile wir machen, desto größer wird der Antheil eines Jeden sein. Als nun jener mit den erkauften Sachen, die sie bedurften, aus der Stadt zurückkehrte, fielen seine Gefährten, sobald sie sein ansichtig wurden, mit Lanzen und Messern über ihn her und tödteten ihn. Als er tobt war, aßen sie von den mitgebrachten Speisen, und da sie gesättigt waren, fielen sie beide todt zur Erde und so kamen sie alle drei ums Leben, und einer tödtete den Andern, wie ihr gehört habt und das Gut ward Keinem. So vergilt Gott den Verräthern: Sie waren den Tod suchen gegangen und

haben ihn gefunden, wie sie es verdienten. Der Weise
aber hatte ihn klüglich gestohlen und das Gold blieb frei
wie zuvor.

12.

Das Vexiermärchen.

Messer Azzolino hatte einen Erzähler, der ihm die
langen Winternächte verkürzen mußte. Eines Nachts geschah
es, da der Erzähler sehr schläfrig war, daß Azzolino ihn
bat, ein Märchen zu erzählen. Da hub der Erzähler von
einem Bauer an, der hundert Heller besaß und auf den
Markt ging, Schafe zu kaufen, wo er zwei Stück für den
Heller bekam. Als er mit seiner Heerde heimkehrte, war
da ein Wasser, über das er beim Hingange gekommen war,
durch einen Platzregen, der inzwischen Statt gehabt hatte,
sehr angeschwollen. Als er am Ufer stand, bemühte er sich
lange vergeblich, bis er einen armen Fischer mit einem über-
mäßig kleinen Nachen bemerkte, der nur den Bauer und ein
Stück Vieh auf einmal faßte. Der Bauer stieg mit einem
Schaf hinein und fing an zu rudern; das Wasser war sehr
breit. Endlich gelangte er hinüber. Hiermit hielt der Erzähler inne und schwieg. Da sagte Herr Azzolino: Was ist
dir? Nur weiter. Herr, entgegnete der Erzähler, laßt erst
die Schafe alle über den Fluß sein, dann will ich fortfahren.
Aber das Vieh wird einige Zeit dazu brauchen; unterdessen
können wir ausschlafen.

II.

Nobellen des Boccaccio.

1.

Die drei Ringe.

Saladin, dessen Tugenden so groß waren, daß sie ihn nicht nur aus geringem Stande zum Sultan von Babylon erhoben, sondern ihm auch viele Siege über saracenische und christliche Könige verschafften, hatte in verschiedenen Kriegen und durch prachtvollen Hofhalt seinen Schatz völlig erschöpft, und da er jetzt, unerwarteter Ereignisse wegen, wieder einer großen Summe bedurfte, und sie nicht so schnell als Noth that herbeizuschaffen wußte, erinnerte er sich eines reichen Juden, mit Namen Melchisedech, der in Alexandria auf Zinsen lieh und wie er glaubte, reich genug war, ihm zu helfen. Allein dieser war so geizig, daß er es in Güte nicht gethan hätte und Gewalt wollte Saladin nicht brauchen. Da indeß das Bedürfniß ihn drängte, sann er lange auf ein Mittel, wie der Jude ihm helfen möchte und entschloß sich endlich, den Zwang, den er ihm thun wollte, mit einigen Gründen zu färben. Er ließ ihn also rufen, empfing ihn freundlich, ließ ihn neben sich sitzen und begann dann so: Würdiger Mann, ich habe von vielen Leuten gehört, daß du weise bist und in göttlichen Dingen wohl Bescheid weißt: deßwegen möchte ich gern von dir hören, welches der drei

3 *

Gefeße du für das wahre hältſt, das jüdiſche, das ſaraceniſche
oder das chriſtliche?

Der Jude, der in der That ein weiſer Mann war
und gar wohl merkte, daß ihn Saladin nur in ſeinen Worten
zu fangen gedenke, um ihn dann zur Rechenſchaft ziehen zu
dürfen, begriff leicht, daß er keins der drei vor dem Andern
loben könne, ohne daß Saladin ſeinen Zweck erreiche. In
dieſer Noth um eine unverfängliche Antwort, bot er ſeinen
ganzen Scharfſinn auf und fand bald, was er zu ſagen
habe. Mein Gebieter, ſprach er, die Frage, die ihr mir
vorlegt, iſt wichtig, und ſoll ich euch ſagen, was ich darüber
denke, ſo muß ich euch eine kleine Geſchichte erzählen, die
ihr ſogleich hören ſollt. Ich erinnere mich, wenn ich nicht irre,
öfters gehört zu haben, daß einſt ein angeſehener und reicher
Mann lebte, der unter den edelſten Juwelen, die er in ſeinem
Schaße bewahrte, auch einen wunderſchönen und koſtbaren
Ring beſaß, dem er die ſeinem Werth und ſeiner Schönheit
gebührende Ehre erweiſen und ihn auf ewige Zeiten ſeinen
Nachkommen erhalten wollte, weßhalb er verordnete, daß
derjenige ſeiner Söhne, in deſſen Beſiß dieſer Ring als ein
Geſchenk des Vaters gefunden würde, für ſeinen Erben an=
geſehen und von allen übrigen als der vornehmſte geſchäßt
und geehrt werden ſolle. Der erſte, welchem der Ring
hinterlaſſen wurde, traf unter ſeinen Nachkommen dieſelben
Verfügungen und verfuhr ganz wie ſein Vorfahre. Kurz,
der Ring ging von Hand zu Hand auf viele Nachkommen
über, bis er zuleßt in den Beſiß eines Mannes kam, der
drei Söhne hatte, die ſchön, tugendreich und ihrem Vater
gehorſam waren, daher er ſie alle drei gleich ſehr liebte.
Die Jünglinge kannten das Herkommen mit dem Ringe, und
da Jeder der Geehrteſte unter den Seinigen zu werden

wünschte, so bat auch Jeder den schon bejahrten Vater in=
ständigst, ihm den Ring nach seinem Tode zu hinterlassen.
Der gute Mann liebte sie alle gleich zärtlich und wußte selber
keinen auszuwählen, dem er ihn lieber hinterlassen hätte; er
hatte ihn auch schon einem Jeden versprochen und sann nun
auf ein Mittel, sie alle drei zu befriedigen. Er ließ also
heimlich von einem guten Meister zwei andere Ringe ver=
fertigen, die dem ersten so ähnlich waren, daß er selbst, der
sie doch hatte machen lassen, den rechten kaum zu unter=
scheiden wußte. Als er zu sterben kam, gab er heimlich
jedem von den Söhnen einen Ring. Nach seinem Tode
wollte Jeder Erbschaft und Vorrang für sich haben und
Einer bestritt das Recht des Andern, bis ein Jeder zum
Zeugniß seines Rechts seinen Ring hervorzog und da befand
man die Ringe einander so ähnlich, daß es nicht zu unter=
scheiden war, welcher der ächte sei. Daher blieb die Frage,
welcher der wahre Erbe des Vaters sei, unentschieden und
ist es heute noch. Und so sage ich euch, Herr, von den drei
Gesetzen, die Gott der Vater den drei Völkern gegeben, und
über die ihr mich befragtet. Jeder glaubt seine Erbschaft,
sein wahres Gesetz und seine Gebote zu haben und sie
wahrnehmen zu müssen; wer sie aber wirklich habe, ist wie
bei den Ringen noch unentschieden.

Als Saladin sah, wie vortrefflich der Jude es ver=
standen habe, den Schlingen zu entgehen, die er ihm vor
die Füße gelegt, entschloß er sich, ihm sein Bedürfniß offen
zu gestehen und den Versuch zu machen, ob er ihm gut=
willig helfen wolle. Er that dies und verschwieg dabei
nicht, was er zu thun Willens gewesen, wenn er ihm nicht
so verständig geantwortet hätte. Der Jude war bereit, ihm
mit Allem zu dienen, was Saladin verlangte und dieser

erstattete ihm nachgehends nicht nur das Darlehn voll=
kommen, sondern überhäufte ihn auch mit Geschenken, be=
handelte ihn immer wie seinen Freund und verlieh ihm
Ehre und Ansehen an seinem Hofe.

2.

Nathan der Milde.

In den Gegenden des Catai lebte nach den Berichten
einiger Genueser und Anderer, welche dort waren, einst ein
Mann von edelm Geschlecht und unermeßlichen Reichthümern,
mit Namen Nathan, welcher einen Ort in der Nähe der
Heerstraße besaß, auf der nothwendig Jeder vorbeiziehen
mußte, der von Westen nach der Levante reisen wollte, oder
von der Levante nach Westen. Er war großmüthig und
freigebig und wünschte sich durch seine Werke einen Namen
zu machen, weßhalb er sich hier von vielen Baumeistern,
die er im Dienst hatte, einen der schönsten, größten und
reichsten Paläste, die je gesehen worden sind, errichten und
mit Allem herrlich ausstatten ließ, was zur Aufnahme und
ehrenvollen Bewirthung edler Männer dienen konnte. Hier
ließ er durch seine zahlreiche und auserlesene Dienerschaft
Jeden, der hin oder zurückwanderte, freundlich und festlich
empfangen und bewirthen, und in diesem löblichen Gebrauch
beharrte er so lange, daß bald nicht bloß das Morgenland,
sondern fast der ganze Occident seinen Namen kannte.

Als er schon mit Jahren beladen war, ohne darum
in großmüthiger Milde zu ermüden, geschah es, daß sein
Ruf auch zu den Ohren eines Jünglings gelangte, der

Mithridanes hieß und aus einem nicht entfernten Lande stammte. Dieser, der sich nicht minder reich glaubte, als Nathan es war, ward auf seinen Ruf und seine Tugend neidisch und nahm sich vor, sie durch noch größere Frei= gebigkeit zu vernichten oder zu verdunkeln. Er ließ also einen Palast, dem des Nathan ähnlich, erbauen und begann die ungemessensten Ehrenbezeugungen, die je ein Mann er= wiesen hat, einem Jeden, der ging oder kam, zu erweisen und allerdings ward er auch in kurzer Zeit berühmt genug.

Eines Tages, da dieser Jüngling ganz allein im Hofe seines Palastes verweilte, trat eine Frau zu einem der Schloß= thore ein, bat um ein Almosen und erhielt es; darauf kehrte sie durch ein zweites Thor zurück und erhielt es nochmals und so der Reihe nach bis zum zwölften Thore; als sie aber zum dreizehnten Male zurückkehrte, sagte Mithri= danes: „Gute Frau, du bist ziemlich eifrig in deinen Bitten," gab ihr aber dennoch wieder ein Almosen. Als die Alte diese Worte vernahm rief sie aus: O Freigebig= keit des Nathan, wie bist du bewunderungswürdig! Durch zwei und dreißig Thore, die sein Palast hat, gleich diesem trat ich ein, und bat ihn um ein Almosen, und nie schien er mich zu erkennen und immer erhielt ich es: und hier bin ich erst durch das dreizehnte gegangen und ward erkannt und bespöttelt. Mit diesen Worten ging sie hinweg und kam nicht wieder.

Als Mithridanes die Worte der Alten und den Ruhm Nathans vernahm, den er immer als eine Beeinträchtigung des Seinigen ansah, ward er von wüthendem Zorn ergriffen und sprach: Ich Unglücklicher, wann werde ich wohl die Freigebigkeit Nathans in den großen Dingen erreichen, ge= schweige denn übertreffen, wie ich mich bestrebe, da ich ihr in den kleinsten nicht nahe zu kommen vermag. Wahrlich, ich mühe mich umsonst, wenn ich ihn nicht aus der Welt schaffe, und das muß ich, da sein Alter ihn nicht hinweg= räumt, ohne allen Aufschub mit eigenen Händen verrichten. Und hiermit erhob er sich plötzlich, stieg ohne Jemandem seinen Vorsatz mitzutheilen, mit wenigen Gefährten zu Pferde und gelangte am dritten Tage dahin, wo Nathan wohnte. Hier befahl er seinen Gefährten, sie sollten thun, als ge= hörten sie nicht zu ihm und kennten ihn nicht, sich aber einstweilen selbst nach einer Wohnung umsehen, bis er ihnen eine andere anweisen lasse; worauf er allein blieb und gegen Abend nicht weit von dem schönen Palaste auf Nathan stieß, der, sehr einfach gekleidet, allein spazieren ging. Da er ihn nicht kannte, fragte er ihn, ob er ihm sagen könne, wo Nathan sich aufhalte, worauf dieser freundlich erwiederte: Mein Sohn, Niemand in dieser Gegend kann dir das besser sagen als ich, und wenn es dir beliebt, will ich dich hin= führen. Der Jüngling entgegnete, es werde ihm sehr an= genehm sein, doch wünsche er, wenn es sein könnte, von Nathan weder gesehen noch gekannt zu werden. Nathan ver= setzte: Auch das will ich machen, da du es wünschest. Mithridanes stieg hierauf vom Pferde und begab sich mit Nathan, der ihn sogleich in ein anziehendes Gespräch zu verstricken wußte, zu dem schönen Palaste. Hier befahl Nathan einem Diener, das Pferd des Jünglings in Empfang zu nehmen und flüsterte ihm dabei den Befehl ins Ohr, so= gleich mit allen Hausgenossen Abrede zu treffen, daß es dem Jünglinge von Keinem verrathen würde, er selbst sei Na= than: und so geschah es. Im Palaste angekommen, führte er den Mithridanes in ein herrliches Gemach, wo ihn Nie= mand zu sehen bekam, als diejenigen, welche zu seiner Be=

dienung geordnet waren, und indem er ihn köstlich bewirthen
ließ, leistete er ihm selbst Gesellschaft. Während er so bei
Mithridanes verweilte, ehrte ihn dieser zwar wie einen Vater,
fragte ihn aber doch zuletzt, wer er sei; worauf Nathan
antwortete: Ich bin ein geringer Diener Nathans, mit ihm
aufgewachsen und gealtert, ohne daß er mich aus dem niedern
Stande, in dem du mich siehst, erhoben hätte, weßhalb ich
denn, wie sehr alle Andern ihn auch preisen mögen, eben
nicht Grund habe, ihn zu rühmen. Diese Worte gaben
dem Mithridanes einige Hoffnung, mit besserm Rath und
größerer Sicherheit sein schnödes Vorhaben ausführen zu
können. Als daher Nathan ihn mit vieler Höflichkeit fragte,
wer er sei und welches Geschäft ihn hierher führe, indem
er ihm zugleich seinen Rath und Beistand in Allem anbot,
was er zu thun fähig sei, zögerte Mithridanes zwar anfangs
etwas mit der Antwort, endlich aber entschlossen, sich ihm
anzuvertrauen, bat er ihn durch einen langen Umschweif von
Worten erst um sein Vertrauen, dann um Beistand und
Rath, und entdeckte ihm völlig, wer er sei und mit welchen
Zwecken und aus welchen Antrieben er gekommen sei. Als
Nathan diese Erzählung und den grausen Vorsatz des Mithri=
danes vernahm, kehrte sich sein Innerstes inn; doch zögerte
er nicht und gab ihm mit starkem Muth und festem Ton
diese Antwort: Mithridanes, dein Vater war ein edler
Mann und du scheinst nicht von ihm abarten zu wollen, da
du einen so hohen Entschluß gefaßt hast, gegen Alle frei=
gebig zu sein; auch lobe ich sehr den Neid, welchen Nathans
Tugend in dir erweckt hat, denn wenn Viele diese Empfin=
dung theilten, so würde die Welt, die jetzt im Elend liegt,
bald glücklich sein. Zweifle nicht, daß der Vorsatz, den
du mir enthüllt hast, verschwiegen bleibt; doch kann ich dir

dazu weniger mit Beistand als mit gutem Rath an die Hand
geben und dieser Rath ist folgender: Du kannst von hier
aus ein kleines, kaum eine halbe Meile entferntes Gebüsch
erblicken, in welchem Nathan jeden Morgen und ganz allein
ziemlich lange spazieren zu gehen pflegt: da wird es dir
leicht werden, ihn zu finden und deinen Vorsatz auszuführen.
Wenn du ihn aber getödtet hast, so nimm, um ohne ein
Hinderniß nach Hause zurückzukehren, nicht jenen Weg, auf
dem du hierher kamst, sondern den, welchen du links aus
dem Gebüsch führen siehst, denn er ist, wenn auch ein wenig
waldiger, doch deiner Heimath näher und für dich sicherer.

Als Mithridanes diese Anweisung empfangen und Nathan sich entfernt hatte, ließ er seine Gefährten, welche ebenfalls dort eingekehrt waren, mit Vorsicht wissen, wo sie ihn
am nächsten Tage erwarten sollten. Als nun der neue
Tag anbrach, ging Nathan, dessen Entschluß mit dem Rathe,
welchen er dem Mithridanes gegeben hatte, vollkommen eins
und heute noch derselbe war wie gestern, ganz allein nach
dem Gehölz um zu sterben. Mithridanes erhob sich, ergriff seinen Bogen und sein Schwert, denn andere Waffen
hatte er nicht, stieg zu Pferde und ritt nach dem Gebüsch,
wo er schon von fern den Nathan ganz einsam lustwandeln
sah. Doch in der Absicht ihn, ehe er ihn angriffe, noch zu
sehen und sprechen zu hören, ritt er auf ihn zu, ergriff ihn
bei der Binde, die seinen Kopf bedeckte und rief: Alter, du
bist des Todes. Hierauf entgegnete Nathan nichts weiter
als: So habe ich es also verdient. Als Mithridanes seine
Stimme vernahm und ihm ins Gesicht blickte, erkannte er
ihn sogleich als Den wieder, der ihn so gütig empfangen,
freundlich begleitet und so getreulich berathen hatte, so daß
ihm sogleich der Zorn entwich und seine Wuth sich in Be-

schämung verwandelte. Alsbald warf er das Schwert aus
den Händen, das er schon entblößt hatte, um ihn zu tödten,
stieg vom Pferde und stürzte sich weinend zu Nathans Füßen,
indem er sprach: Jetzt, theuerster Vater, erkenne ich deutlich
eure Milde, da ich sehe, mit welcher List ihr gekommen
seid, mir selbst euer Leben zu geben, nach dem ich, wie ich
mich selber offenbart, ohne irgend einen Grund verlangt hatte.
Gott aber, der meiner Pflicht mehr als ich selber eingedenk
war, hat mir in dem Augenblick, wo es mir am nöthigsten
war, die Augen des Verstandes geöffnet, die ein elender
Neid mir verschlossen hielt. Je bereitwilliger ihr also wart,
mir zu willfahren, desto lieber erkenne ich mich der Strafe
meiner Verirrung verfallen: nehmt also die Rache an mir,
welche ihr meiner Schuld entsprechend findet.

Nathan ließ den Mithridanes sich erheben, umarmte und
küßte ihn zärtlich und sprach: Mein Sohn, dein Beginnen,
ob du es nun böse oder anders nennen wollest, bedarf weder
einer Entschuldigung noch eines Verzeihens, da nicht Haß,
sondern der Wunsch für besser zu gelten dich dazu vermochte.
Du darfst also vor mir sicher sein und mir glauben, daß
kein Mensch auf Erden dich mehr liebt als ich, da ich die
Größe deiner Seele erwäge, welche nicht, wie gemeine Seelen
pflegen, Schätze anzuhäufen, sondern die angehäuften zu ver=
wenden sich getrieben fühlt. Schäme dich auch nicht, daß
du mich tödten wolltest, um Ruhm zu erlangen, noch
glaube, daß ich mich darüber verwundere: die erhabensten
Kaiser und größten Könige haben fast mit keiner andern
Kunst als der zu tödten, nicht einen Menschen, wie du
wolltest, sondern unzählige, und mit Verheerung und Ein=
äscherung ganzer Länder und Städte ihre Reiche und zu=
gleich ihren Ruhm ausgebreitet. Mithin hast du, der du

mich tödten wolltest um berühmt zu werden, weder etwas
Sonderbares noch Neues, sondern etwas sehr Gebräuchliches
unternommen.

Mithridanes versuchte es nicht, sein verkehrtes Trachten
zu entschuldigen, sondern pries die Güte, womit Nathan
einen scheinbaren Entschuldigungsgrund dafür gefunden hatte
und äußerte ferner, wie sehr er es bewundere, daß Nathan
sich hierzu entschlossen und ihm selbst noch Mittel und Rath
geliehen habe. Hierauf versetzte Nathan: Mithridanes, du
darfst dich über mich und meinen Entschluß nicht verwundern,
denn seit ich mir selbst überlassen war und mich das aus=
zuführen entschloß, was auch du unternommen hast, ist nie
einer in mein Haus gekommen, dem ich nicht, so viel an
mir lag, in Allem genügt hätte, was er von mir fordern
mochte. Du kamst hierher und verlangtest mein Leben; ich
vernahm dein Begehren und damit du nicht der Erste wärst,
der von hier schied ohne seine Bitte erfüllt zu sehen, ent=
schloß ich mich gleich, es dir zum Geschenk darzubringen.
Und damit du es erhieltest, gab ich dir den Rath, den ich
für dienlich hielt, mein Leben in deine Gewalt zu bringen
ohne das deinige zu gefährden; und darum wiederhole ich
es dir jetzt und bitte dich, wenn es dir beliebt, es zu
nehmen und dich damit zu befriedigen, denn ich weiß nicht
wie ich es besser weggeben könnte. Ich habe es schon
achtzig Jahre gebraucht und zu meinem Glück und Ver=
gnügen genützt und weiß wohl, daß es mir dem Lauf der
Natur gemäß wie allen andern Menschen und überhaupt
allen Dingen nur noch kurze Zeit gelassen werden mag und
darum halte ich es für weit besser, es wegzuschenken, wie
ich immer meine Schätze weggeschenkt und hingegeben habe,
als es so lange behalten zu wollen bis es mir wider

meinen Willen von der Natur genommen wird. Hundert
Jahre zu verschenken, ist eine geringe Gabe, wie viel geringer
ist es denn, die sechs bis acht Jahre zu verschenken, die
mir noch übrig bleiben? Nimm denn, ich bitte dich, mein
Leben, wenn es dir beliebt, denn ich weiß nicht wo ich
einen finden sollte, der sein begehrte. Ja, wenn ich auch
einen fände, so weiß ich, daß sein Werth um so geringer
wird, je länger ich es behalte, und darum bitte ich dich
nochmals, nimm es hin bevor es ganz werthlos wird.

Ganz beschämt entgegnete ihm Mithridanes: Verhüte
Gott, daß ich ein so köstliches Gut, wie euer Leben ist, auch
nur begehre, wie ich vor Kurzem noch that, geschweige denn
raube und euch entziehe: nein, ehe ich die Zahl seiner Jahre
verringerte, möchte ich ihm gern von den meinigen noch zu=
setzen. Schnell versetzte hierauf Nathan: So wolltest du,
wenn du könntest, deine Jahre meinem Leben zusetzen und
machen, daß ich gegen dich thäte, was ich sonst nie gegen
Jemand gethan habe, d. h. von dir etwas annehmen, der
ich noch nie von einem Andern etwas angenommen habe?
Ja, antwortete Mithridanes rasch. Wohlan denn, fuhr
Nathan fort, so thue, wie ich dir sage. Bleibe du junger
Mann hier in meinem Schlosse und heiße Nathan und ich
will in das deine gehen und hinfort Mithridanes heißen.
Da entgegnete ihm Mithridanes: Wenn ich so trefflich zu
handeln verstände, wie ihr versteht und verstanden habt, so
würde ich euer Anerbieten ohne lange Ueberlegung an=
nehmen; da ich aber gewiß zu sein glaube, daß mein Ver=
fahren nur dazu dienen würde, den Ruhm Nathans zu ver=
mindern und es nicht meine Absicht ist, Andern das zu ver=
derben, was ich für mich selbst nicht erreichen kann, so muß
ich es ausschlagen.

Diese und viele andere anziehende Gespräche wechselten Nathan und Mithridanes und gingen dann auf Nathans Wunsch zusammen nach dem Palaste zurück, wo Nathan den Mithridanes noch mehrere Tage lang herrlich bewirthete und ihn nach bestem Wissen und Vermögen in seinem erhabenen und edeln Vorsatz bestärkte. Als aber Mithridanes mit seinen Gefährten zurückzukehren verlangte, entließ er ihn mit der völligen Ueberzeugung, daß er es dem Nathan nie in Milde zuvorthun würde.

3.

Saladins Dankbarkeit.

Zu den Zeiten Kaiser Friedrich des ersten unternahmen die Christen einen allgemeinen Heerzug zur Wiedereroberung des heiligen Landes. Dies hatte Saladin, der ein vortrefflicher Fürst und dazumal Sultan von Babylon war, kurz vorher vernommen und sich entschlossen, die Zurüstungen der christlichen Fürsten zu diesem Kreuzzuge mit eigenen Augen zu schauen, um sich besser darwider waffnen zu können. Als er daher in Egypten seine Angelegenheiten geordnet, that er, als trete er eine Pilgerschaft an und machte sich mit zweien seiner ersten und reichsten Hofleute und nur drei Dienern in Gestalt eines Kaufmanns auf den Weg. Als er schon viele christliche Länder bereist hatte und eben durch die Lombardei ritt, um von da über die Alpen zu gelangen, begab es sich, daß er auf dem Wege von Mailand nach Pavia bei anbrechendem Abend einem Edelmann mit Namen Messer Torello

b'Jstria von Pavia begegnete, welcher mit seiner Diener=
schaft, so wie mit Hunden und Falken ein schönes Gut
beziehen wollte, das er am Tessino besaß. Als Herr
Torello sie erblickte, erkannte er sie zugleich für Fremde
und Edelleute, und wünschte sie ehrenvoll zu bewirthen.
Als daher Saladin einen seiner Diener fragte, wie weit
er von hier noch nach Pavia habe, und ob er noch früh
genug ankommen könne, um Einlaß zu finden, ließ er den
Diener nicht antworten, sondern antwortete selbst: Ihr Herrn,
ihr könnt Pavia nicht erreichen zu einer Zeit, wo ihr dort
Einlaß findet. So bitte ich euch, sprach Saladin, uns
anzuzeigen, denn wir sind hier fremd, wo wir am besten
herbergen mögen. Messer Torello versetzte: Das will
ich gerne thun. Ich war eben Willens, einen meiner
Leute eines Geschäfts willen in die Nähe von Pavia zu
schicken: jetzt werde ich ihn mit euch senden und er wird
euch an einen Ort führen, wo ihr eine ganz befriedigende
Herberge findet. Dann näherte er sich dem Verständigsten
seiner Diener, befahl ihm, was er zu thun habe und
schickte ihn mit ihnen: er selbst aber eilte so schnell er
konnte nach seiner Besitzung, ließ ein schönes Mahl ein=
richten und die Tische in seinem Garten aufstellen, worauf
er sich an die Thüre begab, um sie zu erwarten. Der
Diener unterhielt sich indeß mit den Edelleuten über
mancherlei Dinge, führte sie auf gewissen Wegen um=
her und geleitete sie endlich, ohne daß sie es gewahr
wurden, zu dem Landgut seines Herrn. Als Messer
Torello sie erblickte, ging er ihnen zu Fuß entgegen und
sagte lächelnd: Meine Herren, ihr seid sehr willkommen.
Saladin, der sehr scharfsichtig war, merkte wohl, daß der
Ritter gefürchtet habe, sie möchten die Einladung nicht

annehmen, wenn er sie bei jener erften Begegnung gebeten
hätte und daß er sie deßhalb, damit sie es nicht aus=
fchlagen könnten, den Abend bei ihm zuzubringen, mit
Lift zu feinem Haufe geführt habe. Er erwiederte daher
feinen Gruß und fprach: Herr, wenn man fich über
Zuvorkommenheit befchweren könnte, fo würden wir uns
über euch befchweren müffen, denn unferer Reife zu ge=
fchweigen, die ihr um etwas verzögert, nöthigt ihr uns,
ohne daß wir euer Wohlwollen anders als durch einen
bloßen Gruß verdient hätten, eine fo hohe Gaftlichkeit, wie
die eurige, anzunehmen. Der Ritter, ein verftändiger und
beredter Mann, entgegnete: Ihr Herrn, was ihr bei uns
findet, wird im Vergleich mit dem was euch gebührte,
fo viel ich an euerm Aeußern erkenne, nur eine ärmliche
Gaftlichkeit fein; doch in der That, außerhalb Pavias hättet
ihr nirgendwo eine leibliche Herberge getroffen und darum
laßt es euch nicht verdrießen, einen kleinen Umweg
gemacht zu haben, um einige Unbequemlichkeit weniger
zu finden.

Während er fo fprach, hatte feine Dienerfchaft fich um
die Gäfte verfammelt und fobald fie abgeftiegen waren,
ihre Pferde untergebracht, worauf Meffer Torello die drei
Edelleute zu den für fie bereiteten Gemächern führte. Hier
ließ er fie die Schuhe ablegen, erfrifchte fie etwas mit
kühlen Weinen und unterhielt fie mit gefälligen Gefprächen
bis zur Stunde des Nachtmahls. Saladin, feine Ge=
fährten und Diener, die alle romanifch fprachen, fo daß
fie recht gut verftanden und fich verftändlich machten,
meinten einmüthig, diefer Ritter fei der gefälligfte, höflichfte
und beredtefte Mann, den fie noch gefehen hätten. Von
der andern Seite däuchten Herrn Torello feine Gäfte

reiche und noch weit vornehmere Männer, als er sie
anfangs geschätzt hatte, weßhalb es ihm heimlich leid that,
sie diesen Abend nicht mit Genossen und festlicher Be=
wirthung ehren zu können. Indeß gedachte er, dies am
nächsten Morgen noch nachzuholen, und nachdem er einen
seiner Diener von seinem Vorhaben unterrichtet, sandte
er ihn zu seiner Gemahlin, die eine verständige und hoch=
sinnige Dame war, nach dem ganz nahen Pavia, wo man
kein Thor zu verschließen pflegte. Hierauf führte er die
Edelleute in seinen Garten, und fragte sie höflich, wer
sie seien? Saladin antwortete ihm: Wir sind cyprische
Kaufleute und kommen von Cypern, um in unsern Ge=
schäften nach Paris zu gehen. Wollte Gott, versetzte hierauf
Messer Torello, dies unser Land brächte solche Edelleute
hervor, wie ich sehe, daß Cypern Kaufleute erzeugt.

Ueber diesen und andern Gesprächen kam die Zeit des
Nachtmahls heran und Herr Torello führte die Gäste
zur Tafel, wo sie denn auch, angesehen, daß es ein un=
vorbereitetes Mahl war, sehr gut und fleißig bedient
wurden. Nicht lange nach aufgehobener Tafel ließ sie
Herr Torello, der ihre Müdigkeit bemerkte, in schönen Betten
zur Ruhe bringen, und ging hierauf ebenfalls schlafen.

Der nach Pavia gesandte Diener richtete unterdeß
seinen Auftrag bei der Dame aus, welche nicht mit
weiblichem, sondern mit wahrhaft königlichem Sinn die Freunde
und Diener des Herrn Torello in großer Anzahl berufen
und alles Nöthige zu einem großen Gastmahl bereiten,
noch bei Fackellicht viele der edelsten Städter zum Feste
laden, Zeuge, Tücher und Pelzwerk aufspannen und Alles
und Jedes genau so einrichten ließ, wie es ihr Gatte ihr
hatt e befehlen lassen.

Als nun der Morgen kam und die Edelleute sich
erhoben, stieg Messer Torello mit ihnen zu Pferde, ließ
seine Falken kommen und führte sie zu einem nahen Weiher,
wo er sie sehen ließ, wie seine Falken zu fliegen verstanden.
Als aber Saladin nach Jemand fragte, der sie in Pavia
zu der besten Herberge führen könne, sprach Messer Torello:
Ich werde das selbst thun, da ich doch dahin muß. Da
sie ihm glaubten, waren sie damit zufrieden und so machten
sie sich zusammen auf den Weg. Es war schon um die
dritte Morgenstunde, als sie die Stadt erreichten und in
der Meinung, vor der besten Herberge zu halten, mit
Messer Torello zu dessen Hause gelangten, wo schon an
funfzig der edelsten Bürger versammelt waren, um die
Edelleute zu empfangen, deren Zügel und Steigbügel sie
sogleich ergriffen. Als Saladin und seine Gefährten dies
sahen, begriffen sie nur zu wohl, was dies zu bedeuten
habe, und sprachen: Messer Torello, dies ist nicht was
wir begehrten. Ihr hattet schon in der vorigen Nacht genug
an uns gethan und weit mehr als wir wünschten; heute
konntet ihr uns also recht wohl unsere Reise fortsetzen
lassen. Aber Messer Torello entgegnete: Ihr Herrn, für
das, was euch gestern Abend geschehen konnte, weiß ich dem
Glück mehr Dank als euch, denn es ließ euch zu einer
Stunde unterwegs sein, wo ihr wohl in mein kleines Haus
einkehren mußtet; für den heutigen Morgen aber werde ich
euch selbst verpflichtet sein und mit mir zugleich alle diese
Edelleute, die euch hier umgeben, und wenn ihr ihnen eine
Artigkeit zu erzeigen glaubt, indem ihr euch weigert, mit
ihnen zu speisen, so steht es euch frei, es zu thun.

Saladin und seine Gefährten, die sich besiegt sahen,
stiegen nun ab; die Edelleute bewillkommten sie fröhlich und

führten sie in die Gemächer, welche zu ihrem Empfang köstlich
ausgeschmückt waren. Hier legten sie ihre Reisekleider ab,
erfrischten sich ein wenig und traten dann in den Saal, wo
sie alles auf das Prächtigste eingerichtet fanden. Als das
Wasser für die Hände gereicht worden war, setzte man sich
zu Tische, wo sie in der größten und schönsten Ordnung und
mit zahlreichen Speisen so herrlich bedient wurden, daß man
dem Kaiser selbst, wenn er dahin gekommen wäre, nicht
mehr Ehre hätte erweisen können. Und obgleich Saladin
und seine Gefährten als große Herrn gewohnt waren glänzende
Feste zu sehen, so erstaunten sie doch über dieses, das ihnen
ganz außerordentlich schien, sonderlich wenn sie den Stand
des Ritters erwogen, von dem sie wußten, daß er ein Städter,
und kein gebietender Herr sei.

Nach beendigter Mahlzeit und aufgehobener Tafel, da
man noch eine Weile von hohen Dingen gesprochen hatte,
begaben sich auf Herrn Torellos Bitte die Edelleute von
Pavia der großen Hitze wegen zur Ruhe, während er mit
seinen drei Gästen allein blieb. Mit diesen trat er in ein
Gemach, in welches er, damit nichts ihm Theures zurück=
bliebe, das sie nicht gesehen hätten, seine würdige Gattin
rufen ließ. Diese, die sehr schön und von hohem Wuchs
war, trat mit reichen Kleidern geschmückt in der Mitte ihrer
beiden Knaben, die zwei Lämmlein schienen, vor Jene und
grüßte sie freundlich. Als die Herren sie erblickten, erhoben
sie sich und empfingen sie ehrerbietig, ließen sie dann neben
sich Platz nehmen und bezeugten große Freude an ihren beiden
schönen Kindern. Als sie darauf in ein anmuthiges Gespräch
gerathen waren und Herr Torello sich auf eine Weile ent=
fernt hatte, fragte sie freundlich, woher sie seien und wohin
sie gingen? Hierauf antworteten die Edelleute, wie sie

4*

Herrn Torello geantwortet hatten. Da begann die Dame
mit heiterm Antlitz: Nun sehe ich, daß mein weiblicher Rath
euch nicht unnütz sein wird, und darum bitte ich euch aus
besonderer Gunst für mich, das kleine Geschenk, daß ich
euch kommen lassen werde, weder zurückweisen noch gering
zu schätzen, sondern in Betracht, daß die Frauen nach ihren
kleinen Herzen auch nur Kleines schenken können, mehr auf
den guten Willen der Geberin, als auf den Werth der Gabe
zu sehen.

Hierauf ließ sie für Jeden ein Paar Oberkleider, eins
mit Tuch, eins mit Pelzwerk gefüttert, nicht wie Städter
oder Kaufleute, sondern wie Herrn sie tragen, und drei
Röcke von Zendal und feiner Leinwand kommen und sprach:
Nehmt diese; ich habe mit den Oberkleidern meinen Mann
gekleidet wie euch; die andern werden euch, so gering ihr
Werth auch sein mag, vielleicht willkommen sein, wenn
ihr die Entfernung von euern Frauen, die Weite des
zurückgelegten Weges und dessen, der euch noch zurück=
zulegen bleibt, bedenkt, und daß ein Kaufmann sauber und
wohl gekleidet sein muß.

Die Edelleute erstaunten und erkannten nun deut=
lich, daß Herr Torello keinen Theil der Milde an ihnen
unerfüllt lassen wolle, ja sie zweifelten beim Anblick
der edeln und keineswegs kaufmännischen Gewänder, ob
Herr Torello sie nicht erkannt habe. Dennoch antwortete
einer von ihnen der Dame: Madonna, dies sind herrliche
Sachen, die wir nicht sogleich annehmen dürften, wenn
eure Bitten uns nicht dazu zwängen, zu welchen man frei=
lich nicht Nein sagen kann.

Als dies geschehen und Herr Torello zurückgekehrt
war, empfahl die Dame sie Gottes Schutz und schied von

ihnen, um auch ihre Diener mit ähnlichen Gewändern, wie sie ihrem Stande geziemten, versehen zu lassen. Mit vielen Bitten erlangte es Herr Torello von ihnen, daß sie jenen ganzen Tag noch bei ihm verweilten und so legten sie nach der Mittagsruhe die Gewänder an, ritten mit Herrn Torello eine Weile durch die Stadt und da inzwischen die Stunde des Nachtmahls herangerückt war, speisten sie mit vielen ehrenvollen Genossen herrlich zu Nacht und dann als es Zeit war, begaben sie sich zur Ruhe und wie der Tag kam, erhoben sie sich und fanden an der Stelle ihrer müden Klepper drei große und schöne Rosse und eben so viel frische und starke Pferde für ihre Diener. Als Saladin dies sah, wandte er sich zu seinen Gefährten und sprach: Ich schwöre zu Gott, daß nie ein so vollkommener, höflicher und weiser Mann gefunden ward, als dieser, und wenn die christlichen Könige so Könige sind, wie dieser ein Ritter ist, so wird der König von Babylon auch nicht einen derselben erwarten dürfen, ge= schweige so viele, als wir sich rüsten sehen, ihn anzu= greifen. Da sie aber wußten, sie dürften sie nicht aus= schlagen, sagten sie ihm höflichen Dank und stiegen zu Pferde. Messer Torello begleitete sie mit vielen Gefährten eine gute Strecke von der Stadt und obgleich es Saladin schwer ward, sich von Herrn Torello zu trennen, so ver= liebt war er schon in ihn, bat er ihn doch, da die Reise ihn drängte, endlich heimzukehren. Dieser, dem der Ab= schied von ihnen freilich auch schwer ward, antwortete: Ihr Herrn, ich will es thun, weil es euch gefällt, aber Eins muß ich euch noch sagen. Ich weiß nicht, wer ihr seid, und verlange es nicht wider euern Willen zu wissen, aber wer ihr auch sein mögt, für Kaufleute werde ich euch für diesmal nicht halten, und somit empfehle ich euch Gott. Saladin, der von allen Gefährten des Herrn Torello bereits Abschied genommen hatte, versetzte: Herr, noch kann es geschehen, daß wir euch ein Theil unserer Waaren sehen lassen, um euch in euerm Glauben zu stärken und so geht mit Gott.

Saladin zog nun mit seinen Gefährten in dem festen Vorsatz weiter, wenn das Leben ihm währe und wenn der Krieg, den er erwartete, ihn nicht vernichte, an Herrn Torello dereinst nicht weniger zu thun, als er an ihm gethan habe; auch sprach er noch viel über ihn und seine Gemahlin, über sein Thun und Lassen und all das Seinige zu seinen Gefährten, indem er jedes Einzelne höchlich belobte. Als er aber das ganze Abendland, nicht ohne große Beschwerde, durchforscht hatte, ging er zur See und kehrte mit seinen Begleitern nach Alexandria zurück, wo er sich nun vollkommen unterrichtet, zu seiner Vertheidigung anschickte.

Messer Torello kehrte nach Pavia und sann lange nach, wer diese drei gewesen sein möchten, doch nie traf er, noch näherte er sich der Wahrheit. Als die Zeit der Ueberfahrt kam, und allenthalben große Zurüstungen gemacht wurden, entschloß sich Herr Torello, der Bitten und Thränen seiner Gemahlin ungeachtet, mitzufahren und als Alles bereit war und er im Begriff stand zu reiten, sprach er zu seiner Gattin, die er über Alles liebte: Wie du siehst, Frau, schließe ich mich diesem Kreuzzuge an, sowohl der weltlichen Ehre als des Heils meiner Seele willen; ich empfehle dir unser Haus und unsere Ehre, und weil ich der Abreise gewiß bin, der Heimkehr aber, um tausend Zufälle willen, die sich ereignen können, keine Gewißheit habe,

so wünsche ich, daß du mir die Gunst erzeigen möchtest,
mich, was mir auch geschehe, wenn du keine gewisse Nach=
richt von meinem Leben hast, ein Jahr einen Monat und
einen Tag lang, von dem Tage meiner Abreise gerechnet,
zu erwarten, ohne dich wieder zu vermählen.

Die Dame, welche heftig weinte, antwortete ihm:
Herr Torello, ich weiß nicht wie ich den Schmerz ertragen
soll, in dem ihr mich bei eurer Abreise verlasset: wenn
aber mein Leben stärker sein sollte als er, und euch irgend
ein Unfall begegnet, so lebt und sterbt in der festen Ueber=
zeugung, daß ich als die Gattin Torellos oder seines Gedächt=
nisses leben und sterben werde. Hierauf entgegnete Messer
Torello: Ich bin vollkommen gewiß, daß so viel an dir
liegt, Alles geschehen wird, was du mir versprichst; aber
du bist jung, reich, schön und von hoher Verwandtschaft,
dein Werth ist groß und überall bekannt: deßwegen zweifle
ich nicht, daß viele vornehme und edle Männer, wenn von
mir nichts mehr vernommen wird, dich von deinen Brüdern
und Vettern zur Gattin begehren werden, vor deren An=
liegen du dich mit dem besten Willen nicht vertheidigen
könntest, sondern dich gezwungen sehen wirst, ihnen zu will=
fahren und dies ist der Grund, warum ich diese und keine
längere Frist von dir begehre. Die Dame versetzte: Was
ich gesagt habe, werde ich, so weit ich kann, erfüllen; wenn
ich mich aber genöthigt sähe, anders zu handeln, so würde
ich euch wenigstens gewiß in dem gehorchen, was ihr mir
jetzt auferlegt. Ich bitte aber Gott, weder Euch noch mich
jemals in solche Lage zu setzen.

Nach dieser Unterredung umarmte die Dame Messer
Torello unter Thränen, zog einen Ring von ihrem Finger
und gab ihn ihm mit den Worten: Wenn es geschähe, daß

ich stürbe, ehe ich euch wiedersähe, so gedenket mein bei
seinem Anblick. Er nahm ihn und stieg zu Pferde, rief
dann Allen ein Lebewohl zu und trat seine Reise an. Bald
erreichte er mit seiner Schaar Genua, bestieg hier eine Ga=
leere, stach in See und gelangte in kurzer Zeit nach Acri,
wo er sich mit dem übrigen Heer der Christen vereinigte.
In diesem begann aber bald eine ansteckende Krankheit und
große Sterblichkeit auszubrechen, und während derselben
ward durch Saladins Kriegskunst oder Glück fast der ganze
Ueberrest der noch verschont gebliebenen Christen von ihm
wie aus freier Hand gefangen genommen und in viele
Städte vertheilt und eingekerkert, unter welchen Gefangenen
sich auch Messer Torello befand, der nach Alexandria zur
Verhaftung abgeführt wurde. Hier war er nicht bekannt
und da er sich auch aus Furcht nicht zu erkennen geben
wollte, so sah er sich genöthigt, sich mit Abrichten von
Falken zu beschäftigen, worin er große Meisterschaft besaß.
Hierdurch empfing Saladin Kunde von ihm, welcher ihn aus
dem Gefängniß führen ließ und zu seinem Falkonier bestellte.

Messer Torello, der von Saladin nicht anders als der
Christ genannt wurde und diesen so wenig erkannte als der
Sultan ihn, dachte nur nach Pavia zurück und da mehrere
Versuche zu entfliehen ihm nicht geglückt waren, entschloß
er sich, als jetzt mehrere Genueser, die als Gesandte zum
Loskauf ihrer Mitbürger bei Saladin erschienen waren,
wieder heimkehren wollten, seiner Gattin zu schreiben, daß er
noch lebe und sobald als möglich heimkehren werde; sie solle ihn
also erwarten. Dies that er und bat einen der Gesandten, der
ihm bekannt war, den Brief in die Hände des Abts von
San Pietro in Ciel b'Oro, der sein Oheim war, gelangen
zu lassen.

So standen die Dinge, als eines Tages in einem
Gespräch mit Saladin über seine Falken Messer Torello
zu lächeln begann und dabei einen Zug mit dem Munde
machte, den Saladin, da er zu Pavia in seinem Hause
war, sehr genau bemerkt hatte. Um dieses Zuges willen,
gedachte Saladin des Herrn Torello, faßte ihn scharf ins
Auge und glaubte ihn zu erkennen. Er unterbrach also
das Gespräch und begann: Sage mir Christ, aus welcher
Gegend des Abendlandes bist du? Mein Gebieter, antwor=
tete Herr Torello, ich bin ein Lombarde, aus einer Stadt
mit Namen Pavia, ein armer Mann von geringem Stande.
Als dies Saladin vernahm, glaubte er seiner Vermuthung
gewiß zu sein und sprach fröhlich zu sich selbst: Nun gönnt
mir Gott Gelegenheit Diesem zu zeigen, wie angenehm
mir seine Milde war. Dann ließ er, ohne ein Wort
weiter zu sagen, alle seine Kleider in einer Kammer aus=
breiten, führte ihn hinein und sprach: Siehe, Christ, ob unter
diesen Kleidern eins ist, das du schon gesehen hast. Herr
Torello sah sie an und erblickte jene, welche seine Gemahlin
einem der Edelleute geschenkt hatte; doch schien es ihm
unmöglich, daß es dieselben sein sollten, sondern gab zur
Antwort: Herr, ich kenne keins darunter; doch ist es wahr,
daß diese beiden sehr den Kleidern gleichen, mit welchen ich
einst, zugleich mit drei Kaufleuten, die zu meinem Hause
gelangten, bekleidet wurde. Nun konnte sich Saladin nicht
länger halten, er umarmte ihn zärtlich und sprach: Ihr seid
Messer Torello d'Istria und ich bin einer der drei Kauf=
leute, welchen eure Gattin diese Kleider schenkte und nun
ist die Zeit gekommen, euern Glauben an meine Waare
zu stärken, wie ich euch beim Abschiede sagte, daß noch geschehen
könne. Als Herr Torello dies hörte, fing er an sich zu

freuen und sich zu schämen: sich zu freuen, daß er einen
solchen Gast gehabt und sich zu schämen, daß er ihn nicht
besser empfangen habe. Dann hub Saladin an: Messer
Torello, weil euch denn Gott nun hierher gesandt hat, so
denkt, daß nicht ich, sondern ihr hier der Herr seid. Nach
wechselseitigen Freudenbezeugungen ließ er ihn mit könig=
lichen Gewändern bekleiden, führte ihn hinaus vor die
Größten seiner Vasallen, sagte hier Vieles zum Preis seines
Verdienstes und befahl, daß Jeder dem seine Gnade werth
wäre, ihn künftig eben so ehren solle, wie seine eigene Per=
son. Dies thaten von nun an Alle, doch mehr noch als die
Uebrigen die beiden Herren, die als Saladins Gefährten in
seinem Hause gewesen waren.

Die Größe des plötzlichen Glanzes, in den Herr
Torello sich versetzt sah, schlug ihm den Stand der Dinge
in der Lombardei einigermaßen aus dem Sinne; besonders
da er der Hoffnung fest vertraute, seine Briefe würden
seinem Oheim zugekommen sein. Allein in dem Lager oder
in dem Heere der Christen war an jenem Tage, wo Sa=
ladin sie gefangen nahm, ein provençalischer Ritter von ge=
ringer Auszeichnung, mit Namen Torello von Dignes, ge=
storben und begraben worden und so geschah es, da Messer
Torello d'Istria durch seinen Adel im ganzen Heere bekannt
war, daß Jeder, der sagen hörte, Messer Torello ist todt,
dies auf Herrn Torello d'Istria bezog, nicht auf den von
Dignes; die gleich darauf eintretende Gefangennahme ver=
hinderte aber die Enttäuschung der Getäuschten und so
kehrten viele Italiener mit jener Nachricht zurück und dar=
unter so vorlaute, daß sie zu behaupten wagten, sie hätten
ihn todt gesehen und seinem Begräbnisse beigewohnt.

Als dies die Dame und ihre Verwandten erfuhren,

verursachte es großen und unermeßlichen Jammer nicht blos
ihnen, sondern Jedem, der ihn gekannt hatte. Zu lang
wäre es zu erzählen, wie groß der Schmerz, der Kummer
und die Wehklage seiner Gattin war, welche, als sie sich
einige Monate lang in beständigem Leidwesen abgehärmt
hatte und nun anfing, weniger heftig zu trauern, alsbald
von den ersten Männern der Lombardei zur Ehe begehrt
und von ihren Brüdern und übrigen Verwandten aufgefor=
dert wurde, sich wieder zu vermählen. Dies hatte sie schon
oft und unter heißen Thränen verweigert, endlich aber sah
sie sich dennoch genöthigt, sich den Willen ihrer Verwandten
zu fügen, jedoch nur unter der Bedingung, noch so lange
unvermählt bleiben zu dürfen, als sie es Herrn Torello ver=
sprochen hatte.

So standen die Angelegenheiten der Dame in Pavia,
und schon fehlten noch etwa acht Tage an der Frist, nach
welcher sie sich wieder vermählen sollte, als Messer Torello
in Alexandria eines Tages einen Mann erblickte, den er mit
dem genuesischen Gesandten die Galeere hatte besteigen sehen,
die nach Genua segelte. Er ließ ihn also rufen und fragte ihn,
was für eine Reise sie gehabt hätten und wann sie in
Genua angekommen wären? Dieser antwortete ihm: Eine
üble Reise, Herr, hatte die Galeere, wie ich in Creta ver=
nahm, wo ich zurückgeblieben war; denn als sie in die
Nähe Siciliens gelangte, erhob sich ein gefährlicher Nord=
wind, der sie an die Sandbänke der Berberei warf, daß
nicht Einer entrann und unter Andern auch zwei meiner
Brüder umkamen.

Messer Torello glaubte diesen allerdings wahrhaften
Worten, und erinnerte sich, daß die Frist, um welche er
seine Gattin gebeten hatte, in wenigen Tagen zu Ende laufe;

er schloß, daß man in Pavia keine Nachrichten von ihm
habe und hielt es nun für ausgemacht, daß seine Gattin
auf dem Punkt stehe, sich wieder zu vermählen; worüber
ihn solcher Kummer ergriff, daß er bald alle Eßlust verlor,
sich auf sein Bette warf und zu sterben entschlossen war
Als dies Saladin vernahm, der ihn über Alles liebte, kam
er zu ihm und nachdem er durch langes und dringendes
Zureden und Bitten die Ursache seines Kummers und seiner
Krankheit erfahren, tadelte er ihn sehr, daß er ihm nicht
früher davon gesagt habe; bat ihn dann, sich zu trösten
und gelobte ihm, wenn er dies thäte, dafür zu sorgen, daß
er sich zur bestimmten Frist in Pavia befände, und zugleich
eröffnete er ihm, wie. Herr Torello glaubte Saladins
Worten und da er oft hatte sagen hören, daß dies möglich
sei, fing er an, Muth zu schöpfen und bat Saladin dies
ins Werk zu richten.

Saladin befahl einem seiner Negromanten, dessen Kunst
er schon erprobt hatte, Mittel zu finden, daß Messer Torello
in einer Nacht auf einem Bette nach Pavia gebracht würde.
Der Negromant gab zur Antwort, es solle geschehen, doch
werde er ihn zu seinem Besten zuvor in Schlaf versetzen.
Als dies angeordnet war, kehrte Saladin zu Herrn Torello
zurück und da er ihn fest entschlossen fand, wo möglich, zu
der bestimmten Zeit in Pavia zu sein und wo nicht, zu
sterben, sprach er zu ihm: Messer Torello, wenn ihr eure
Gattin so zärtlich liebt und sie an einen Andern zu
verlieren fürchtet, so weiß der Himmel, daß ich euch darum
im Geringsten nicht table, denn von allen Frauen, die
ich je gesehen zu haben glaube, ist sie es, deren Sitte,
Betragen und Geberden, der Schönheit zu geschweigen, die
eine vergängliche Blume ist, mir am Meisten Preis und

Liebe zu fordern schienen. Es wäre mir höchst erwünscht gewesen, da einmal ein günstiges Geschick mir euch zugesandt hatte, wenn wir die Zeit über, die ihr und ich noch zu leben haben, die Regierung des Reichs, das ich besitze, als gleiche Herrn getheilt hätten. Sollte mir dies aber von Gottes Gnade nicht zugestanden werden, und euch der feste Entschluß kommen, zu sterben, oder euch zur gesetzten Zeit in Pavia zu befinden, so hätte ich wenigstens herzlich gewünscht, es zur rechten Zeit zu erfahren, um euch mit den Ehren, dem Gepränge und solchem Geleite, wie es euern Verdiensten zukommt, zu euerm Hause zurückkehren zu lassen. Da mir dies aber nicht vergönnt ist, und ihr nicht anders begehrt als sogleich dort zu sein, so will ich euch, so gut ich kann, in der Weise, von der ich euch gesagt habe, dahin senden. Hierauf antwortete Messer Torello: Mein Gebieter, auch ohne Worte haben eure Handlungen mir genugsame Beweise eures Wohlwollens gegeben, daß ich in so hohem Maße nicht verdient habe. Von dem was ihr sagt, wenn ihr es auch nicht versichertet, bin ich lebend und sterbend überzeugt; da ich aber einmal diesen Beschluß gefaßt habe, so bitte ich euch nur, daß das, was ihr vorhabt, schnell geschehe, denn morgen ist der letzte Tag, wo ich erwartet werden soll. Saladin entgegnete, daß es unfehlbar geschehen solle.

Am andern Tage, wo Saladin beschlossen hatte ihn in der bevorstehenden Nacht hinweg zu senden, ließ er in einem großen Saal ein schönes und reiches Lager von Matrazzen, alle nach dortiger Sitte von Sammet und Goldstoff, errichten, darüber eine Decke legen, die in gewissen Feldern mit großen und köstlichen Perlen ausgelegt war und späterhin für einen unermeßlichen Schatz erkannt wurde, und zwei Kopfkissen hinzufügen, wie sie einem solchen Bette geziemten.

Als dies geschehen war befahl er, Herrn Torello, der sich
wieder erholt hatte, ein Kleid mit saracenischem Schnitt
anzulegen, das reichste und schönste, das je Menschenaugen
erblickten, und mit einer seiner längsten Binden, nach ihrer
Sitte sein Haupt zu umwickeln.

Als nun der Abend herankam, ging Saladin mit vielen
seiner Baronen in das Gemach, wo Messer Torello sich
befand, setzte sich ihm zur Seite und begann fast unter
Thränen zu sprechen: Messer Torello, die Stunde, die euch
von mir trennen soll, rückt heran und da ich euch weder
begleiten, noch geleiten lassen kann, weil die Art, wie ihr
reisen werdet, es nicht zuläßt, so muß ich hier in der
Kammer von euch Abschied nehmen und dies zu thun bin
ich hieher gekommen. Und so, bitte ich euch, ehe ich euch
Gott empfehle, bei der Liebe und Freundschaft, die zwischen
uns besteht, mein zu gedenken und wenn es möglich ist,
ehe unsere Tage zu Ende gehen, mich noch einmal wenigstens,
nachdem ihr eure Angelegenheiten in der Lombardei ge=
ordnet habt, hier zu besuchen, damit ich alsdann, nach der
Freude euch wieder zu sehen, den Fehler gut machen könne,
in den ich jetzt um eurer Eile willen verfallen muß. Bis
dies aber geschieht geruhet mir eure Briefe zu senden und
was euch immer gefallen möchte von mir zu fordern, denn
lieber als irgend einem Menschen auf Erden werde ich es
euch sicher gewähren.

Herr Torello konnte sich der Thränen nicht erwehren;
von diesen verhindert, erwiederte er in wenigen Worten,
unmöglich könnten seine Wohlthaten und sein persönlicher
Werth sich je aus seinem Gedächtniß verlieren und un=
fehlbar werde er Alles vollbringen, was er ihm gebiete,
sobald ihm Zeit dazu vergönnt wäre. Hierauf umarmte

und küßte ihn Saladin zärtlich und sprach unter vielen
Thränen: So geht denn mit Gott. Hiermit verließ er
das Gemach und auch alle die Barone nahmen Abschied
von ihm und traten mit Saladin in den Saal, wo er das
Bette hatte bereiten lassen. Da es aber schon spät war
und der Negromant die Abreise erwartete und beeilte, er=
schien ein Arzt mit einem Trank, gab vor, daß ihm der=
selbe zur Stärkung gereicht werde und ließ ihn den Becher
leeren, worauf er nach kurzer Zeit entschlief. So schlummernd
ward er nach Saladins Befehl auf das schöne Bett ge=
tragen, auf das der Sultan eine große, schöne Krone von
hohem Werthe legte und so bezeichnete, daß man hernach
deutlich erkannte, Saladin habe sie der Gemahlin des Messer
Torello übersendet. Hierauf steckte er Herrn Torello einen
Ring an den Finger, in dem ein Karfunkel von solchem
Glanz gefaßt war, daß er eine brennende Fackel schien, und
dessen Werth man kaum zu schätzen vermochte. Dann ließ
er ihn mit einem Schwert umgürten, dessen Besatz von
nicht leicht zu bestimmendem Werthe war; überdies ließ er
ihm vorn ein Gürtelschloß anheften, welches Perlen, wie nie
ihres Gleichen gesehen wurden, und andere köstliche Steine
enthielt. Endlich aber ließ er zwei große goldene mit
Dublonen gefüllte Becken an seine Seiten setzen und ihn mit
vielen Perlenschnüren, Ringen und Gürteln nebst andern
Dingen, die zu weitläufig wäre aufzuzählen, umgeben. Als
dies geschehen war, küßte er Herrn Torello noch einmal
und befahl dem Negromanten, sein Werk zu beginnen,
worauf sogleich in Saladins Gegenwart das Bette mitsammt
Herrn Torello hinweg gehoben ward und Saladin mit seinen
Baronen im Gespräch über jenen allein verblieb.

Schon war Messer Torello in der Kirche San Pietro

in Ciel d'Oro zu Pavia, wie er von Saladin begehrt hatte, mit allen den obbenannten Kleinoden und Kostbarkeiten niedergesetzt worden, und noch immer schlief er, als schon das Morgengeläute verklungen war und der Sacristan mit einem Licht in der Hand in die Kirche trat und plötzlich das reiche Bett ihm ins Auge fiel, worüber er nicht nur erstaunte, sondern von heftiger Furcht ergriffen die Flucht nahm und umkehrte. Als der Abt und die Mönche ihn fliehen sahen, verwunderten sie sich und fragten nach der Ursache. Der Mönch nannte sie. O, sprach der Abt, du bist doch kein Kind mehr und in dieser Kirche bekannt genug, daß du so leicht in Schrecken gerathen dürftest. Laß uns hingehen und sehen, was dir gewurmt hat. Dann zündeten sie noch mehr Lichter an und der Abt mit allen seinen Mönchen trat in die Kirche, wo sie das reiche, wundervolle Bett und darauf den schlafenden Ritter erblickten. Während sie aber zweifelnd und furchtsam, ohne sich dem Bette zu nähern, die edeln Juwelen betrachteten, geschah es, daß Herr Torello, da die Kraft des Tranks sich erschöpft hatte, sich erhob und einen tiefen Seufzer ausstieß. Die Mönche und der Abt mit ihnen erschracken bei diesem Anblick und mit dem Ruf: Herr, steh uns bei, ergriffen sie alle die Flucht.

Messer Torello öffnete die Augen, blickte umher und erkannte deutlich, daß er sich da befinde, wohin er bei Saladin begehrt hatte, worüber er äußerst zufrieden war. Er richtete sich zum Sitzen auf und betrachtete genau, womit er umgeben war, und obwohl ihm Saladins Groß= muth schon zuvor bekannt gewesen, so erschien sie ihm doch nun noch größer und er erkannte sie völlig. Nichts desto weniger begann er, jedoch ohne seine Lage zu verändern, da er die Mönche fliehen sah und die Ursache davon be=

griffen hatte, den Abt beim Namen zu rufen und ihn zu bitten, er solle nichts fürchten, denn er sei Torello, sein Neffe. Als der Abt dies hörte, ward er noch furchtsamer, denn er hatte ihn seit mehreren Monaten todt geglaubt. Nach einiger Zeit aber gab er vernünftigen Gründen Raum und da er sich noch immer rufen hörte, machte er das Zeichen des heiligen Kreuzes und trat zu ihm. Da sprach Herr Torello: O mein Vater, was fürchtet ihr? Ich lebe und bin Gott sei Dank von jenseits des Meeres heimge=kehrt. Trotz des langen Bartes und der arabischen Kleidung, welche er trug, erkannte ihn der Abt doch nach einiger Zeit wieder, und als er sich völlig beruhigt hatte, nahm er ihn bei der Hand und sprach: Mein Sohn, du bist herzlich willkommen. Dann fuhr er fort: Du darfst dich über unsere Furcht nicht verwundern, denn es ist Niemand in diesem Lande, der dich nicht zuverlässig für todt hielte, so daß ich dir sagen muß, daß Madonna Adalieta, deine Gattin, von den Bitten und Drohungen ihrer Verwandten besiegt, sich wider ihren Willen verändert hat und heute Morgen soll sie zu ihrem neuen Gemahl gehen; die Hochzeit und Alles was zum Feste gehört ist bereit.

Nun erhob sich Messer Torello von seinem reichen Bette, erzeigte dem Abt und den Mönchen große Ehren und bat sie Alle, Niemand von seiner Rückkehr etwas zu sagen, bis er ein nothwendiges Geschäft besorgt habe. Dann ließ er die köstlichen Kleinode in Sicherheit bringen und erzählte dem Abt Alles, was ihm bis dahin begegnet sei. Dieser war über seine Glücksfälle erfreut und half ihm, Gott dafür Dank zu sagen. Hierauf fragte Herr Torello den Abt, wer der neue Gemahl seiner Gattin sei? Der Abt sagte es ihm und Herr Torello fuhr fort: Bevor meine

Rückkehr bekannt wird, gedenke ich das Benehmen meiner
Frau bei dieser Hochzeit zu beobachten und deßhalb bitte
ich euch, ob es gleich nicht Gebrauch ist, daß geistliche
Personen solchen Festen beiwohnen, es mir zu Liebe so ein=
zurichten, daß wir beide hingehen. Der Abt antwortete,
er sei gern dazu bereit, und als es Tag geworden war,
ließ er dem neuen Bräutigam sagen, er wünsche mit einem
Gefährten bei seiner Hochzeit zu sein. Der Edelmann ließ
ihm antworten, es werde ihm sehr angenehm sein. Als
daher die Stunde der Mahlzeit kam, ging Messer Torello
in dem Kleide, welches er trug, mit dem Abt zu dem
Hause des neuen Gemahls, wo Jeder, der ihn sah, ihn mit
Verwunderung betrachtete, aber Niemand erkannte. Der Abt
sagte Jedem, er sei ein Saracene, den der Sultan als
Gesandten zum König von Frankreich schicke. So ward
nun Messer Torello an einen Tisch seiner Gattin gerade
gegenüber gesetzt, welche er mit dem größten Vergnügen
betrachtete, um so mehr als ihr Gesicht einigen Kummer
über diese Hochzeit auszudrücken schien. Auch sie betrachtete
ihn einige Mal, doch nicht weil sie ihn wiedererkannt hätte,
denn der große Bart, der fremde Anzug und ihr fester
Glaube, daß er todt sei, verwehrten ihr dies.

Als es jedoch Herrn Torello Zeit schien, sie zu prüfen,
ob sie sich seiner noch erinnere, nahm er den Ring in die
Hand, den seine Frau ihm beim Abschiede geschenkt hatte,
ließ einen Knaben herbeirufen, der vor ihr aufwartete und
sprach zu ihm: Sage der Braut von meiner Seite, es sei
in meiner Heimath Gebrauch, wenn ein Fremder, wie ich
hier bin, dem Mahle einer Braut, wie sie ist, beiwohnt,
daß sie ihm zum Zeichen, daß ihr seine Gegenwart angenehm
ist, den Becher, aus welchem sie trinkt, mit Wein gefüllt

zusendet, worauf denn der Fremde trinkt, so viel ihm ge=
fällt, den Becher wieder zudeckt und die Braut das Uebrige
trinken muß.

Der Knabe richtet den Auftrag seines Herrn aus und
diese, als ein verständiges und wohlgezogenes Weib befahl
in der Ueberzeugung, daß der Fremde von hohem Range
sei und um ihm zu zeigen, daß sie seine Anwesenheit gerne
sehe, einen vergoldeten Becher, der vor ihr stand, auszu=
spülen und mit Wein gefüllt dem Edelmann darzubringen.
So geschah es, und Messer Torello, der sich ihren Ring
in den Mund gesteckt hatte, wußte ihn beim Trinken, ohne
daß es Jemand bemerkte, in den Becher gleiten zu lassen,
dann deckte er den Becher, in dem er nur wenig Wein
zurückgelassen hatte, wieder zu und übersandte ihn der Dame.
Diese nahm ihn um seine Landessitte zu erfüllen, deckte
ihn auf und erblickte den Ring, den sie ohne ein Wort zu
sagen, eine Weile betrachtete. Als sie ihn aber für den
erkannt hatte, welchen sie Herrn Torello beim Abschied
gegeben, nahm sie ihn heraus, blickte den vermeinten Fremden
scharf an, erkannte ihn gleich und wie von Wahnsinn er=
griffen rief sie, indem sie den Tisch, den sie vor sich hatte,
zur Erde stürzte: Dies ist mein Herr, dies ist wahrhaftig
Herr Torello! Somit lief sie zu dem Tische, an welchem
er saß, und ohne auf ihre Kleider, oder das was auf dem
Tische stand, Acht zu geben, warf sie sich so weit sie
konnte hinüber, schloß ihn fest in ihre Arme und ließ sich
von seinem Halse weder durch Wort noch That eines der An=
wesenden lösen, bis ihr Herr Torello selbst zusprach, sich
ein wenig zu fassen, da sie ja nun noch Zeit genug finden
würde, ihn zu umarmen. Da erst richtete sie sich auf,
aber die ganze Hochzeit war gestört, obgleich andererseits

durch den Wiedergewinn eines solchen Ritters fröhlicher als
zuvor. Auf seine Bitte schwiegen nun Alle still, worauf
Herr Torello der Versammlung Alles erzählte, was ihm
von seiner Abreise an bis dahin begegnet sei und damit
schloß, daß der Edelmann, welcher seine Frau, in dem
Glauben daß er todt sei, zur Gemahlin genommen habe,
es ihm nicht verdenken dürfe, wenn er sie lebend wieder
zurücknehme. Der neue Gemahl, obwohl etwas getäuscht,
erwiederte edelmüthig und freundschaftlich, daß es ihm frei=
stehe, mit seinem Eigenthum zu thun, wie ihm beliebe. Die
Dame ließ Ring und Kranz, welche sie von dem Bräutigam
empfangen, bei ihm zurück, steckte sich dagegen den Ring an,
welchen sie aus dem Becher genommen und setzte sich die
Krone auf, die ihr vom Sultan gesandt worden war. Dann
verließen sie das Haus, wo sie sich befanden und begaben
sich mit allem hochzeitlichen Gepränge zu der Wohnung des
Herrn Torello, wo die trostlosen Freunde und Verwandten
und alle Bürger, die ihn fast wie ein Wunder betrachteten,
sich in einer langen und fröhlichen Lustbarkeit erholten.
Messer Torello gab einen Theil seiner köstlichen Juwelen dem
Bräutigam, der die Kosten der Hochzeit bestritten hatte, dem
Abt und vielen Andern und nachdem er Saladin durch
mehr als einen Boten von seiner glücklichen Heimkehr be=
nachrichtigt hatte, blieb er stets sein Freund und Diener
und lebte noch viele Jahre mit seiner würdigen Gattin, in
noch größerer Zuvorkommenheit und Milde als je zuvor.

Dies war das Ende der Beschwerden des Herrn
Torello und seiner geliebten Gattin und der Lohn ihrer
freudigen und bereiten Gastlichkeit und Milde. Diese be=
mühen sich zwar Viele zu üben, aber obwohl sie die Mittel
dazu haben, verstehen sie sich doch so schlecht darauf, daß

sie ihre Spenden vor der Hingabe fast theuerer erkaufen
lassen, als sie werth sind, und deßhalb dürfen weder sie noch
Andere sich darüber verwundern, wenn ihnen kein Lohn dafür
zu Theil wird.

—

4.

Der wilde Jäger.

In Ravenna, einer sehr alten Stadt der Romagna,
lebten einst viele edle und vornehme Männer, und darunter
ein Jüngling, Namens Nastagio degli Onesti, der durch den
Tod seines Vaters und eines Oheims unermeßlich reich ge=
worden war. Wie es unverheiratheten Jünglingen geschieht,
verliebte sich dieser in die Tochter des Messer Paolo Traver=
saro, ein Mädchen von viel höherer Geburt, als er selber
war, das er aber durch sein Betragen zur Gegenliebe zu
bewegen hoffte. Allein so großmüthig, schön und lobens=
werth dies auch war, so half es ihm doch nichts, vielmehr
schien es ihm zu schaden, so grausam, hartherzig und unem=
pfindlich bewies sich ihm das geliebte Mädchen, denn ent=
weder ihre seltene Schönheit oder ihr Adel hatte sie so stolz
und übermüthig gemacht, daß weder er, noch irgend etwas
das ihm gefiel, ihren Beifall hatte. Dies Leid schien dem
Nastagio so schwer zu ertragen, daß ihn sein Kummer nach
vielen bittern Klagen oft zu dem Vorsatz verleitete, sich das
Leben zu nehmen. Er überwand sich indessen und entschloß
sich zu vielen Malen, sie ganz und gar aufzugeben und
wo möglich eben so sehr zu hassen, als er ihr verhaßt war.
Allein vergebens faßte er solche Entschlüsse. Denn je weniger

Hoffnung ihm übrig blieb, desto mehr schien seine Liebe zu=
zunehmen. Während der junge Mann also zu lieben und
zu verschwenden fortfuhr, schien es einigen seiner Freunde
und Verwandten, daß er sich und sein Vermögen gleich frucht=
los verzehre, weßhalb sie ihm öfters mit Rath und Bitten
anlagen, Ravenna zu verlassen und sich eine Zeit lang
anderswo aufzuhalten, wodurch sich seine Liebe und seine
Ausgaben vermindern würden. Diesen Rath verlachte
Nastagio lange Zeit, da er aber beständig gedrängt wurde
und doch nicht immer Nein sagen konnte, versprach er es
endlich zu thun. Nun ließ er gewaltige Zurüstungen machen,
als ob er nach Frankreich, nach Spanien oder in ein anderes
entferntes Land reisen wolle, stieg von vielen Freunden be=
gleitet zu Pferde, verließ Ravenna und begab sich nach
Chiasi, einem Ort, der etwa drei Meilen von Ravenna ent=
fernt ist. Hier ließ er Zelte und Pavillons aufschlagen und
erklärte seinen Begleitern, daß er hier bleiben wolle, und
sie nach Ravenna zurückkehren sollten. So ließ sich Nastagio
hier nieder und fing an das schönste und prächtigste Leben
zu führen, das je erhört worden, indem er bald Diesen bald
Jenen zur Tafel oder zum Imbiß einlud, wie es seine Ge=
wohnheit war.

Es geschah indeß an einem schönen Tage, fast zu Ein=
gang des Maien, daß er sich wieder in das Andenken seiner
Herrin versenkte. Er befahl also seiner ganzen Dienerschaft
ihn allein zu lassen, um ungestörter an seine Geliebte denken
zu können, und so ging er in tiefen Gedanken Schritt vor
Schritt bis zu einem Fichtenwalde. Und schon war die fünfte
Stunde des Tages vorüber, und er fast eine halbe Meile
in den Fichtenwald gerathen, ohne ans Essen oder sonst an
Etwas zu gedenken, als er plötzlich eine laute Wehklage

und ein tiefes Stöhnen wie von einer Frau zu vernehmen
glaubte und so in seinen süßen Träumen gestört, erhob er
das Haupt um zu sehen, was das sei und war sehr ver=
wundert, als er sich in dem Fichtenwalde erblickte. Ueber=
dieß aber sah er, als er vor sich hinschaute, durch dichtes
Gesträuch und Dorngebüsch eine schöne nackte Jungfrau mit
zerzausten Haaren, von Gestrüpp und Dornen ganz zerfetzt,
weinend und um Gnade rufend im vollen Laufe auf sich zu=
kommen: ihr zur Seite gewahrte er zwei gewaltige wilde
Rüden, welche sie hart verfolgten, und so oft sie ihr nahe
kamen, grausam bissen, hinter ihr aber auf schwarzem Roß
einen dunklen Ritter, der mit ganz entstelltem Angesicht,
einen Stoßdegen in der Hand, ihr mit entsetzlichen und
schmählichen Worten den Tod drohete.

Dieser Anblick flößte ihm Schreck und Erstaunen zumal
in die Seele, zuletzt aber Mitleid mit der unseligen Jung=
frau, und aus diesem entsprang der Wunsch, sie wo möglich
von dieser tödtlichen Qual zu befreien. Da er sich aber
ohne Waffen sah, griff er statt eines Knittels zu einem
Baumast und begann sich damit dem Ritter und den Hunden
entgegen zu stellen. Als dies der Ritter sah, rief er ihm
von ferne zu: Nastagio, kümmere dich nicht darum, laß
mich und diese Hunde vollbringen, was dies böse Weib ver=
dient hat. Während er so sprach, griffen die Hunde der
Jungfrau in die Seiten und hielten sie fest, der Ritter aber
erreichte sie und stieg vom Pferde. Nastagio näherte sich
ihm und sagte: Ich weiß nicht wer du bist, der du mich
beim Namen nennst, aber das sage ich dir, daß es eine
große Schandthat von einem Ritter ist, bewaffnet ein nacktes
Weib tödten zu wollen und ihr die Hunde in die Weichen
zu hetzen, als wäre sie ein wildes Thier und darum will

ich sie vertheidigen, so lange ich es vermag. Hierauf er=
wiederte ihm der Ritter: Nastagio, ich bin aus demselben
Lande wie du gebürtig und du warst noch ein kleines Kind,
als ich, den man Guido degli Anastagi nannte, noch mehr
in diese Jungfrau verliebt war, als du in die Tochter der
Traversari; aber ihr grausamer Stolz stürzte mich in solches
Unglück, daß ich mir eines Tages mit diesem Degen, den
du in meiner Hand siehst, in Verzweiflung das Leben nahm,
weßhalb ich zu den Strafen der Hölle verdammt wurde.
Es währte aber nicht lange, bis auch sie, die sich über
meinen Tod unmäßig gefreut hatte, zu sterben kam und
wegen ihrer sündlichen Grausamkeit und Freude über meine
Qualen, welche sie nicht bereut hatte, indem sie daran nicht
gesündigt, sondern recht gehandelt zu haben meinte, gleich
mir zur Höllenstrafe verurtheilt wurde. Als sie dort an=
langte, wurde mir und ihr zur Buße auferlegt, ihr vor
mir zu fliehen und mir, der sie so zärtlich geliebt hatte, sie
nicht wie eine Geliebte, sondern wie eine Todfeindin zu ver=
folgen, und so oft ich sie erreiche, tödte ich sie mit diesem
Degen, mit dem ich einst mich tödtete, öffne ihr dann die
Seite, reiße jenes harte, kalte Herz, in dem Liebe und Mit=
leid nie eine Stätte fanden, nebst allen innern Theilen, wie
du gleich sehen sollst, aus ihrem Leibe und werfe es den
Hunden zum Fraße vor. Aber nicht lange darauf ersteht
sie nach dem gerechten Willen des allmächtigen Gottes, als
wäre sie gar nicht todt gewesen und von Neuem beginnt
die schmerzliche Flucht und ich mit den Hunden verfolge sie
aufs Neue und jeden Freitag um diese Stunde erreiche ich
sie an dieser Stelle und halte das Strafgericht über sie, das
du mit ansehen sollst. Doch glaube darum nicht, daß wir
die übrigen Tage ruhen, denn dann ereile ich sie an andern

Orten, wo sie einst grausam wider mich dachte oder verfuhr. So bin ich aus ihrem Liebhaber ihr Feind geworden, und muß sie auf diese Weise, wie du siehst, so viele Jahre lang verfolgen, als sie Monate lang grausam gegen mich war. Darum laß mich den göttlichen Richterspruch vollstrecken und suche dich dem nicht zu widersetzen, was du doch nicht ver= hindern könntest.

Als Nastagio diese Worte vernahm, ergriff ihn solches Entsetzen, daß kein Haar an ihm blieb, das sich nicht empor= gesträubt hätte; er zog sich also zurück und blickte in banger Erwartung dessen, was der Ritter mit ihr beginnen würde, auf die Unselige. Jener aber hatte kaum seine Rede ge= schlossen, als er gleich einem wüthenden Hunde mit dem Degen in der Hand auf die Jungfrau losfuhr, die von den beiden Rüden festgehalten, vor ihm niederkniete und um Gnade schrie; er aber stieß ihr den Stahl mit aller Kraft mitten durch die Brust, daß er zur andern Seite wieder hervordrang. Als die Jungfrau diesen Stoß empfangen, fiel sie wimmernd und schreiend mit dem Gesicht zur Erde; der Ritter aber ergriff ein Messer und öffnete ihr damit die Seiten, riß ihr das Herz mit allem, was daran hing, heraus und warf es den beiden Rüden vor, die es sogleich mit Heißhunger verschlangen. Es währte aber nicht lange, so hob sich die Jungfrau, als ob nichts von dem Allen ge= schehen wäre, wieder auf die Füße und floh dem Meere zu und die Hunde, sie zerfleischend, immer hinter ihr drein; der Ritter aber stieg wieder zu Pferde, ergriff von neuem den Degen und begann sie zu verfolgen und in kurzer Zeit waren sie so weit entfernt, daß Nastagio sie nicht mehr sehen konnte.

Als er diese Dinge gesehen, stand er noch eine Weile

zwischen Furcht und Mitleid schwankend; nach einiger Zeit
aber fiel ihm ein, welchen Vortheil er hieraus ziehen könne,
da es sich jeden Freitag begebe. Er kehrt also, nachdem
er sich den Ort gemerkt hatte, zu seinen Leuten zurück und
schickte, da es ihm Zeit dünkte, nach einigen seiner Ver=
wandten und Freunde, zu welchen er sprach: Ihr habt mir
lange zugeredet, daß ich diese meine Feindin zu lieben auf=
hören und meiner Verschwendung ein Ziel setzen möge:
ich bin nun bereit es zu thun, wenn ihr mir noch eine letzte
Gunst erwirken könnet, und es nächsten Freitag so einrichtet,
daß Messer Paolo Traversaro, seine Frau und Tochter und
alle Damen ihrer Verwandtschaft, nebst Andern, die ihr
dazu auswählen mögt, sich hier bei mir zum Inbiß ein=
finden. Warum ich dies verlange, werdet ihr alsdann sehen.

Den Freunden schien es ein Leichtes, dies auszurichten;
sie kehrten nach Ravenna zurück und luden die von Nasta=
gio begehrten Gäste zu gelegener Zeit ein, und obgleich das
Mädchen, welches Nastagio liebte, hierzu schwer zu bewegen
war, so ging sie doch endlich mit den Uebrigen. Nastagio
ließ eine köstliche Mahlzeit bereiten und die Tische unter
den Fichten in der Nähe des Ortes aufstellen, wo er die
Todesqual der grausamen Jungfrau gesehen hatte, und als
er den Männern und Frauen ihre Plätze anwies, richtete
er es so ein, daß seine Geliebte gerade der Stelle gegenüber
zu sitzen kam, wo der Vorgang Statt haben sollte. Als
nun eben das letzte Gericht aufgetragen wurde, begann der
verzweifelte Angstlaut der gejagten Jungfrau Allen hörbar
zu werden. Ein Jeder erstaunte und fragte was dies sei;
da aber Niemand es zu sagen wußte, sprangen sie alle em=
por um zu sehen, was es sein möge und erblickten die un=
glückliche Jungfrau und den Ritter mit den Hunden und

eine Weile darauf waren sie mitten unter ihnen. Der
Lärmen war groß und Viele von der Gesellschaft stellten sich
dem Ritter und den Hunden entgegen um die Jungfrau zu
schützen. Aber der Ritter sprach zu ihnen, wie er zu Na=
stagio gesprochen hatte, wodurch er sie nicht zum Rückzuge
bewog, sondern mit Staunen und Entsetzen erfüllte. Dann
vollzog er das Gericht, wie er es damals vollzogen hatte
und alle Damen, die zugegen waren, worunter sich viele
Verwandte der unglücklichen Jungfrau und des Ritters be=
fanden, die sich seiner Liebe und seines Todes noch wohl er=
innerten, fingen so kläglich zu weinen an, als hätten sie das
Leid sich selber zufügen sehen.

Als die Scene zu Ende war und der Ritter mit der
Jungfrau sich entfernt hatte, geriethen die Zuschauer darüber
in viele und mancherlei Gespräche. Unter denen aber, die
sich am meisten entsetzt hatten, war die grausame Geliebte
Nastagios, welches alles deutlich gesehen und gehört und
dabei wohl empfunden hatte, daß sie dieser Vorgang mehr
als alle die Anwesenden berühre, indem sie sich der Grausam=
keit erinnerte, die sie stets gegen Nastagio geübt hatte und
darum glaubte sie schon im Geist vor dem Erzürnten zu
fliehen und die Hunde an ihrer Seite zu fühlen. Und so
groß war die Furcht, die ihr hieraus erwuchs, daß sie, um
nicht dereinst eine gleiche Strafe erleiden zu müssen, die Ge=
legenheit kaum erwarten konnte die ihr indeß noch am sel=
bigen Abend geboten wurde), wo sie ihren Haß in Liebe ver=
wandelnd, eine vertraute Zofe zu Nastagio schicken möchte,
welche ihn in ihrem Namen ersuchte, sobald es ihm beliebe,
zu ihr zu kommen, indem sie bereit sei Alles zu thun was
er verlange. Nastagio ließ ihr hierauf erwiedern, dies sei
ihm zwar sehr erwünscht, doch wolle er, wenn es ihr gefalle,

nur in Ehren bei ihr Befriedigung suchen, indem er sie zur
Gemahlin nehme. Da das Fräulein wußte, daß es bisher
nur an ihr gelegen habe, wenn sie nicht schon Nastagios
Gattin geworden sei, so ließ sie ihm hierauf antworten, es
gefalle ihr wohl, und machte dann selbst die Brautwerberin,
indem sie den Aeltern erklärte, sie sei es gerne zufrieden,
Nastagios Braut zu werden. Hierüber waren diese sehr
erfreut und am Sonntag darauf verlobte sich ihr Nastagio,
dann machte er Hochzeit und lebte lange Zeit vergnügt mit
ihr. Und dies war nicht das einzige Gute, das jener
Schrecken gestiftet hatte, denn alle Damen Ravennas ließen
sich dadurch warnen, und zeigten sich seitdem immer zum
Vergnügen der Männer viel williger und bereiter als sie
sonst gewesen waren.

—

<h2 style="text-align:center">5.</h2>

<h1 style="text-align:center">Der Blumentopf.</h1>

In Messina lebten drei Brüder, junge und nach dem
Tode ihres aus San Gimignano stammenden Vaters sehr
begüterte Kaufleute, mit ihrer Schwester Lisabetta, einem
hübschen und wohlgezogenen Mädchen, das sie gleichwohl,
was auch die Ursache sein mochte, noch nicht verheirathet
hatten. In einem ihrer Kaufläden diente ihnen ein junger
Pisaner, Namens Lorenzo, der ihrem ganzen Geschäft als
Leiter vorstand und von anmuthiger Gestalt und einnehmendem
Wesen war, daher Lisabetta ihn kaum einigemal betrachtet
hatte, als sie sich über die Maßen in ihn verliebte. Als
Lorenzo dies zu wiederholten Malen bemerkt hatte, gab er alle

anderen Liebschaften auf und begann auch ihr sein Herz zuzu=
wenden, und bei so gegenseitigem Wohlgefallen währte es
nicht lange, bis sie Vertrauen schöpften und das letzte Ziel
ihrer Wünsche erreichten.

Während sie diesen Umgang fortsetzten und sich einander
viel gute Zeit und Freuden gewährten, wußten sie es doch
nicht so geheim zu betreiben, daß nicht eines Nachts der
älteste Bruder Lisabetten, als sie zu Lorenzos Schlafkammer
schlich, sie unbewußt gesehen hätte. Wie sehr ihn aber auch
diese Entdeckung betrübte, so faßte er doch als ein verstän=
diger Jüngling den geziemendern Entschluß, weder Lärm zu
machen noch ein einziges Wort zu sagen, sondern erwartete
unter mancherlei Gedanken über das Geschehene den Morgen.
Als aber der Tag angebrochen war, erzählte er seinen Brüdern,
was er in der vergangenen Nacht von Lorenzo und Lisabetten
erfahren habe und beschloß nach langer Berathung mit ihnen
gemeinschaftlich, um sich und der Schwester Schande zu
ersparen, die Sache mit Stillschweigen zu übergehen und zu
thun, als hätten sie nichts gesehen noch erfahren, bis sie eine
gelegene Zeit fänden, sich diesen Schimpf, bevor er ärger
würde, ohne weitern Nachtheil und Unglimpf aus den Augen
zu schaffen. Diesem Entschluß getreu, fuhren sie fort mit
Lorenzo wie bisher zu plaudern und zu scherzen und so
nahmen sie einst, unter der Vorspiegelung einer Lustreise auf
das Land, den Lorenzo mit sich fort, unterwegs aber, da sie
an einen ganz einsamen und abgelegenen Ort gelangt waren,
ersahen sie ihren Vortheil, ergriffen den Lorenzo, der davon
nichts ahnte, und tödteten und begruben ihn so, daß es
Niemand gewahr wurde. Dann kehrten sie nach Messina
zurück und gaben vor, sie hätten den Lorenzo in ihren Ge=
schäften nach irgend einem Orte versandt, was leichtlich

Glauben fand, da sie ihn öfter umherreisen zu lassen pflegten. Da aber Lorenzo nicht zurückkehrte und Lisabetta ihre Brüder häufig und angelegentlich nach ihm fragte, denn sie empfand seine lange Abwesenheit mit Schmerzen, so geschah es eines Tages, als sie sich wieder dringend nach ihm erkundigte, daß einer ihrer Brüder erwiederte: Was soll das heißen? Was hast du mit Lorenzo zu schaffen, daß du so oft nach ihm fragst? Fragst du uns noch einmal, so werden wir dir antworten, wie du es verdienst.

Durch diese Rede betrübt und niedergeschlagen, zitternd, ohne zu wissen wovor, enthielt sich das Mädchen weiterer Fragen, aber in den Nächten rief sie ihn oft flehentlich beim Namen und beschwor ihn, zu kommen, und zuweilen beklagte sie sich unter Thränen über seine lange Entfernung und so verbrachte sie, ohne sich je zu erheitern, die Tage mit Harren. Eines Nachts aber, als sie Lorenzos Aus= bleiben lange beklagt und beweint hatte und endlich unter Thränen eingeschlafen war, erschien ihr Lorenzo im Traume bleich und ganz entstellt in zerzausten, halb verwitterten Kleidern und ihr war, als ob er sagte: Ach Lisabetta, du hörst nicht auf mich zu rufen, betrübst dich über mein lan= ges Ausbleiben und klagst mich mit deinen Thränen auf das Härteste an: darum wisse, daß ich nicht zurückkehren kann, denn an dem Tage, da du mich zum letzten Mal sahst, tödteten mich deine Brüder. Dann bezeichnete er ihr die Stelle, wo sie ihn beerdigt hatten, bat sie, ihn nicht mehr zu rufen noch zu erwarten und verschwand. Das Mädchen schenkte dem Traumgesicht vollen Glauben und weinte bitterlich.

Als sie am Morgen aufstand, hatte sie zwar nicht den Muth den Brüdern etwas zu sagen, beschloß aber, sich an den bezeich=

neten Ort zu begeben, um zu sehen ob es wahr sei, was
der Traum ihr gezeigt hatte. Sobald sie also die Erlaub=
niß erhalten in Gesellschaft eines Mädchens, die früher bei
ihnen gedient hatte und alle Geheimnisse Lisabettens wußte,
zum Vergnügen einen Spaziergang vor die Stadt zu machen,
eilte sie an jenen Ort, räumte einige dürre Blätter hinweg,
die den Boden bedeckten und grub nach, wo sie die Erde
am lockersten fand. Sie hatte noch nicht lange gegraben,
als sie auf den Leichnam ihres unglücklichen Geliebten stieß,
der noch völlig erhalten und unverweset war, woraus sie
die Wahrheit ihres Traumgesichts mit Gewißheit erkannte.
Hierüber mehr als je ein Weib auf Erden betrübt, fühlte
sie doch wohl, daß hier zum Weinen nicht Zeit sei und
hätte gern, wenn es möglich gewesen wäre, den ganzen
Körper mit sich genommen, um ihn geziemender zu begraben;
da sie aber sah, daß dies nicht angehe, löste sie, so gut sie
konnte, mit einem Messer den Kopf vom Rumpfe, wickelte
ihn in ein Handtuch ein und gab ihn der Dienerin zu tragen.
Dann bedeckte sie den Rest des Körpers wieder mit Erde
und kehrte, ohne von Jemand gesehen zu sein, nach Hause zurück.

Hier verschloß sie sich mit jenem Haupt in ihrer Stube
und weinte so lange bitterlich über ihn, daß ihre Thränen ihn
völlig abwuschen, während sie ihn mit tausend Küssen bedeckte.
Dann nahm sie einen schönen und großen Blumentopf, von
denen, worin man Majoran und Basilicum zieht, legte ihn
in einem saubern Tuche hinein, schüttete Erde darüber und
pflanzte darauf einige Sträuche des schönsten Salernitanischen
Basilicums, welche sie nie mit anderm, als mit Rosen=
oder Orangenwasser und mit ihren Thränen begoß. Ge=
wöhnlich saß sie dann neben dem Blumentopfe und betrach=
tete mit zärtlicher Sehnsucht das Gefäß, das ihren Lorenzo

verborgen hielt, und wenn sie es lange genug angeblickt hatte, neigte sie sich wieder darüber hin und fing an zu weinen und weinte so lange, bis sie den ganzen Basilicum= strauch begossen hatte. Durch die lange ununterbrochene Pflege und durch die Fruchtbarkeit, die das verwesende Haupt dem Erdreich mittheilte, gedieh das Basilicum zu großer Schönheit und köstlichem Duft.

Da das Mädchen in dieser Weise unablässig fortfuhr, wurde sie von ihren Nachbarn mehrmals dabei beobachtet und diese sagten dann zu ihren Brüdern, welche sich ver= wunderten, daß ihre Schönheit verging und ihre Augen aussahen, als seien sie aus ihrem Angesicht verschwunden, sie hätten bemerkt, daß sie sich täglich so und so benehme. Als dies die Brüder hörten und es dann selber bemerkten, schalten sie erst das Mädchen deßwegen und da dieß nichts half, ließen sie ihr den Blumentopf heimlich wegnehmen. Sobald sie ihn vermißte, verlangte sie zu vielen Malen drin= gend nach ihm; da sie ihn aber nicht wieder erhielt, ward sie unter unaufhörlichen Thränen und Wehklagen krank und verlangte auch während ihrer Krankheit nach nichts als nach ihrem Blumentopf. Die Brüder, die sich sehr über dies Begehren verwunderten, verfielen darauf, nachzusehen, was darin sei: sie schütteten die Erde aus und fanden das Tuch und darin den Kopf, der noch nicht so vermodert war, daß sie ihn nicht an dem krausen Haar für den des Lorenzo erkannt hätten.

Hierüber erstaunt und bestürzt fürchteten sie, die Sache möchte auskommen; sie begruben den Kopf, verließen ohne Jemandem etwas zu sagen vorsichtig die Stadt Messina und begaben sich, nachdem sie über das Ihrige verfügt hatten, nach Neapel. Das Mädchen aber hörte nicht auf zu weinen und nach ihrem Blumentopf zu verlangen: so starb sie unter Thränen und dies war das Ende dieser unseligen Liebe. Nach einiger Zeit aber ward diese Begebenheit Vielen bekannt, und Einer dichtete das Lied darauf, das noch heute gesungen wird:

> Wer war der arge Bösewicht,
> Der meinen Blumentopf genommen? u. s. w.

6.

Der Edelfalke.

In Florenz lebte ein junger Ritter, Namens Federigo di Messer Filippo Alberighi, der in Waffen und abligen Sitten vor allen Jünglingen Toscanas ausgezeichnet war und sich, wie es edeln Rittern meistens geschieht, in eine Dame verliebte, welche Madonna Giovanna hieß und zu ihrer Zeit für eine der schönsten und liebenswürdigsten Frauen in Florenz galt. Und um ihre Liebe zu gewinnen, turnierte und tiostirte er und gab Feste und verschenkte und verschwendete das Seinige ohne allen Rückhalt: sie aber, nicht minder ehrbar als schön, kümmerte sich so wenig um das, was ihretwillen geschah, als um den, der es that. Da nun Federigo so großen, sein Vermögen weit übersteigenden, Aufwand machte, und nichts dafür erwarb, versagten ihm, wie es leicht geschieht, seine Reichthümer: er verarmte und rettete nichts als ein kleines Gütchen, von dessen Einkünften er kärglich lebte, und einen Falken, der besten Einen, die es auf Erden giebt. Nun noch verliebter als je, glaubte

er doch in der Stadt nicht länger nach Wunsch leben zu
können; er zog sich also auf sein Landgütchen zurück, wo
er sich, wenn er konnte, der Vogeljagd befliß und ohne Je=
mands Hülfe anzusprechen seine Armuth in Geduld ertrug.

Als es so mit Federigo zum Aeußersten gekommen
war, geschah es, daß Madonna Giovannas Gemahl erkrankte
und als er sich dem Tode nahe fühlte, sein Testament
machte. Da er sehr reich war, setzte er seinen schon heran=
wachsenden Sohn mit der Verfügung zum Erben ein, daß
wenn dieser ohne gesetzliche Erben verstürbe, Madonna Gio=
vanna, die er sehr geliebt hatte, ihn beerben sollte. Hierauf
starb er und Madonna Giovanna, die sich verwittwet sah,
begab sich, dem Gebrauch der Florentinerinnen gemäß, den
Sommer über auf ein Landgut, das nicht weit von dem des
Federigo entfernt lag. Daher fügte es sich, daß der Knabe
mit Federigo sehr vertraut wurde und sich gleich ihm an
Hunden und Vögeln ergötzte und da er Federigos Falken
öfters hatte fliegen sehen, gefiel er ihm so außerordentlich,
daß er ihn gar zu gern besessen hätte; allein er wagte es nicht,
ihn darum zu bitten, weil er sah, wie theuer er ihm war.

So standen die Sachen, als der Knabe plötzlich krank
wurde, worüber die Mutter sehr betrübt war, denn sie hatte
nur dies Kind und liebte es aus allen Kräften. Sie ver=
ließ ihn den ganzen Tag nicht und ermüdete nie, ihn zu
trösten und oft fragte sie ihn, ob er irgend einen Wunsch
hege, so möge er es ihr doch sagen, denn gewiß, wenn es
nur möglich sei, werde sie es ihm zu verschaffen suchen.
Der Knabe, der diese Versprechungen oft gehört hatte, sagte
endlich: Mutter, wenn ihr mir Federigos Falken verschaffen
könnt, so glaube ich bald zu genesen. Als dies die Dame
hörte, sann sie eine Weile nach und bedachte, was sie thun

solle. Sie wußte, daß Federigo sie lange Zeit geliebt und
nie auch nur einen Blick von ihr erlangt hatte; daher sprach
sie: Wie soll ich zu ihm schicken, oder selbst hingehen, diesen
Falken zu verlangen, der wie ich höre der Beste ist, der
je geflogen und der ihn überdies allein erhält und erfreut?
Wie sollte ich so vergessen sein, daß ich einem Ritter, dem keine
andere Freude übrig geblieben ist, auch diese noch rauben wollte?

In solchen Gedanken verloren, obgleich völlig über=
zeugt, daß sie ihn erhalten würde, wenn sie darum bäte,
stand sie schweigend da und wußte nicht was sie dem Kna=
ben antworten sollte. Zuletzt aber bezwang sie die Liebe
zu dem Kinde, daß sie sich entschloß, sie wolle um ihn zu
befriedigen, was auch die Folge sein möchte, nicht hinschicken,
sondern selbst zu ihm hingehen und den Falken holen und
so antwortete sie ihm: Tröste dich, mein Sohn und denke
nur daran, wie du genesest, denn ich verspreche dir, das
Erste was ich morgen thue soll sein nach dem Falken zu
gehen und gewiß ich bringe dir ihn. Hierüber erfreut
zeigte der Knabe noch an jenem Tage einige Besserung.

Am andern Morgen nahm die Dame eine andere
Frau zur Begleitung und begab sich wie lustwandelnd nach
dem kleinen Hause Federigos, nach dem sie fragen ließ. Er
befand sich, da zur Vogeljagd heute und schon seit einigen Tagen
kein Wetter war, in seinem Garten, wo er einige kleine Arbei=
ten verrichten ließ. Als er aber hörte, daß Madonna Giovanna
an der Thüre nach ihm frage, verwunderte er sich sehr und
eilte froh dahin. Als sie ihn kommen sah, ging sie ihm mit
weiblicher Anmuth entgegen und erwiederte seinen ehrerbietigen
Gruß mit einem Glückwunsche. Ich komme, Federigo, fuhr sie
fort, dich von dem Kummer zu heilen, den du um meinet=
willen erlittest, da du mich mehr liebtest, als dir gut gewesen

wäre: Die Heilung aber soll darin bestehen, daß ich heute
Morgen mit dieser meiner Gefährtin zutraulich bei dir zu
frühstücken gedenke. Federigo antwortete ihr demüthig: Ma=
donna, ich erinnere mich nicht, daß ich je durch euch Kummer
erfuhr, wohl aber so viel Gutes, daß, wenn ich je einigen
Werth hatte, nur eure Tugenden und die Liebe, die ich zu
euch trug, mir ihn verliehen haben und gewiß ist dieses Ge=
schenk eures Besuchs mir theurer, als wenn mir von Neuem
vergönnt würde aufzuwenden, was ich damals aufwandte,
obwohl ihr jetzt freilich zu einem armen Wirthe gekom=
men seid.

Mit diesen Worten empfing er sie verschämt in seinem
Hause und führte sie aus diesem in den Garten; weil er
aber Niemand anders hatte, ihr Gesellschaft zu leisten,
sprach er: Herrin, da sonst Niemand hier ist, so wird diese
gute Frau, dieses Arbeiters Weib, euch Gesellschaft leisten
während ich gehe, den Tisch bereiten zu lassen.

So groß auch Federigos Armuth war, so hatte er
doch bis jetzt noch nicht bemerkt, wie viel ihm mangle und
wie außer aller Ordnung er seine Reichthümer verschwendet
habe; dieser Morgen aber, da er nichts fand, um die Dame
zu ehren, der zu Liebe er einst Unzählige ehrenvoll bewirthet
hatte, machte es ihm fühlbar. Hierüber gerieth er in die
größte Angst und verwünschte bei sich selbst sein böses Ge=
schick, indem er wie sinnlos hin und her lief und weder
Geld noch Geldeswerth fand. Indeß war die Zeit drin=
gend und sein Wunsch groß, die Edelfrau doch mit Etwas
zu ehren; einen Andern, geschweige denn seinen eigenen
Arbeiter, wollte er nicht ansprechen und so fiel ihm sein
guter Falke in die Augen, den er in der Stube auf seiner
Stange sitzen sah. Weil ihm nun keine andere Zuflucht

blieb, ergriff er ihn und da er sah, er sei fett, glaubte er
an ihm ein würdiges Gericht für eine so edle Dame ge=
funden zu haben. Ohne sich weiter zu besinnen, drehte er
ihm den Hals um und ließ ihn von einer Magd gepflückt
und ausgeweidet in die Pfanne thun und sorgfältig braten;
dann deckte er den Tisch mit weißen Tüchern, deren er noch
einige besaß und kehrte fröhlich zu seiner Dame in den
Garten zurück, um ihr zu melden, der Imbiß, so gut er ihn
beschaffen könne, sei bereit.

Die Dame erhob sich also mit ihrer Begleiterin, worauf
sie zu Tische gingen und ohne zu wissen was sie aßen, mit
Federigo, der sie getreulich bediente, den guten Falken ver=
zehrten. Nach Tische verweilten sie noch einige Zeit in
gefälliger Unterhaltung, bis es der Dame Zeit schien, von
der Ursache ihres Besuches zu reden und deßhalb freundlich
zu Federigo begann: Wenn du dich, Federigo, deines ver=
gangenen Lebens und meiner Zurückhaltung, die du vielleicht
für Härte oder Grausamkeit gehalten hast, erinnerst, so
zweifle ich nicht, du werdest über meine Dreistigkeit erstaunen
müssen, wenn du hörst, weßhalb ich zunächst hierher ge=
kommen bin. Doch hättest du Kinder, oder hättest deren
gehabt, welche dich die Gewalt der Liebe hätten lehren
mögen, die man zu ihnen trägt, so glaube ich sicher, du
würdest mich wenigstens zum Theil für entschuldigt halten;
doch hast du auch keine, so kann ich, die ich einen einzigen
Sohn habe, doch dem allgemeinen Gesetz der Mütter nicht
entfliehen, und seiner Gewalt zu folgen gezwungen, muß ich
gegen meinen Willen und ganz gegen Herkommen und
Pflicht dich um ein Geschenk bitten, von dem ich weiß, wie
überaus theuer es dir ist, und wohl mit Recht, denn keine
andere Freude noch Lust, keinen andern Trost hat dein

strenges Geschick dir gelassen. Dieses Geschenk ist dein
Falke, in welchen mein Knabe sich so verliebt hat, daß
wenn ich ihn ihm nicht bringe, ich befürchten muß, die Krank=
heit, an welcher er danieder liegt, werde sich so verschlimmern,
daß ich ihn endlich verlieren würde und darum bitte ich
dich, nicht um der Liebe willen, die du zu mir trägst, denn
an diese bindet dich nichts, sondern um deiner Großmuth
willen, die sich durch mildes Geben und Spenden in dir
größer als in irgend einem Andern bewiesen hat, du mögest
mir ihn zu schenken geruhen, damit ich durch dein Geschenk
sagen könne, meinen Sohn am Leben erhalten und ihn dir
auf ewig verpflichtet zu haben.

Als Federigo die Bitte der Dame vernahm und sah,
daß er ihr nicht dienen könne, weil er ihr den Falken zur
Speise vorgesetzt hatte, brach er in ihrer Gegenwart in
Thränen aus, ohne ein Wort reden zu können. Dies
Weinen glaubte die Dame anfangs keiner andern Ursache,
als dem Schmerz zuschreiben zu müssen, daß er sich von
dem guten Falken trennen solle. Schon war sie im Begriff,
zu sagen, sie wolle ihn nicht, doch hielt sie noch an sich und
erwartete nach den Thränen die Antwort Federigos, welcher
also sprach: Herrin, seit es Gott gefiel, daß ich euch meine
Liebe zuwenden mußte, habe ich das Glück in vielen Dingen
mir feindselig geglaubt und mich oft darüber beschwert;
aber alles das war leicht zu ertragen, im Vergleich mit
dem Leide, das es mir jetzt zufügt, denn nie werde ich wieder
Frieden mit ihm haben, wenn ich bedenke, daß ihr in mein
armes Haus gekommen seid, in das ihr, da es reich war,
nie einzukehren geruhtet, um eine geringe Gabe zu erbitten,
die zu gewähren das Glück mir nicht gönnt. Und warum
das nicht möglich ist, will ich euch kürzlich sagen. Als ich

vernahm, daß ihr so gütig sein wolltet, hier zu frühstücken,
erachtete ich es in Betracht eurer Würde und Tugenden für
schicklich und gebührend, daß ich euch, nach dem geringen
Maaß meiner Kräfte mit einer bessern Speise bewirthete,
als bei andern Personen gewöhnlich Gebrauch ist und so
erinnerte ich mich des Falken, den ihr jetzt von mir begehrt,
und seines Werthes und hielt ihn für eine euer würdige
Kost: ihr habt ihn also heute Morgen als Braten auf
euerm Teller gehabt. Zwar habe ich ihn auch so für vor=
trefflich angewendet, allein, da ich euch jetzt in anderer Weise
nach ihm verlangen sehe, thut es mir so leid euch nicht
dienen zu können, daß ich mich wohl nie darüber beruhigen
werde. Nach diesen Worten ließ er ihr Federn, Klauen
und Schnabel zum Beweise vorzeigen.

Als dies die Dame hörte und sah, tadelte sie ihn zu=
erst, daß er um eine Frau zu beköstigen einen solchen Falken
getödtet habe, dann aber pries sie bei sich selbst die Hoheit
seiner Seele, welche die Armuth noch nicht zu erniedrigen
vermocht hatte. Jetzt indeß der Hoffnung den Falken zu
besitzen beraubt, und deßhalb um die Genesung ihres Kindes
besorgt, nahm sie in tiefem Kummer Abschied und kehrte zu
ihrem Knaben zurück. Dieser aber, entweder aus Gram
darüber, daß ihm der Falke nicht werden sollte, oder weil
ihn die Krankheit auch ohnedies dahin geführt hätte, ging
schon nach wenigen Tagen, zum größten Schmerz der Mutter,
aus diesem Leben hinüber.

Die Dame verbrachte einige Zeit in Thränen und
bittern Schmerzen; da sie nun aber sehr reich und noch
jung war, redeten ihr die Brüder bald dringend zu, sich
wieder zu verheirathen. Ihren eigenen Wünschen entsprach
dies nicht; da sie aber sah, daß man ihr keine Ruhe ließ,

gedachte sie an Federigos Edelmuth und jenes letzten Beweises seiner hochherzigen Milde, als er einen solchen Falken tödtete, um sie zu ehren, und antwortete den Brüdern: Gern bliebe ich, wenn es euch gefiele, wie ich bin; da ihr aber wollt, daß ich einen Gatten nehme, so will ich gewiß nie einen andern wählen, wenn ich Federigo degli Alberighi nicht haben soll. Ihre Brüder verspotteten sie deßhalb und sprachen: Thörin, was sprichst du? Wie magst du ihn wollen, der nichts auf der Welt besitzt? Aber sie antwortete: Meine Brüder, ich weiß wohl, daß es sich so verhält, wie ihr sagt, aber ich will lieber einen Mann, der Reichthum nöthig hat, als Reichthum, der eines Mannes nöthig hätte. Als die Brüder hörten, wie sie gesonnen sei, und Federigos Tugenden neben seiner Armuth ihnen nicht unbekannt waren, thaten sie was sie verlangte und gaben sie ihm mit allen ihren Reichthümern zur Gemahlin. Nun sah sich Federigo im Besitz der trefflichen, so lange zärtlich geliebten Dame und großer Reichthümer und so lebte er mit ihr als ein besserer Haushalter bis an das Ende seiner Tage in Freuden.

7.

Frauenlist.

In unserm an allen Gütern reichen Florenz war einst eine anmuthige und schöne junge Dame, die Gattin eines tapfern und achtbaren Edelmanns. Und wie es denn häufig geschieht, daß der Mensch nicht immer dieselbe Speise verträgt und manchmal zu wechseln wünscht, so verliebte sich auch diese Dame, der ihr Gemahl nicht ganz genügte, in

einen Jüngling, Names Leonetto, der anmuthig und von
edeln Sitten, wenn auch nicht von hoher Geburt war. Er
seinerseits verliebte sich auch in sie und da, wie man weiß,
was beide Theile wollen, selten unausgeführt bleibt, so
bedurften sie nicht langer Zeit, ihre Wünsche zum Ziel
zu führen.

Es geschah aber, daß sich zu derselben Zeit in diese
schöne und reizende Dame ein Ritter, Namens Lambertuccio,
heftig verliebte und obwohl sie sich in keiner Weise ent=
schließen konnte, diesen ihr unangenehmen und widerwärtigen
Menschen zu lieben, so hörte er doch nicht auf, sie mit
Anträgen und Botschaften zu bestürmen, ja als er damit
nichts ausrichtete, drohte er ihr sogar mit öffentlicher Be=
schimpfung, wenn sie seinem Verlangen nicht willfahrte.
Da er viel Ansehen und Einfluß besaß und die Dame
wohl wußte, wozu er fähig war, so ließ sie sich durch
Furcht bestimmen, seinen Wünschen zu genügen.

Nun war diese Dame, welche Isabella hieß, wie es
im Sommer Gebrauch ist, auf ein gar schönes Landgut
hinausgezogen und eines Morgens, da ihr Mann nach
einem benachbarten Orte geritten war, wo er sich einige
Tage aufhalten wollte, ließ sie den Leonetto durch einen
Boten einladen, zu ihr zu kommen. Dieser freute sich
sehr darüber und stellte sich sogleich ein. Aber Messer
Lambertuccio, der in Erfahrung gebracht, daß der Gemahl
der Dame verreist sei, bestieg sogleich sein Reitpferd, eilte
zu ihr und klopfte an die Thüre. Das Hausmädchen, das
ihn kommen sah, ging sogleich zu seiner Herrin, die sich bei
Leonetto in der Kammer befand, rief sie heran und sprach:
Madonna, unten ist Messer Lambertuccio ganz allein.

Als die Frau dies hörte, hielt sie sich für das un=

seligste Weib auf Erden, doch fürchtete sie ihn so sehr, daß sie Leonetto bat, er möge es sich gefallen lassen und sich eine kleine Weile hinter der Bettgardine verstecken, bis Lambertuccio gegangen wäre. Leonetto, der ihn nicht weniger fürchtete, als die Dame, verbarg sich eilig, worauf sie der Magd befahl, dem Lambertuccio öffnen zu gehen. Diese schloß ihm auf und er stieg von seinem Pferde, band es im Hofe an einem Wandhaken fest und trat in das Haus. Die Dame erzwang ein freundliches Gesicht, ging ihm bis an die Treppe entgegen und empfing ihn mit so freundlichen Worten, als ihr möglich war, indem sie fragte, wie sein Befinden sei. Der Ritter umarmte und küßte sie und sprach: Mein süßes Leben, ich hörte, daß euer Gemahl nicht zu Hause sei; darum bin ich gekommen, euch Gesellschaft zu leisten. Mit diesen Worten traten sie in die Kammer, welche von innen verriegelt wurde, worauf Lambertuccio anfing sich mit ihr gütlich zu thun.

Dies währte eine Weile, als ganz wider alles Erwarten der Dame ihr Gemahl zurückkehrte. Als das Mädchen ihn in der Nähe des Schlosses erblickte, lief sie schnell zu der Kammer ihrer Herrin und rief: Frau, da kommt der Herr zurück, ich glaube, er ist schon draußen auf dem Hofe. Da die Frau dies hörte und bedachte, daß sie zwei Männer im Hause habe, und der Ritter wegen des Pferdes, das auf dem Hofe stand, nicht verläugnet werden könne, hatte sie den Tod vor Schrecken. Nichts desto weniger sprang sie sogleich vom Bett auf die Füße, faßte einen Entschluß, und sprach zu Herrn Lambertuccio: Herr, wenn ihr mich irgend liebt und vom Tode retten wollt, so thut, was ich euch sage. Nehmt euer Schwert mit entblößter Klinge in die Hand und mit zornigem Gesicht und wüthender

Geberde stürzt euch die Treppen hinunter und ruft im Weggehen: Ich schwöre es zu Gott, daß ich ihn schon anderswo treffen will. Und wenn mein Mann euch auf-halten oder zur Rede stellen will, so erwiedert nichts als was ich euch gesagt habe, besteigt euer Pferd und laßt euch durch nichts in der Welt bei ihm zurückhalten.

Herr Lambertuccio sagte ihr dies gerne zu, zog schnell sein Schwert hervor und ganz erhitzt im Gesicht theils von den bestandenen Mühen, theils vor Zorn über die Rückkehr des Mannes, that er wie die Dame befohlen hatte. Ihr Mann, der schon im Hofe abgestiegen war, wunderte sich über das Pferd. und indem er die Treppe hinaufgehen wollte, sah er Messer Lambertuccio hinabstürzen und erstaunt über seine Worte und Geberden rief er ihm zu: Was bedeutet das, Herr? Aber Lambertuccio setzte den Fuß in den Steigbügel, schwang sich in den Sattel und ritt davon ohne ein Wort zu sagen, als: „Beim Leib des Herrn, ich will ihn schon anderswo treffen."

Unterdeß stieg der Edelmann die Treppe hinauf und fand seine Frau auf dem Flur, ganz bestürzt und zitternd vor Furcht. Was ist hier vorgegangen, fragte er, warum reitet Messer Lambertuccio so zornig und drohend hinweg? Die Dame zog sich in die Kammer zurück, damit es Leonetto hören sollte und antwortete: Herr, in meinem Leben habe ich nicht solchen Schreck gehabt. Da flüchtet sich ein junger Mensch hier herein, den ich nicht kenne und den Messer Lambertuccio mit dem Schwert in der Hand verfolgte und da er zufällig meine Kammer offen findet, sagt er zitternd: Madonna, um Gotteswillen, steht mir bei, daß ich nicht in euern Armen des Todes bin. Ich ging vor die Stube und hielt ihn zurück, da er hinein wollte und er war auch so artig, als er fah, daß ich nicht wollte, daß er hineinträte, nach einigen Worten wieder wegzugehen, wie ihr gesehen habt. Darauf entgegnete der Mann: Ihr habt Recht gethan, Donna, denn es würde ein großer Schimpf gewesen sein, wenn Jemand in unserm Hause getödtet worden wäre und Messer Lambertuccio hatte sehr Unrecht, Jemand zu verfolgen, der sich zu uns flüchtete. Darauf fragte er, wo der Jüngling sei? Herr, gab die Frau zur Antwort, ich weiß nicht, wo er sich verborgen hat. Nun rief der Edelmann: Wo bist du? Komm nur getrost hervor. Leonetto, der Alles mit angehört hatte, kroch nun ganz verzagt, und er hatte wohl Ursache gehabt zu zagen, aus seinem Versteck hervor. Darauf fragte ihn der Ritter: Was hattest du mit Messer Lambertuccio zu schaffen? Herr, antwortete der Jüngling, nichts in aller Welt und deßwegen glaube ich fest, daß er nicht recht bei Sinnen ist, er müßte mich denn mit einem Andern verwechselt haben, denn als er mich auf der Straße in der Nähe dieses Schlosses erblickte, sogleich fuhr er mit der Hand ans Schwert und rief: Verräther, du bist des Todes. Ich fragte ihn nicht lange nach der Ursache, sondern lief was ich konnte hieher, wo ich, dem Himmel und dieser Dame sei Dank, gerettet wurde. — Nun denn, sprach der Ritter hierauf, so fürchte weiter nichts, ich werde dich gesund und wohl nach Hause bringen, und hernach magst du zu erfahren suchen, was du mit ihm zu schaffen hast. — Nachdem sie zusammen gespeist hatten ließ ihn der Edelmann ein Pferd besteigen, begleitete ihn nach Florenz und verließ ihn in seinem Hause.

Noch an demselben Abend sprach Leonetto, nachder, ihm von der Dame gegebenen Anweisung, heimlich mit Messer Lambertuccio und richtete es so mit ihm ein, daß,

so oft auch späterhin davon die Rede war, der Edel=
mann doch nie des Streichs inne wurde, den ihm die
Dame gespielt hatte.

8.

Der Bindfaden.

Jn Florenz lebte vormals ein reicher Kaufmann, Arri=
guccio Berlinghieri genannt, welcher thörichterweise, wie es die
Kaufleute noch alle Tage zu thun pflegen, durch eine Frau adlig
werden wollte und daher ein vornehmes Fräulein, das wenig
zu ihm paßte und Monna Sismonda genannt wurde, zur
Gattin nahm. Da ihr Gemahl nach der Sitte seines Standes
häufig abwesend war und ihr selten Gesellschaft leistete, ver=
liebte sich diese in einen jungen Mann, Namens Ruberto,
der ihr schon lange schön gethan hatte. Nachdem sie mit
ihm vertraut geworden und dabei, weil dieser Umgang ihr
das größte Vergnügen gewährte, wohl nicht vorsichtig genug
gewesen war, geschah es, daß Arriguccio, sei es nun, daß
er davon Wind bekam, oder wie es sonst zuging, plötzlich
der eifersüchtigste Mann von der Welt wurde, sein Umher=
reisen und alle seine Geschäfte einstellte und seine ganze
Sorgfalt nur darauf richtete, seine Frau gut zu bewachen,
so daß er nicht mehr einschlafen konnte, bevor er sich über=
zeugt hatte, daß sie zu Bette gekommen sei.

Hierüber war die Dame äußerst betrübt, weil sie in
keiner Weise mit ihrem Ruberto zusammen sein konnte.
Nachdem sie aber lange Zeit nachgedacht, wie sie Mittel
fände, mit ihm zusammen zu sein, und auch er sie vielfältig

darum ersucht hatte, kam ihr der Gedanke, diesen Weg ein=
zuschlagen. Da ihre Kammer an der Straße lag und sie
oft bemerkt hatte, daß Arriguccio viel Mühe hatte einzu=
schlafen, aber dann auch sehr fest schlief, so gedachte sie, den
Ruberto um Mitternacht an die Hausthüre kommen zu lassen,
um diese dann zu öffnen, und während ihr Gemahl im festen
Schlaf liege, einige Zeit bei ihm zuzubringen. Um es aber
zu bewirken, daß sie ihn höre, wenn er käme, ohne daß es
ein Anderer bemerke, fiel sie darauf, einen Bindfaden vom
Fenster der Kammer herabhangen zu lassen, der mit dem
einen Ende auf die Straße reiche, mit dem andern aber
über den Erker weg bis zu ihrem Bette gehe, wo er unter
die Linnen versteckt bleiben und wenn sie das Bett beschritten
habe, an ihrer großen Fußzehe befestigt werden sollte. Dies
ließ sie hierauf dem Ruberto sagen und ihn anweisen, sobald
er komme, an dem Faden zu ziehen, worauf sie, wenn der
Mann schliefe, ihn loslassen und eilen würde, ihm aufzu=
schließen; wenn er aber nicht schliefe, werde sie ihn festhalten
und an sich ziehen, damit er nicht zu warten brauche.

Dies gefiel dem Ruberto: er ging zu vielen Malen
dahin und öfters gelang es ihm, mit ihr zusammen zu sein,
öfters auch nicht; zuletzt aber, da dieser Kunstgriff eine
Weile fortgesetzt worden war, geschah es eines Nachts, da
die Dame schlief, daß Arriguccio den Fuß in dem Bette
ausstreckte und auf diesen Faden stieß, weßhalb er sogleich
mit der Hand darnach griff und da er ihn an der Zehe
der Frau befestigt fand, sprach er zu sich selbst: Dahinter
muß ein Betrug stecken. Er schnitt also den Faden leise
von der Zehe der Frau ab und band ihn an die seinige,
worauf er ruhig abwartete, was dies bedeuten solle. Es
währte nicht lange, so kam Ruberto und zog, wie er ge=

wohnt war, an dem Faden. Arriguccio fühlte es; da er ihn aber nicht recht fest gebunden hatte und Ruberto stark zog, so kam ihm der Faden bald ganz in die Hand, daher er nun glaubte warten zu müssen, was er auch that.

Sogleich erhob sich Arriguccio, ergriff seine Waffen und lief nach der Hausthüre, um zu sehen, wer es wäre und um ihm übel mitzuspielen. Nun war Arriguccio, ob= gleich Kaufmann, ein stolzer und kräftiger Mann, und da er zur Thüre kam, öffnete er sie nicht so leise, wie die Dame zu thun pflegte; der draußen harrende Ruberto aber, der dies wahrnahm, merkte gleich was die Glocke geschlagen habe, nemlich, daß es Arriguccio sei, der die Thüre öffne, weßhalb er sogleich zu fliehen und Arriguccio ihm nachzu= setzen begann. Zuletzt, da Ruberto eine gute Strecke ge= flohen war und jener nicht abließ ihn zu verfolgen, zog Ruberto, der ebenfalls bewaffnet war, das Schwert und wandte sich um und nun begannen sie, der Eine anzugreifen, der Andere sich zu vertheidigen.

Unterdeß war die Dame, als Arriguccio die Kammer öffnete, erwacht und da sie den Faden von der Zehe ab= geschnitten fand, hatte sie sogleich geschlossen, daß ihr Betrug entdeckt sei. Als sie hörte, daß Arriguccio den Ruberto verfolge, erhob sie sich sogleich von dem Bette und weil sie wohl voraussah was die Folge sein müsse, rief sie ihre Magd, die um Alles wußte, und redete ihr so lange zu, bis sie sich an ihrer Statt ins Bette legte. Sie bat sie zugleich, sie möchte, ohne sich zu erkennen zu geben alle Schläge geduldig ertragen, die ihr Arriguccio geben würde, wofür sie ihr solchen Lohn verspreche, daß sie nicht Ursache haben werde es zu bereuen. Alsdann löschte sie das Nacht= licht, das in der Kammer brannte, verließ dieselbe und

verbarg sich in einem Winkel des Hauses um hier den Er=
folg abzuwarten.

Der Handel zwischen Arriguccio und Ruberto ward
unterdeß von den Bewohnern der Nachbarschaft vernommen,
welche sich aufmachten und sie zu schelten begannen, weßhalb
Arriguccio, aus Furcht erkannt zu werden, den jungen Mann,
ohne seinen Namen erfahren oder ihn irgend beschädigt zu
haben, wiewohl ungern und im heftigen Zorn verließ und
sich nach Hause begab. Als er aber in die Kammer ge=
langte, hub er zornig an: Wo bist du, Ehebrecherin? Du
hast das Licht ausgelöscht, damit ich dich nicht finde, aber
du hast dich betrogen. Hiermit trat er an das Bette und
indem er die Frau zu ergreifen meinte, faßte er die Magd
und versetzte ihr, so gut er Hände und Füße nur zu rühren
wußte, so viel Faustschläge und Fußtritte, daß er ihr das
ganze Gesicht zerquetschte; zuletzt schnitt er ihr gar die Haare
ab, alles unter den heftigsten Schmähreden, die je einer
schlechten Frau gesagt wurden.

Das Mädchen weinte heftig, wie sie denn wohl Ursache
dazu hatte, aber obwohl sie einige Mal ausrief: Weh
mir, Gnade, um Gotteswillen! oder: Laßt ab! so erstickte
doch das Weinen so ihre Stimme oder Arriguccio war so
von Wuth betäubt, daß er nicht unterscheiden konnte, wie
es die einer andern Frau, nicht seiner Gattin sei. Nachdem
er sie aber gründlich zerbläut und ihr, wie schon gesagt, die
Haare abgeschnitten hatte, sprach er: Nicht mehr anrühren
will ich dich von nun an, niederträchtiges Weib, sondern will
zu deinen Brüdern gehen und ihnen von deinen saubern
Stückchen erzählen und dann mögen sie dich abholen kommen
und mit dir machen, was sie glauben, daß ihre Ehre er=
heischt und dich fortführen, denn wahrlich in diesem Hause

follst du nicht länger bleiben. Mit diesen Worten trat er
aus der Kammer, verschloß sie von außen und ging ganz
allein von dannen.

Als Monna Sismonda, die alles mit angehört hatte,
sah, daß ihr Mann sich entfernt hatte, öffnete sie die Kammer,
zündete das Nachtlicht wieder an und fand die ganz zer=
broschene Magd, welche heftig weinte. Sie tröstete sie, so
gut sie vermochte und brachte sie in ihre Kammer zurück,
wo sie in aller Stille für ihre Bedienung und Pflege sorgen
ließ, indeß sie selbst, wenn sie an Arriguccio's Zorn gedachte,
sich überaus glücklich schätzte. Nachdem sie nun die Magd
wieder in ihre Kammer geschafft hatte, eilte sie das Bette
in der ihrigen zu machen und Alles darin so zu ordnen
und einzurichten, als ob diese Nacht Niemand daselbst ge=
schlafen habe; steckte dann die Lampe wieder an und klei=
dete sich so, als wäre sie noch gar nicht zu Bette gegangen.
Hierauf zündete sie ein Licht an, nahm ihr Nähzeug, setzte
sich damit oben an die Stiege, fing an zu nähen und er=
wartete ruhig den Ausgang der Sache.

Als Arriguccio das Haus verlassen hatte, ging er so
schnell er konnte zu dem der Brüder seiner Frau, und
klopfte hier so lange, bis man ihn hörte und die Thür
öffnete. Die drei Brüder der Frau und deren Mutter
standen, da sie hörten, es sei Arriguccio, sogleich alle auf,
ließen Lichter anzünden und kamen zu ihm, um zu fragen,
was er zu solcher Stunde und so allein von ihnen begehre?
Hierauf begann Arriguccio bei dem Bindfaden, den er an
der Zehe der Monna Sismonda befestigt gefunden und erzählte
ihnen Alles bis zum Ende, was er gesehen und gethan habe und
zum gültigen Zeugniß dessen, was er gethan zu haben vor=
gab, übergab er ihnen die Haare, welche er seiner Frau ab=

geschnitten zu haben glaubte, indem er hinzufügte, sie möchten sie abholen und mit ihr schalten wie sie glaubten, daß es ihre Ehre erheische, denn er seinerseits sei entschlossen, sie nicht länger im Hause zu dulden.

Die Brüder der Frau, sehr erschrocken über das Ge= hörte und weil sie es für gewiß hielten, nicht wenig gegen sie erbittert, ließen gleich Fackeln anzünden und machten sich, in der Absicht ihr übles Spiel zu bereiten, mit Arriguccio auf und gingen zu seinem Hause. Als dies ihre Mutter sah, erhob sie sich und folgte ihnen weinend, indem sie bald den Einen bald den Andern beschwor, doch diesen Dingen nicht so rasch Glauben zu schenken, ohne Beweise gesehen und sich überzeugt zu haben, denn der Mann könne sie leicht aus andern Gründen mißhandelt haben und dies zu seiner Entschuldigung vorbringen; wobei sie hinzusetzte, sie ver= wundere sich sehr, wie sich dies solle ereignet haben, da sie doch ihre Tochter sehr wohl kennen müsse, die sie von Ju= gend auf erzogen habe und viele ähnliche Reden. Sie ge= langten nun an das Haus des Arriguccio, traten hinein und stiegen die Treppe hinauf. Als Monna Sismonda sie kommen hörte, rief sie: Wer ist da? worauf Einer ihrer Brüder antwortete: Du wirst es wohl selbst wissen, Ehebrecherin, wer da ist. Darauf entgegnete Monna Sismonda: Wie? Was soll das bedeuten? Himmel, steh uns bei! Hiermit stand sie auf und sagte: Lieben Brüder, seid willkommen. Was begehrt ihr zu dieser Stunde, alle drei? Als diese sie so beim Nähen sitzen sahen, ohne eine Spur im Gesichte, daß sie geschlagen worden sei, da doch Arriguccio gesagt hatte, er habe sie ganz zerbläut, waren sie gleich beim ersten Anblick etwas verwundert, legten dem Ungestüm ihres Zorns Zügel an und fragten sie nur, wie das zugegangen sei,

was Arriguccio veranlasse, über sie zu klagen? wobei sie
ihr heftig drohten, wofern sie ihnen nicht Alles genau er=
zähle. Die Dame antwortete: Ich weiß nicht, was ich euch
erzählen soll, noch worüber sich Arriguccio bei euch beschwert
hat. Als Arriguccio sie erblickte, betrachtete er sie wie ein
Wahnsinniger, denn er erinnerte sich doch, daß er ihr wohl
tausend Schläge ins Gesicht gegeben, sie zerkratzt und mit
allem Uebel von der Welt überhäuft hatte und nun sah er
sie vor sich, als ob nichts von dem Allen geschehen wäre.
Unterdeß erzählten ihr die Brüder mit wenigen Worten, was
ihnen Arriguccio gesagt habe, von dem Faden, den Schlägen
und allem Uebrigen. Da wandte sich die Dame zu Arri=
guccio und sprach: Weh mir, mein Gemahl, was muß ich
hören? Warum verschreist du mich zu deiner größten Schande
als eine Ehebrecherin, was ich doch nicht bin, und dich selbst
für einen noch schlechtern und grausamern Mann, als du
bist? Und wann warst du diese Nacht auch nur zu Hause,
geschweige denn bei mir? Und wann schlugst du mich?
Ich meines Theils weiß nichts davon. Darauf hub Arri=
guccio an: Wie, du Ehebrecherin, gingen wir nicht zu=
sammen zu Bette? Kehrte ich nicht dahin zurück, nachdem
ich deinem Liebhaber nachgesetzt hatte? Gab ich dir nicht
tausend Schläge und schnitt dir das Haar ab? Die Frau
entgegnete: In diesem Hause bist du gestern Abend nicht
zu Bette gegangen. Doch lassen wir dies gut sein, da ich
keinen andern Beweis davon geben kann, als meine wahr=
haften Worte, und kommen wir zu dem was du sagst, daß
du mir Schläge gegeben und die Haare abgeschnitten habest.
Mich hast du niemals geschlagen und ihr Alle, die zugegen
seid und du selber dazu, seht mich an, ob ich am ganzen
Leibe nur ein Zeichen von Schlägen habe. Ich möchte

7 *

dir es auch nicht rathen, daß du so kühn wärst, Hand an
mich zu legen, denn beim Kreuz des Erlösers, ich wollte
dich zeichnen! Auch hast du mir die Haare nicht abgeschnitten,
wenigstens nicht, daß ich es gefühlt oder gesehen hätte; aber
vielleicht hast du es gethan, ohne daß ich es bemerkte: laß
mich also sehen, ob sie mir abgeschnitten sind oder nicht?
Hiermit nahm sie ihren Schleier vom Haupte und zeigte
ihnen, daß ihr Haar nicht beschnitten, sondern ganz war.

Als die Brüder und die Mutter dies sahen und hörten,
begannen sie zu Arriguccio und sagten: Was sagst du
hierzu, Arriguccio? Wie stimmt das zu dem, was du uns
erzählen kannst, das du gethan hättest? Wir begreifen nun
nicht, wie du das Uebrige beweisen willst. Arriguccio stand
wie ein Träumender da und wollte reden. Da er aber
sah, daß selbst das, was er beweisen zu können glaubte, sich nicht
so verhielt, hatte er nicht den Muth, noch ein Wort zu sagen.
Jetzt wandte sich die Frau zu ihren Brüdern und sprach:
Ich sehe wohl, lieben Brüder, mein Mann ist darauf
ausgegangen, daß ich thun solle, was ich niemals thun
mochte, nemlich daß ich euch mein Unglück, und seine
Schlechtigkeit erzähle und so will ich es denn nun thun.
Ich bin fest überzeugt, daß ihm das, was er euch erzählt
hat, wirklich begegnet ist, und daß er es so gemacht hat
und hört nun, wie ich das meine. Dieser rechtschaffene
Mann, dem ihr zu meinem Unglück mich zur Frau gegeben
habt, der sich einen Kaufmann nennt und das öffentliche
Zutrauen genießen will, und daher mäßiger als ein Geist=
licher und gesitteter als ein Mädchen sein sollte: es ist selten
ein Abend, daß er sich nicht in Wirthshäusern betränke, sich
dann bald mit dieser bald mit jener feilen Dirne einließe,
während er mich bis Mitternacht und zuweilen bis zum

Morgen in der Weise, wie ihr mich gefunden habt, auf sich warten läßt. Nun will ich wetten, er hat sich wieder stark angetrunken, mit einer seiner Metzen zu Bette gelegt und bei ihr beim Erwachen den Faden am Fuß gefunden, worauf er denn alle die Händel anfing, wovon er erzählt und dann zu ihr zurückkehrte, sie zerbläute und ihr die Haare abschnitt, endlich aber, weil er noch immer nicht recht zu Sinnen gekommen war, sich einbildete (und ich bin überzeugt, er bildet es sich noch ein), er habe dies Alles an mir gethan: und wenn ihr ihm recht ins Gesicht sehen wollt, so ist er noch halb betrunken. Bei dem Allen aber, was er auch von mir gesagt haben mag, will ich nicht, daß ihr ihm dies anders zurechnet, denn als einem Betrunkenen, und da ich es ihm vergebe, so vergebt auch ihr es ihm.

Als ihre Mutter diese Worte vernahm, fing sie an Lärm zu schlagen und rief: Beim Kreuz des Erlösers, meine Tochter, das soll nicht geschehen, lieber sollten wir diesen widrigen, unerkenntlichen Hund todt schlagen, der niemals würdig war, ein Mädchen zu freien, wie du bist. Vortrefflich, Herr Sohn, vortrefflich! Ist es nicht, als wenn er dich aus dem Koth aufgerafft hätte? Die Pest über ihn noch heute, wenn du dem faulen Gewäsche solch eines Krämers, solch eines Eselsabschaums, ausgesetzt sein sollst, der vom Lande hierher gekommen und irgend einer Straßenräuberbande entlaufen ist, in Sacktuch gekleidet, mit weiten Glockenschuhen und die Feder auf dem Hintern! Kaum daß sie sechs Dreier besitzen, wollen sie gleich Töchter von Edelleuten und Mädchen aus guten Häusern zu Frauen haben, legen sich Wappen bei und sagen: Ich bin aus dem und dem Hause und meine Vorfahren haben es so und so gehalten. Wären doch meine Söhne meinem Rathe gefolgt,

da sie dich so ehrenvoll im Hause der Grafen Conti mit
einem Stück Brot unterbringen konnten; aber sie bestanden
darauf, dich diesem Edelstein hinzugeben und nun entblödet
er sich nicht, dich, die du das beste Mädchen von
Florenz bist und das allersittsamste, dich um Mitternacht
für eine Metze zu verschreien, als ob wir dich nicht besser
kennten: aber bei dem Namen Gottes, wenn es nach mei=
nem Willen ginge, so müßte er dafür so zugerichtet werden,
daß es ihm anzuriechen wäre. Dann wandte sie sich zu
ihren Söhnen und fuhr fort: Ich sagte es euch wohl, meine
Söhne, daß es nicht angehen könne. Habt ihr gehört, wie
euer sauberer Schwager eure Schwester behandelt? So ein
Winkelkrämer, wie er einer ist! Und wenn ich wäre, wie
ihr seid, und er hätte zu mir gesagt, wie er zu euch von
ihr gesagt hat und triebe es so, wie er es treibt, so würde
ich mich nun und nimmer zufrieden geben, noch Ruhe halten,
bis ich ihn von der Erde geschafft hätte; und wenn ich ein
Mann wäre, wie ich ein Weib bin, ich ließe wahrlich keinen
Andern sich damit befassen. Herr Gott, verwirr ihm das
Hirn, dem leidigen Trunkenbold, dem Unverschämten!

Als dies die Jünglinge sahen und hörten, wandten
sie sich zu Arriguccio und sagten ihm die größten Schmäh=
reden, die je einem Nichtswürdigen gesagt worden sind und
zuletzt sprachen sie: Wir verzeihen dir für diesmal, weil du
betrunken bist, aber nimm dich, so lieb dir dein Leben ist,
von jetzt an in Acht, daß wir nicht wieder solche Geschichten
von dir hören, denn wahrlich, wenn uns je wieder eine
ähnliche zu Ohren kommt, so werden wir dich für diese
und für jene mit bezahlen. Und mit diesen Worten gin=
gen sie davon.

Arriguccio blieb wie ein Sinnloser zurück und wußte

bei sich selber nicht, ob Alles was er gethan habe, wirklich geschehen sei, oder ob es ihm geträumt habe: er sprach nicht ein Wort weiter und ließ die Frau in Frieden. Diese aber entging durch ihre Schlauheit nicht blos jener bevorstehenden Gefahr, sondern bahnte sich auch damit den Weg, in Zukunft ganz nach ihrem Wohlgefallen zu handeln, ohne sich noch irgend vor ihrem Manne zu fürchten.

9.

Der Birnbaum.

In Argos, einer sehr alten Stadt in Achaja, die jetzt mehr ihrer alten Könige wegen berühmt ist, als groß, lebte einst ein Edelmann mit Namen Nicostratos, dem das Glück, als er dem Greisenalter schon nahe war, eine Frau aus edelm Hause zur Gattin beschied, welche Lydia hieß und nicht minder unternehmend als schön war. Er hielt, als ein vornehmer und reicher Mann, eine zahlreiche Dienerschaft, dazu Hunde und Falken und war ein großer Liebhaber der Jagd. Unter seinen übrigen Dienern hatte er einen anmuthigen Jüngling von zierlicher und schöner Gestalt und zu Allem geschickt, was er beginnen mochte, mit Namen Pyrrhus, welchem Nicostratos vor allen Andern geneigt war und am Meisten vertraute. In diesen verliebte sich Lydia so heftig, daß sie weder bei Tag noch bei Nacht ihre Gedanken anders wohin zu richten vermochte, als zu ihm. Um diese Liebe schien sich aber Pyrrhus, sei es nun, daß er sie nicht bemerkte, oder sie nicht bemerken wollte, durchaus nicht zu kümmern: worüber die Dame unerträg-

liche Qualen im Herzen trug. Da sie aber völlig ent=
schlossen war, sich ihm zu offenbaren, berief sie eine ihrer
Kammerfrauen, mit Namen Lusca, welcher sie großes Ver=
trauen schenkte und sprach zu ihr: Lusca, die Wohlthaten,
die du von mir empfangen hast, verpflichten dich, mir ge=
horsam und treu zu sein und darum siehe zu, daß nie einer
das erfährt, was ich dir jetzt sagen will, bis auf den, an
welchen ich es dir auftrage. Wie du siehst, Lusca, bin ich
ein junges und frisches Weib, das Alles in Genüge und
Fülle besitzt, was eine Frau wünschen mag und kurz, bis
auf Eins, kann ich mich über nichts beschweren, und dies
Eine ist, daß der Jahre meines Mannes eine zu große
Zahl ist, um mit den meinen verglichen zu werden. Aus
diesem Grunde lebe ich mit dem, was jungen Frauen am
meisten Vergnügen gewährt, wenig zufrieden; indem ich aber
gleich allen Andern danach Verlangen empfinde, so habe ich
schon seit einiger Zeit bei mir erwogen, wenn auch das
Glück sich wenig freundlich gegen mich bewiesen hat, indem
es mir einen so alten Mann gab, so wolle ich doch nicht
so meine eigene Feindin sein, daß ich keinen Weg zu meinem
Vergnügen und zu meinem Wohl zu finden wüßte. Um
also auch hierin, wie in allen andern Dingen, meine Wün=
sche gekrönt zu sehen, so bin ich entschlossen, daß unser
Pyrrhus, der mehr als ein anderer dessen würdig ist, sie
mit seinen Umarmungen erfüllen soll. Auch ist die Liebe,
die ich ihm zugewandt habe, so groß, daß ich mich nicht
wohl fühle, als wenn ich ihn sehe, oder an ihn denke, und
wofern ich mich nicht ohne weitern Aufschub mit ihm zu=
sammenfinde, so glaube ich in der That davon sterben zu
müssen. Wenn dir also mein Leben lieb ist, so deute ihm
in der Weise, welche dir am rathsamsten scheint, meine Liebe

an und bitte ihn in meinem Namen, daß er mich besuche, sobald ich dich zu ihm schicke.

Die Kammerfrau erklärte sich hierzu gern bereit, und sobald ihr Zeit und Ort gelegen schienen, zog sie den Pyr=rhus bei Seite und richtete ihm, so gut sie konnte, den Auftrag ihrer Herrin aus. Als dies Pyrrhus vernahm, verwunderte er sich sehr, indem er nie zuvor etwas hiervon wahrgenommen hatte; weil er aber fürchtete, die Herrin lasse ihm dies nur sagen, um ihn zu versuchen, gab er rasch und unfreundlich zur Antwort: Ich kann nicht glauben, Lusca, daß diese Worte von meiner Gebieterin kommen und darum siehe zu, was du sprichst; kämen sie aber auch von ihr, so glaube ich nicht, daß sie dir im Ernst solche Auf=träge gegeben. Und wäre es auch ihr Ernst, so erweist mir mein Herr mehr Ehre, als ich verdiene, und nicht für mein Leben möchte ich ihm eine solche Beleidigung zufügen. Hüte dich also wohl, mir je wieder von diesen Dingen zu reden.

Von dieser rauhen Antwort keineswegs erschreckt, ant=wortete ihm Lusca: Von diesen Dingen, Pyrrhus, so wie von allen andern, welche meine Herrin mir aufträgt, werde ich so oft mit dir reden, als sie es befiehlt, es mag dir nun zum Vergnügen oder zum Verdrusse gereichen: doch du bist ein Tölpel. Jedoch etwas betreten über die Antwort des Pyrrhus, kehrte sie damit zu ihrer Gebieterin zurück. Als diese sie vernahm, wünschte sie vor Leid zu sterben; nach einigen Tagen aber wandte sie sich wieder an die Kammer=frau und sprach: Du weißt, Lusca, daß die Eiche nicht auf den ersten Streich fällt: darum dächte ich, du kehrtest noch einmal zu dem zurück, der sich zu meinem Schaden auf eine ganz neue Weise getreu erweisen will. Warte die gelegene Zeit ab, ihm meine ganze Glut zu offenbaren und bemühe dich auf alle Weise, der Sache Erfolg zu verschaffen, denn wenn es hierbei verbliebe, so wäre es mein Tod, er aber müßte glauben, man habe ihn zum Besten haben wollen, und Haß würde erfolgen, wo wir Liebe suchen.

Die Kammerfrau tröstete ihre Gebieterin, suchte den Pyrrhus auf und als sie ihn fröhlich und gut gelaunt ge= funden hatte, sprach sie zu ihm: Pyrrhus, ich sagte dir vor wenigen Tagen, in welchen Flammen deine und meine Ge= bieterin um der Liebe willen glüht, die sie zu dir hegt, und jetzt versichere ich dich dessen von Neuem, damit du, wenn du bei der Härte verbleibst, welche du vorgestern bewiesest, gewiß sein mögest, daß sie bald sterben wird. Und darum bitte ich dich, ihrem Verlangen Hoffnung zu gewähren, denn wolltest du noch länger bei diesem störrischen Sinne ver= barren, so müßte ich dich, den ich bisher für verständig hielt, für einen Einfaltspinsel halten. Welche Ehre muß es dir sein, daß eine Dame, wie sie, so schön und so edel, dich über alles in der Welt liebt? Wie sehr mußt du dich ferner dem Geschick verbunden bekennen, wenn du erwägst, daß es dir ein so großes Glück bereitet hat, das den Wün= schen deiner Jugend so wohl entspricht, und zugleich allen deinen Bedürfnissen eine so sichere Zuflucht gewährt? Wel= chen deiner Genossen kennst du, der sich auf dem Pfade des Vergnügens besser befände, als du dich befinden könntest, wenn du klug wärest? Welchen Andern möchtest du finden, der es in Waffenschmuck, in Pferden, Kleidern und im Gelde so gut haben könnte, als du es haben würdest, wenn du ihr deine Liebe zuwenden wolltest? Erschließe also meinen Worten dein Herz und gehe in dich; gedenke, daß ein Mal und dann nie wieder das Glück uns mit heiterm Antlitz und mit offenem Schoße zu begegnen pflegt und daß der,

welcher es alsbann nicht zu ergreifen versteht, sich hernach,
wenn er arm und ein Bettler geworden ist, nur über sich
selbst, nicht über jenes beklagen darf. Ueberdies aber braucht
zwischen Herrn und Diener die Treue nicht beobachtet zu
werden, welche zwischen Freunden und Verwandten als Pflicht
gilt, vielmehr sollen die Diener sie wo sie nur können so
behandeln, wie sie von ihnen behandelt werden. Denkst du
aber, wenn du eine schöne Frau, Mutter, Tochter oder
Schwester hättest, die dem Nicostratos gesiele, daß er viel
nach der Treue fragen würde, die du ihm in Betreff seiner
Frau zu bewahren gedenkst? Thöricht bist du, wenn du das
glaubst! Sei versichert, daß er, wenn Bitten und Schmei=
cheleien nicht zum Ziele führten, was du auch davon denken
möchtest, Gewalt gebrauchen würde. Behandeln wir also
sie und das ihrige, wie sie uns und das unsrige behandeln.
Benutze die Gunst des Glücks und verscheuche es nicht: geh
ihm entgegen und begrüße es, wenn es kommt, denn gewiß,
thust du dies nicht, so wird es dich, abgesehen von dem
Tode deiner Herrin, der unfehlbar daraus erfolgen muß,
noch oft so gereuen, daß auch du dir den Tod wünschen wirst.

Pyrrhus, der schon mehrmals den Worten nachgedacht
hatte, die er von Lusca vernommen, war mit sich einig ge=
worden, wenn sie wieder zu ihm käme, ihr anders zu ant=
worten und sich ganz in den Willen seiner Gebieterin zu
schicken, wenn sie ihm Beweise gäbe, daß er nicht versucht
würde. Er antwortete also: Sieh, Lusca, Alles was du
mir gesagt hast, erkenne ich für wahr an, andererseits aber
weiß ich auch, daß mein Herr sehr klug und vorsichtig ist,
und da er Alles was sein ist meinen Händen anvertraut,
so besorge ich sehr, daß Lydia dies alles nur mit seinem
Wissen und Willen thue, um mich auf die Probe zu stellen

und darum, wenn sie zu meiner Aufklärung drei Dinge
thun will, welche ich von ihr fordern werde, so soll sie mir
hernach gewiß nichts gebieten, das ich nicht schleunigst voll=
brächte. Diese drei Dinge, die ich fordere, sind folgende:
Erstens, daß sie in Nicostratos Gegenwart seinen besten
Sperber tödte, zweitens, mir eine Locke aus dem Barte des
Nicostratos schicke, und endlich auch einen seiner Zähne und
zwar einen der besten.

Diese Forderungen schienen der Lusca hart und ihrer
Gebieterin noch härter. Die Liebe aber, die eine treffliche
Ermuthigerin und in Rathschlägen die größte Meisterin ist,
gab ihr den Entschluß ein, es zu vollbringen, weßhalb sie
ihm durch ihre Dienerin zurücksagen ließ, sie werde Alles
was er gefordert habe, vollständig und bald erfüllen, über=
dies aber, da er den Nicostratos doch für so klug halte, sei
sie erbötig, sich in dessen Gegenwart mit Pyrrhus zu er=
götzen und dann dem Nicostratos weiß zu machen, es sei
nicht wahr. Pyrrhus wartete also ruhig ab, was die Edel=
frau beginnen werde. Als daher Nicostratos nach einigen
Tagen ein großes Gastmahl gab, wie er es öfter gewissen
Edelleuten zu geben pflegte, und die Tafel schon aufgehoben
war, trat Lydia in einem sehr zierlichen grünen Seiden=
kleide aus ihrer Kammer in den Saal, wo jene sich auf=
hielten und schritt in Gegenwart des Pyrrhus und aller
Uebrigen zu der Stange, worauf der Sperber saß, den
Nicostratos so werth hielt; machte ihn los, als ob sie ihn
auf die Hand nehmen wollte, ergriff ihn bei den Fesseln
und schlug ihn gegen die Mauer, bis er todt war.

Als ihr darauf Nicostratos zurief: Weh mir, Weib,
was hast du gethan! antwortete sie ihm nicht, sondern
wandte sich zu den Edelleuten, welche mit ihm gegessen

hatten und sprach: Ihr Herrn, ich würde an einem König, der mir Schmach zufügte, übel Rache zu nehmen verstehen, wenn ich nicht wagte, mich an einem Sperber zu rächen. Ihr müßt wissen, daß dieser Vogel mich schon lange aller der Zeit beraubt, welche die Männer dem Vergnügen der Frauen widmen sollten, denn kaum beginnt die Morgen= röthe zu schimmern, so erhebt sich mein Nicostratos, springt zu Pferde und jagt, seinen Sperber auf der Hand, in das offene Blachfeld hinaus, um ihn fliegen zu sehen; ich aber, wie ihr mich hier seht, bleibe einsam und traurig in meinem Bette zurück. Deßhalb war ich schon öfters entschlossen, das zu thun, was ich jetzt gethan habe, und nichts anders hielt mich bis jetzt davon ab, als daß ich warten wollte, bis ich es in Gegenwart von Männern thun möchte, die meiner Beschwerde gerechte Richter sein könnten, wie ich glaube, daß ihr es sein werdet.

Die Edelleute, die dies hörten, und nicht zweifelten, daß ihre Neigung zu Nicostratos ganz so beschaffen sei, wie die Worte tönten, lachten Alle, wandten sich zu Nicostratos, der in Verwirrung gerathen war und sprachen: O, wie recht hat die Dame gethan, ihre Beleidigung durch den Tod des Sperbers zu rächen! Und mit mancherlei Scherzen über diesen Gegenstand gelang es ihnen, als sich die Dame schon in ihre Kammer zurückgezogen hatte, auch den Aerger des Nicostratos in Lachen zu verwandeln. Als aber Pyrrhus dies sah, sprach er bei sich selbst: Einen schönen Anfang hat die Herrin meiner glücklichen Liebe gegeben; Gott wolle nur, daß sie so fortfahre.

Als Lydia so den Sperber getödtet hatte, vergingen nur wenige Tage, bis sie sich einst mit Nicostratos in ihrer Kammer zusammenfand und durch Liebkosungen mit ihm ins

Tändeln gerieth, wobei er sie zum Scherz ein wenig bei den
Haaren zog und ihr dadurch Gelegenheit gab, auch die zweite
Forderung des Pyrrhus in Erfüllung zu bringen; sie er=
griff nemlich geschwind ein kleines Löckchen seines Bartes
und zog unter Lachen so stark daran, daß sie es ganz aus
dem Kinne riß. Als sich Nicostratos hierüber beklagte,
sprach sie: Nun was ist dir denn, daß du ein solches
Gesicht machst? Etwa weil ich dir diese sechs Härchen aus
dem Barte riß? Es konnte dir nicht so wehe thun, als
mir, da du mich eben bei den Haaren zogst. Und so aus
einer Rede in die andere ihr Getändel fortsetzend, hob die
Dame die Bartlocke, welche sie ihm ausgezogen hatte, sorg=
fältig auf und schickte sie noch desselben Tages ihrem
Geliebten zu.

Die dritte Forderung kostete die Dame mehr Kopf=
brechens; aber ihr hoher Verstand, den die Liebe noch er=
höht hatte, gab ihr auch diesmal den Weg an, der zu
ihrer Erfüllung einzuschlagen sei. Nicostratos hatte zwei
Knaben im Hause, welche ihm von den Aeltern übergeben
worden waren, um daselbst adlige Sitten, wie sie ihrem
Stande geziemter., zu erlernen: der Eine derselben mußte
dem Nicostratos beim Essen vorschneiden, der Andere ihm
zu trinken reichen. Diese ließ sie rufen, redete ihnen vor,
daß sie aus dem Munde röchen und wies sie an, wenn sie
den Nicostratos bedienten, den Kopf so viel als möglich
zurückzuziehen, nie aber Jemand den Grund zu sagen.
Die Knaben glaubten ihr und fingen an, die Weise zu
beobachten, welche die Dame sie gelehrt hatte, worauf sie
eines Tages zu Nicostratos sprach: Hast du bemerkt, was
diese Knaben thun, wenn sie dich bedienen? Nicostratos
antwortete: Allerdings und ich habe sie schon fragen wollen,

weßhalb sie dies thäten? Darauf entgegnete die Dame:
Thu dies nicht, denn ich kann es dir sagen und habe es
dir eine geraume Zeit verschwiegen, um dir nicht wehe zu
thun; jetzt aber, da ich sehe, daß auch Andere anfangen,
es zu bemerken, darf es dir nicht länger verholen bleiben.
Es geschieht nemlich aus keinem andern Grunde, als weil
du sehr stark aus dem Munde riechest, und ich weiß nicht,
was die Ursache davon sein mag, denn sonst pflegte das
nicht der Fall zu sein. Das ist aber eine sehr häßliche
Sache für dich, der mit so vielen Edelleuten umzugehen
hat und deßhalb müssen wir auf Mittel denken, dem abzu=
helfen. Hierauf versetzte Nicostratos: Was kann dies
aber sein? Sollte ich einen verdorbenen Zahn im Munde
haben? Lydia antwortete: Das ist wohl möglich, führte ihn
an ein Fenster, ließ ihn den Mund öffnen, blickte erst nach
der einen, und dann nach der andern Seite und rief aus:
O Nicostratos, wie ist es möglich, daß du das so lange
aushalten konntest! hier auf dieser Seite sitzt dir Einer,
der wie es mir scheint nicht blos angegangen, sondern ganz
faul ist und gewiß, wenn du ihn noch länger im Munde
behältst, verdirbt er dir auch die übrigen, die auf der
Seite sind und darum würde ich dir rathen, ihn hinaus=
zuwerfen, ehe die Sache weiter geht. Da sprach Nicostra=
tos: Wenn du es für gut hältst, so bin ich es zufrieden;
laß also gleich nach einem Arzt schicken, der ihn mir aus=
ziehe. Die Frau aber entgegnete: Das wolle Gott nicht,
daß ein Arzt deßwegen ins Haus komme; er scheint mir
so zu stehen, daß ich ihn dir selbst ohne einen Arzt ganz
wohl herausziehen kann. Von der andern Seite gehen
auch diese Zahnärzte dabei so grausam zu Werke, daß mein
Herz es in keiner Weise ertragen würde, dich zwischen ihren

Händen zu sehen oder zu wissen und darum bestehe ich
darauf, es selbst zu thun, denn wenigstens kann ich dich,
wenn es dir zu wehe thut, wieder loslassen, was der Arzt
nicht thun würde. Sie ließ sich also die zu diesem Geschäft
nöthigen Werkzeuge kommen, schickte alle Anwesenden, mit
Ausnahme der Lusca, die sie bei sich behielt, aus dem
Zimmer, verschloß dieses von innen und ließ dann den
Nicostratos sich auf einer Bank ausstrecken, fuhr ihm mit
der Zange in den Mund, faßte einen seiner Zähne und
mochte er nun vor Schmerzen noch so laut schreien, die
Eine hielt ihn mit Gewalt fest und die Andere zog ihm
mit aller Macht einen Zahn heraus. Diesen verwahrten
sie, nahmen einen andern ganz verdorbenen, den Lydia schon
in der Hand hielt, hervor und zeigten ihn dem wehklagenden,
fast halb todten Manne mit den Worten: Sieh, was du
nun schon so lange im Munde gehabt hast. Dieser glaubte
ihnen und obwohl er heftige Schmerzen ausgestanden hatte
und noch immer sehr darüber klagte, so kam er sich doch,
da er einmal heraus war, wie geheilt vor und durch einige
lindernde Mittel erquickt, fühlte er seinen Schmerz erleichtert
und verließ die Kammer. Die Dame aber nahm den
Zahn und schickte ihn ihrem Geliebten, der ihrer Liebe nun
gewiß, sich zu allen ihren Wünschen bereit erklärte.

Die Dame aber, welche ihn noch sicherer zu machen
wünschte, denn jede Stunde schien ihr tausend zu währen,
bis sie mit ihm zusammen käme, wollte nun auch das noch
erfüllen, wozu sie sich selbst erboten hatte. Zu diesem Ende
stellte sie sich krank und eines Tages, als Nicostratos sie
nach Tische besuchte und sie außer Pyrrhus niemand bei
ihm sah, bat sie ihn, sie möchten ihr zur Erleichterung
ihres Uebels doch beistehen, sich in den Garten zu begeben.

Nicostratos faßte sie also bei der einen Seite und Pyrrhus
bei der andern und trugen sie in den Garten, wo sie auf
einem Grasplatz am Fuße eines Birnbaums niedergesetzt
wurde. Als sie hier eine Weile gesessen, sagte die Dame,
denn den Pyrrhus hatte sie schon von Allem unterrichten
lassen, was er zu thun habe: Pyrrhus, mich gelüstet sehr
von den Birnen zu kosten; steige doch hinauf und wirf
uns einige herab.

Pyrrhus sprang eilends hinauf und fing an Birnen
hinunter zu werfen; während er aber warf, hob er an
und sprach: Ei, Herr, was macht ihr denn da? Und ihr,
Herrin, wie schämt ihr euch nicht, das in meiner Gegen=
wart zu dulden? Glaubt ihr, daß ich blind sei? So
eben noch wart ihr sterbenskrank: wie seid ihr nun so schnell
geheilt, daß ihr dergleichen Dinge beginnen mögt? Und
wollt ihr dergleichen beginnen, so habt ihr ja so viele schöne
Zimmer: warum geht ihr nicht in eins derselben, wenn ihr
dieses vorhabt? Es wäre doch schicklicher, als es in meiner
Gegenwart zu thun.

. Die Dame wandte sich zu ihrem Gemahl und sprach:
Was redet Pyrrhus? Faselt er? Aber Pyrrhus ver=
setzte: Nein, Herrin, ich fasele nicht; glaubt ihr denn, ich
könne nicht sehen? Nicostratos verwunderte sich sehr hier=
über und sprach: Pyrrhus, wahrhaftig, ich glaube, du
träumst. Pyrrhus entgegnete ihm: Herr, ich träume ganz
und gar nicht und ihr träumt auch nicht, vielmehr schüttelt
ihr euch so gewaltig, daß wenn dieser Birnbaum sich auch
so schüttelte, wohl keine Birne darauf bliebe. Nun hub die
Frau an: Wie mag das zugehen? wäre es möglich, daß
es ihm so vorkäme, wie er sagt? Gott ist mein Zeuge,
wenn ich so gesund wäre, wie ich sonst war, so müßte ich

hinauf, um die Wunderdinge zu sehen, die er zu sehen
vorgiebt. Pyrrhus fuhr unterdeß auf dem Birnbaum fort
und sprach immer weiter von diesen Geschichten. Nicostratos
rief ihm nun zu: Steig herunter! und er that es. Da
fragte er ihn: Was sagst du, daß du sähest? Pyrrhus
antwortete: Ich glaube, ihr haltet mich für einen Narren
oder Träumer: ich sah euch, wenn ich es doch sagen soll,
über eurer Frau her und jetzt, da ich herabstieg, sah ich wie
ihr aufstandet und euch hiehin setztet, wo ihr jetzt sitzt.
Gewiß, sprach Nicostratos, warst du hierin toll, denn wir
haben uns, seit du auf den Birnbaum stiegst, nicht gerührt,
außer jetzt, wie du siehst. Pyrrhus erwiderte: Was streiten
wir hierüber? ich sah euch doch und wenn ich euch sah, so
wars auf dem Eurigen.

Nicostratos verwunderte sich immer mehr, zuletzt aber
sprach er: So will ich doch sehen, ob dieser Birnbaum
verzaubert ist, und Jeder, der hinaufsteigt, diese Wunder
sieht. Hiermit stieg er hinauf und kaum war er oben, so
lagen sich Pyrrhus und seine Frau in den Armen. Als
Nicostratos dies sah, fing er an zu schreien: Halt, Ehe=
brecherin, was beginnst du? Und du, Pyrrhus, dem ich
völlig vertraute? Mit diesen Worten fing er an wieder
hinab zu steigen. Wir sitzen hier ganz stille, rief die Frau
mit Pyrrhus, und da sie ihn herabsteigen sahen, kehrten
sie eiligst zurück und setzten sich, wie sie gesessen hatten. Als
Nicostratos hinabkam und sie da wieder fand, wo er sie
gelassen hatte, hub er an sie zu schelten. Pyrrhus aber
entgegnete: Nicostratos, nun muß ich selber gestehen, was
ihr vorhin behauptet, daß ich falsch gesehen habe, während
ich auf dem Birnbaume war, und das erkenne ich an nichts
anderm, als daran, daß auch ihr, wie ich sehe und weiß,

falsch sahet. Und daß ich die Wahrheit spreche, könnt ihr schon daran erkennen, wenn ihr bedenkt und erwägt, daß eine Frau, die überaus ehrbar und verständiger als irgend eine andere ist, wenn sie euch solchen Schimpf zufügen wollte, sich wohl nimmermehr einfallen lassen würde, es vor euern Augen zu thun. Von mir selbst will ich nicht reden, der ich mich lieber viertheilen ließe, als daran nur zu denken, geschweige denn es in eurer Gegenwart zu thun. Es ist also kein Zweifel, daß die Zauberei dieses Truggesichts von dem Birnbaum herrührt, denn die ganze Welt würde es mir nicht ausgeredet haben, daß ihr hier mit eurer Frau fleischlichen Umgang gepflogen, wenn ich euch nicht hätte sagen hören, daß es euch vorkomme, als thue ich das, was ich gewiß bin, niemals nur gedacht, geschweige denn je begangen zu haben.

Nun erhob sich auch die Frau, die sich sehr erzürnt stellte und begann: Ei, so strafe dich Gott, hältst du mich für so einfältig, wenn ich mich mit solchen Jämmerlichkeiten befassen wollte, wie du gesehen haben willst, daß ich sie vor deinen Augen thun würde? Sei versichert, wenn ich je Verlangen darnach fühlte, ich käme nicht hieher, sondern es würde in einer unserer Kammern und zwar auf eine Weise geschehen, daß es ein Wunder wäre, wenn du es jemals erführest.

Nicostratos, dem es einleuchtend schien, was der Eine wie die Andere sagte, daß sie sich hier vor seinen Augen wohl nimmermehr ein solches Vergehen zu Schulden kommen lassen würden, stand nun von Reden und Vorwürfen dieser Art ab und begann von der Neuheit der Erscheinung und der Wunderbarkeit des Gesichts zu sprechen, das für Jeden, der hinaufsteige, sich so seltsam verwandle. Allein die Dame,

8*

die noch immer über die Meinung erzürnt schien, welche
Nicostratos von ihr zu hegen bewiesen hatte, sprach:
Wahrlich, dieser Birnbaum soll in Zukunft weder mir noch
einer andern Frau wieder solchen Schimpf anthun, wenn ich
es verhindern kann, und darum, Pyrrhus, lauf und hole
eine Axt und räche dich und mich zugleich an ihm, indem
du ihn umhaust, obgleich es vielleicht viel besser sein möchte,
dem Nicostratos damit auf den Kopf zu schlagen, weil er
sich so ohne alle Ueberlegung die Augen des Verstandes
verblenden ließ. Denn wenn du auch mit denen, die du
im Kopfe hast, das zu sehen glaubtest, was du sagst; so
dürstest du es doch nimmermehr mit dem Urtheil deines
Geistes begreifen und annehmen, daß es sich so verhalte.
Pyrrhus lief unterdeß eilends nach der Axt und hieb den
Baum um. Als ihn die Dame fallen sah, sprach sie zu
Nicostratos: Jetzt, da ich den Feind meiner Ehre gefällt
sehe, ist auch mein Zorn verschwunden, und hierauf verzieh
sie dem Nicostratos, der darum anhielt, freundlich, jedoch
unter der Bedingung, daß er sich nie wieder einfallen lasse,
von ihr, die ihn mehr als sich selbst liebe, dergleichen Dinge
zu glauben. So kehrte denn der arme verhöhnte Mann
mit ihr und ihrem Geliebten zu dem Schlosse zurück, wo
nun zu vielen Malen Pyrrhus bei Lydien und sie bei
ihm mit mehr Gemächlichkeit noch Glück und Ver=
gnügen genoß.

10.

Die beiden Freunde.

Zu der Zeit als Cäsar Octavianus noch nicht Au=
gustus genannt wurde, sondern in dem sogenannten Triumvirat
das römische Reich beherrschte, lebte in Rom ein Edelmann,
Publius Quintius Fulvus genannt, der einen Sohn hatte,
Titus Quintius Fulvus mit Namen, welchen er seiner wunder=
vollen Anlagen willen nach Athen sandte, um Philosophie
zu studieren, indem er ihn daselbst einem vornehmen Manne,
der Chremes hieß und von Alters her sein Freund war, auf
das Angelegentlichste empfahl. Dieser nahm den Titus in
sein eigenes Haus und in die Gesellschaft seines Sohnes
Gisippus auf und in der Schule eines Philosophen, Namens
Aristipp, wurden nun Titus und Gisippus gleichermaßen
von Chremes zur Erlernung der Weisheit angehalten. Als
die Jünglinge mit einander zu verkehren begannen, fand sich
so viel Uebereinstimmung in ihrem Wesen, daß die größte
Brüderlichkeit und die innigste Freundschaft zwischen ihnen
entstand, welche nachher kein anderes Ereigniß als der Tod
zu trennen vermochte. Keiner von ihnen wußte Genüge
und Ruhe zu finden, als wo sie beide zusammen waren.
Sie hatten ihre Studien mit einander begonnen, und da
beide gleichmäßig mit den höchsten Geistesanlagen begabt wa=
ren, erstiegen sie die glorreichen Höhen der Philosophie mit
gleichen Schritten und mit wunderbarem Ruhme. In dieser
Lebensweise verbrachten sie, zur größten Freude des Chremes,
der den Einen fast nicht mehr als den Andern für seinen
Sohn hielt, wohl drei volle Jahre; nach deren Ablauf aber
geschah es, wie es mit allen Dingen geschieht, daß Chremes

im hohen Alter aus diesem Leben hinüberging, worüber
Beide, wie über einen gemeinsamen Vater gleiches Leid trugen,
so daß weder die Freunde noch die Verwandten des Chremes
zu unterscheiden wußten, welcher von Beiden wegen dieses
Todesfalls am meisten Trost bedürfe.

Nach einigen Monaten ereignete es sich indeß, daß die
Freunde und Verwandten des Gisippus zu ihm kamen und
ihm mit Beistand des Titus zuredeten, eine Frau zu nehmen;
auch suchten sie ihm wirklich eine Jungfrau von wunderbarer Schönheit und vornehmer Herkunft aus, welche Bür-
gerin von Athen war, mit Namen Sofronia hieß und etwa
funfzehn Jahre zählen mochte. Als der zur Hochzeit anbe-
raumte Tag herannahte, bat Gisippus eines Tages den Titus,
mit ihm zu kommen, um sie zu sehen, denn bis dahin hatte
er sie noch nicht erblickt. Da sie zu ihrem Hause kamen
und sie in der Mitte zwischen beiden saß, begann Titus,
gleichsam um die Reize der Braut seines Freundes zu prüfen,
sie mit großer Aufmerksamkeit zu betrachten und da sie ihm
in allen Stücken überaus wohlgefiel, ertheilte er ihr bei sich
selbst das höchste Lob und entzündete sich dabei, ohne es
sich im Geringsten merken zu lassen, so heftig für sie, als
sich nur je ein Liebender für eine Schöne entzündet haben
mag.

Nachdem sie einige Zeit bei ihr zugebracht hatten,
schieden sie und kehrten nach Hause zurück. Hier begann
nun Titus, da er allein in seine Kammer gelangte, an das
liebreizende Mädchen zu denken und entflammte sich dabei
immer mehr, je mehr er seinen Gedanken nachhing. Als
er dies wahrnahm, begann er nach vielen heißen Seufzern
so zu sich selber zu sprechen: O unselig ist dein Leben,
Titus! Wohin, worauf richtest du deinen Sinn, deine

Liebe und deine Hoffnung? Weißt du denn nicht, daß so=
wohl die von Chremes und allen den Seinigen empfangene
gastliche Aufnahme als die vollkommene Freundschaft, die
zwischen dir und Gisippus besteht, dessen Braut sie ist, dir
die Pflicht auferlegt, dieses Mädchen immerdar wie eine
Schwester zu ehren? Was liebst du also? Wohin läßt
du dich von der Betrügerin Liebe verlocken? Wohin von
der Schmeichlerin Hoffnung? So öffne doch die Augen
des Verstandes, Elender, und erkenne dich selbst; gieb der
Vernunft Raum, zügle dein sehnliches Verlangen, dämpfe
die krankhaften Wünsche und richte deine Gedanken auf ein
anderes Ziel; bekämpfe deine Begierden, da sie im Entstehen
begriffen sind und bezwinge dich selbst, da es noch Zeit ist.
Was du begehrst, gebührt dir nicht, die Ehre verbietet es;
das Ziel, das du dich zu verfolgen anschickst, müßtest du,
wenn du auch Gewißheit hättest, es zu erreichen, wie du sie
nicht hast, dennoch ewig meiden und fliehen, wenn du das
bedächtest, was die wahre Freundschaft erfordert und deine
Pflicht erheischt. Was also thun, Titus? Die ungeziemende
Neigung aufgeben, wenn du thun willst was sich geziemt.

Bald aber gedachte er wieder an Sofronia und plötzlich
umgewandt, verwarf er Alles, was er zuvor gesagt hatte,
indem er sprach: Die Gesetze der Liebe sind von größerer
Gewalt, als alle übrigen: sie entbinden nicht blos von denen
der Freundschaft, sondern selbst von den göttlichen. Wie
oft liebte nicht der Vater die eigene Tochter, der Bruder
die Schwester, die Stiefmutter den Stiefsohn? Alles weit
unnatürlicher, als wenn ein Freund des andern Gattin liebt,
was schon tausendmal geschehen ist. Ueberdies bin ich jung
und die Jugend ist dem Gesetz der Liebe unbedingt unter=
worfen. Was also der Liebe gefällt, muß auch mir gefallen.

Die Enthaltsamkeit gebührt dem reifern Alter: ich kann nichts Anderes wollen, als was die Liebe will. Ihre Schön= heit ist so groß, daß sie von Jedem geliebt zu werden ver= dient und wenn ich sie liebe, der ich jung bin, wer kann mich mit Recht deßhalb tadeln? Liebe ich sie doch nicht deß= halb, weil sie dem Gisippus gehört, sondern ich liebe sie, weil ich sie lieben würde, wem sie auch angehören möchte. Nur der Zufall trägt die Schuld, welcher sie meinem Freunde Gisippus und nicht einem Andern verbunden hat, und wenn es recht ist, daß sie geliebt werde, wie sie es denn durch ihre Schönheit mit Recht verdient, so muß auch Gisippus mit Recht mehr damit zufrieden sein, wenn er erfährt, daß ich sie liebe, als ein Anderer. Und von dieser Betrachtung verfiel er, indem er sich selbst zum Besten hielt, in die ent= gegengesetzte zurück und aus dieser wieder in jene, aus jener in diese und so brachte er nicht bloß diesen Tag und die folgende Nacht zu, sondern noch mehrere andere, bis er endlich Eßlust und Schlaf verlor und vor Entkräftung das Bette hüten mußte.

Gisippus, der ihn seit einigen Tagen gedankenvoll ge= sehen hatte und ihn jetzt krank sah, bekümmerte sich sehr darüber und bestrebte sich mit aller Kunst und Sorgfalt, ohne je von seiner Seite zu weichen, ihm Trost zuzusprechen, indem er ihn oft und dringend nach der Ursache seines Tief= sinns und seiner Krankheit fragte. Titus hatte ihm mehr= mals mit allerlei Märchen geantwortet, welche Gisippus für solche erkannt hatte; als er aber sah, daß jener nicht ablasse, ihn zu bestürmen, antwortete ihm Titus endlich mit Weinen und Seufzen in dieser Weise: Gisippus, wenn es den Göttern gefallen hätte, so wäre mir der Tod gewiß willkommener gewesen, als länger zu leben, wenn ich bedenke,

daß mich das Geschick dahin geführt hat, wo ich meine Tu=
gend, eben da ich verpflichtet wäre eine Probe von ihr ab=
zulegen, zu meiner größten Beschämung besiegt finde. Doch
wahrlich, ich erwarte nun bald den Lohn, der mir dafür
gebührt, nemlich den Tod, der mir willkommener sein soll,
als ein längeres Leben mit dem Bewußtsein meiner Schmach,
welche ich dir, dem ich nichts verbergen kann noch soll, nicht
ohne große Beschämung werde entdecken können. Und nun
von vorne beginnend, enthüllte er ihm die Ursache seines
Tiefsinns, seine Gedanken und den Kampf derselben und
auf welche Seite sich der Sieg neige und wie er aus Liebe
für Sofronien vergehe, wobei er hinzufügte, daß er in dem
Bewußtsein, wie wenig dieselbe ihm zukomme, sich zur Buße
dafür zu sterben entschlossen habe, womit er bald zu Stande
zu kommen glaube. Als dies Gisippus vernahm und den
Freund weinen sah, stand er eine Weile unschlüssig da, indem
auch er von dem Liebreiz der schönen Jungfrau, obgleich
nicht so leidenschaftlich, eingenommen war. Doch unver=
züglich entschied er sich, das Leben des Freundes müsse ihm
theurer sein, als Sofroniens Besitz und so von seinen Thrä=
nen zu gleichen Thränen eingeladen, antwortete er ihm wei=
nend: Titus, wärst du des Trostes nicht so bedürftig, wie
du es bist, so würde ich mich bei dir selber über dich be=
klagen, denn offenbar hast du die Pflichten unserer Freund=
schaft verletzt, indem du mir deine heftige Leidenschaft so
lange verborgen hieltest. Mag es auch sein, daß du sie mit
der Ehre unverträglich glaubtest, so darf man doch auch
die unehrbaren Dinge so wenig als die ehrbaren dem Freunde
verhehlen, denn der wahre Freund, wie er sich der ehrbaren
Dinge mit dem Freunde erfreut, so wird er sich auch be=
mühen, die unehrbaren aus der Seele des Freundes zu

tilgen. Doch jetzt schweige ich hiervon und komme zu dem,
was mir dringender scheint. Daß du Sofronien, meine
Verlobte, mit glühender Seele liebst, wundert mich nicht,
vielmehr würde ich mich wundern, wenn dem nicht so wäre,
da ich ihre Schönheit und den Adel deines Herzens kenne,
das um so empfänglicher für die Leidenschaft sein muß, je
vollkommener der geliebte Gegenstand ist. Soviel Recht du
also hast, Sofronien zu lieben, so mit Unrecht beschwerst
du dich, obwohl du dies nicht aussprichst, über das Glück,
das sie mir beschieden habe, indem du glaubst, deine Liebe
sei mit der Ehre verträglicher, wenn sie einem Andern ge=
hörte als mir. Wenn du aber verständig sein willst, wie
du pflegtest, wem hätte sie das Glück wohl verleihen können,
um dich mehr zum Dank zu verpflichten, als indem es sie
mir verlieh? Jeder Andere, dem es sie beschieden hätte,
würde sie, wie ehrenhaft deine Liebe auch gewesen wäre,
doch gewiß mehr für sich geliebt haben, als für dich; was
du von mir, wenn du mich wirklich so für deinen Freund
hältst, wie ich es bin, nicht befürchten darfst, und zwar deß=
halb nicht, weil ich mich nicht erinnern kann, daß ich, seit
wir Freunde sind, etwas besessen hätte, was nicht so dein,
wie mein gewesen wäre. So würde ich es, wäre die Sache
schon so weit gediehen gewesen, daß es nicht mehr anders
sein könnte, auch hiermit gehalten haben, wie mit allen an=
dern Dingen; aber noch ist die Sache ja so bewandt, daß
ich sie zu deinem ausschließlichen Besitzthum machen kann:
und hierzu bin ich entschlossen, denn ich wüßte nicht, wodurch
dir meine Freundschaft werth sein könnte, wenn ich in einer
Sache, die mit Ehren geschehen kann, nicht deinen Willen
zu dem meinigen zu machen verstünde. Es ist wahr, So=
fronia ist meine Braut, auch liebte ich sie zärtlich und er=

wartete den Tag unserer Hochzeit mit großen Freuden; allein
da du, auch hierin viel verständiger als ich, mit heißerm
Verlangen den Besitz eines so schätzbaren Gegenstandes, wie
sie ist, begehrst, so sei überzeugt, daß sie nicht als meine,
sondern als deine Gattin meine Kammer betreten wird.
Darum laß das Grübeln, verscheuche den Trübsinn, rufe
die verlorene Gesundheit, Hoffnung und Heiterkeit zurück
und erwarte von nun an mit Freuden den Lohn, dessen
deine Liebe viel würdiger ist, als die meine.

Als Titus diese Worte des Gisippus vernahm, gewährte
ihm die dargebotene schmeichelnde Hoffnung nicht mehr Ver=
gnügen, als ihn die schuldige Ueberlegung beschämte, welche
ihm sagte, je größer der Edelmuth des Gisippus sei, um
so größer erscheine auch auf seiner Seite das Unrecht, wenn
er davon Gebrauch machen wolle. Darum gab er ihm,
ohne vom Weinen lassen zu können, mit großer Mühe zur
Antwort: Gisippus, deine großmüthige und wahre Freund=
schaft zeigt mir deutlich genug, was der meinigen zu thun
geziemt. Gott behüte mich, daß ich diejenige, die er dir
als dem Würdigern beschieden hat, von dir als die meinige
empfangen sollte. Wenn er erkannt hätte, daß sie mir ge=
bühre, so darfst du nicht, noch ein anderer glauben, daß er
sie dir beschieden haben würde. Genieße also froh deiner
Erwählung, seines weisen Rathschlusses und seines Geschenks;
mich aber laß in meinen Thränen vergehen, denn diese hat
er mir, der ich eines solchen Gutes nicht würdig war, be=
schieden: ich überwinde sie entweder und dann wird es dir
lieb sein, oder sie überwinden mich und dann bin ich der
Pein entledigt.

Hierauf antwortete ihm Gisippus: Titus, wenn unsere
Freundschaft mir das Recht zugestehl, daß ich dich zwingen

dürfe, meinem Willen zu folgen, und wenn sie dich bewegen
kann, ihm Folge zu leisten, so ist es bei dieser Gelegen=
heit, wo ich vollkommenen Gebrauch von ihr zu machen
gedenke, und wenn du dich meinen Bitten nicht willig ergiebst,
so werde ich d i e Gewalt gebrauchen, welche zum Heil eines
Freundes anzuwenden erlaubt ist, um Sofronia zu der dei=
nigen zu machen. Ich weiß, was die Kraft der Liebe ver=
mag, weiß, daß sie nicht einmal, sondern schon gar oft die
Liebenden zu unseligem Ende geführt hat und diesem sehe
ich dich so nahe, daß du weder umzukehren noch deine
Thränen zu besiegen vermöchtest, sondern fortschreitend be=
siegt werden und erliegen müßtest, worauf ich dir ohne allen
Zweifel bald nachfolgen würde. Liebte ich dich also auch
aus keinem andern Grunde, so müßte ich schon um selbst
leben zu können dein Leben werth halten. Sofronia wird
also die Deinige sein, denn du würdest eine andere so leicht
nicht finden, die dir so gefiele; ich aber, der seine Liebe
leicht einer andern zuwenden kann, werde dann dich und mich
glücklich sehen. Vielleicht würde ich auch hierin so freigebig
nicht sein, wenn die Frauen so selten und so schwer zu finden
wären als die Freunde es sind: da ich hingegen gar leicht
eine andere Frau, nicht aber einen andern Freund finden
kann, so will ich sie lieber, ich sage nicht verlieren (denn ich
verliere sie nicht, da ich sie dir gebe, ich übertrage sie nur
zu ihrem Besten meinem andern Selbst) sondern dir über=
tragen, als daß ich dich verlieren sollte. Und darum, wenn
meine Bitten irgend über dich Gewalt haben, so bitte ich
dich, entschlage dich dieser Betrübniß, tröste damit zugleich
dich und mich und schicke dich mit freudiger Hoffnung zum
Genuße des Glückes an, das deine heiße Liebe von dem ge=
liebten Mädchen ersehnt.

Obgleich Titus sich darein zu willigen schämte, daß
Sofronia seine Gattin würde, und sich deßhalb noch hart=
näckig weigerte, so bewog ihn doch von der einen Seite die
Liebe, während ihn von der andern der Zuspruch des Gi=
sippus spornte, daß er endlich sprach: Sieh, Gisippus, ich
weiß nicht, ob ich sagen soll, daß ich mehr meinen oder
deinen Wunsch erfülle, indem ich das thue, wovon du mich
unter Bitten versicherst, daß es dein Wunsch sei; weil aber
deine Großmuth so groß ist, daß sie selbst die gebührende
Scham in mir überwindet, so will ich es thun. Sei indeß
versichert, daß ich es nicht thue, ohne vollkommen erkannt
zu haben, daß ich von dir nicht blos das geliebte Mädchen,
sondern mit ihr auch mein Leben empfange. Möchten mir
die Götter gewähren, wenn es ohne Nachtheil deiner Ehre
und deines Heils geschehen kann, daß ich dir noch einst den
Beweis liefern möge, wie sehr ich das werthschätze, was
du, mitleidiger mit mir als ich selber, mir zu Liebe ge=
than hast.

Nach diesem Gespräch begann Gisippus: Ich glaube,
Titus, wenn wir dies ausführen wollen, so werden wir
diesen Weg einschlagen müssen. Wie du weißt, ist Sofronia
nach langen Unterhandlungen meiner Verwandten mit den
ihrigen mir verlobt worden: wenn ich daher jetzt käme und
sagte, ich wolle sie nicht zur Frau, so würde ich ein großes
Aergerniß veranlassen, und zugleich ihre wie meine Verwandten
erzürnen; woran mir zwar wenig gelegen wäre, wenn ich
nur sähe, daß sie deßhalb die deine würde; allein ich fürchte,
ihre Verwandten möchten sie, wenn ich sie jetzt sitzen ließe,
auf der Stelle einem Andern geben, welcher du vielleicht
nicht wärest, und so würde dir verloren gehen, was ich
nicht erworben hätte. Darum scheint es mir, wenn du es

zufrieden bist, am Besten, daß ich so fortfahre, wie ich ein=
mal begonnen habe: sie als die meine in mein Haus führe
und die Hochzeit ausrichte: du aber magst dann heimlich,
wie wir es schon zu machen wissen werden, mit ihr als mit
deiner Frau zu Bette gehen. Später wenn sich Zeit und
Gelegenheit finden, machen wir die Sache bekannt, und ge=
fällt es ihnen dann, so ist es gut; gefällt es ihnen nicht,
so ist es doch geschehen, und da es nicht ungeschehen zu
machen ist, so werden sie sich nothgedrungen wohl darein
finden müssen.

Diesen Vorschlag genehmigte Titus, und Gisippus
empfing sie demnach als die Seinige in seinem Hause, sobald Titus wieder hergestellt und guter Dinge war. Das
Fest war groß; als aber die Nacht kam, ließen die Frauen
die Neuvermählte in dem Bett ihres Gemahls und entfernten
sich. Das Zimmer des Titus war mit dem des Gisippus
verbunden, so daß man aus einem in das andere gehen
konnte. Sobald sich also Gisippus allein sah, löschte er
alle Lichter aus, schlich sich schweigend zu Titus und for-
derte ihn auf, sich mit seiner Frau zu Bette zu legen.

Als Titus dies sah, bezwang ihn die Scham, daß er
Alles bereuen und sich weigern wollte, zu gehen; Gisippus
aber, der wie mit Worten, so mit ganzer Seele auf die
Befriedigung des Freundes bedacht war, schickte ihn nach
langem Wettstreit doch dahin. Als er das Bette beschritten
hatte, ergriff er die Jungfrau wie zum Scherz und fragte
sie leise, ob sie seine Frau werden wolle. Sie hielt ihn
für Gisippus und antwortete Ja, worauf er ihr einen schönen
und köstlichen Ring an den Finger steckte und sprach: Und
ich will dein Mann sein. Hierauf vollzog er die Ehe und
genoß ihrer lange Zeit in Liebe, ohne daß sie, oder sonst

Jemand gewahrt hätte, daß ein anderer als Gisippus ihr beiliege.

So stand es mit der Ehe Sofroniens und des Titus, als dessen Vater Publius aus diesem Leben hinüberging, weßhalb ihm Briefe kamen, die ihn aufforderten, zur Besorgung seiner Angelegenheiten schleunigst nach Rom zurückzukehren. Er berieth sich also mit Gisippus, wie er reisen und Sofronien mit sich führen wolle, welches jedoch nicht wohl geschehen konnte noch sollte, ohne ihr die Lage der Dinge zu offenbaren. Sie riefen sie also eines Tages in ihre Kammer und machten sie ausführlich mit dem wahren Verhältniß bekannt, welches ihr Titus durch viele kleine Vorfälle bewies, die sich zwischen ihnen begeben hatten. Sofronia blickte zuerst den Einen wie den Andern fast mit Verachtung an und brach dann in lautes Weinen aus, indem sie sich über den Betrug des Gisippus beschwerte. Ohne aber in dem Hause des Gisippus ein Wort davon fallen zu lassen, begab sie sich zu dem Hause ihres Vaters und erzählte ihm und ihrer Mutter den Betrug, den Gisippus ihr und ihnen gespielt habe, wobei sie die Versicherung wiederholte, daß sie die Frau des Titus und nicht, wie sie glaubten, des Gisippus sei.

Sofroniens Vater, der sich schwer verletzt fühlte, veranlaßte hierüber einen langen und heftigen Streit zwischen seinen Verwandten und denen des Gisippus, woraus vielfache und langwierige Geschichten und Störungen entstanden. Gisippus ward seinen wie Sofroniens Verwandten verhaßt: ein Jeder sagte, er habe nicht blos Tadel, sondern scharfe Züchtigung verdient. Er dagegen behauptete, was er gethan habe, bestehe sehr wohl mit der Ehre; Sofroniens Verwandte seien ihm sogar Dank dafür schuldig, indem er sie einem Bessern vermählt habe, als er selber sei.

Von der andern Seite war Titus, der Alles wieder-
erfuhr, sehr unmuthig darüber; weil er aber wußte, daß
es die Art der Griechen sei, sich so lange mit Lärm und
Trohungen zu reizen, bis sie ihren Mann gefunden hätten,
der ihnen antwortete, dann aber nicht blos demüthig, sondern
sogar feige zu werden, so meinte er, man dürfe ihr Ge=
klatsche nicht länger ohne Antwort lassen. Da er nun
römischen Sinn mit athenischem Geiste verband, so wußte
er die Verwandten des Gisippus mit denen Sofroniens auf
gute Art in einem Tempel zusammen zu bringen, worauf
er, nur von Gisippus begleitet, hineintrat und die Harrenden
also anredete: Nach der Ansicht vieler Weltweisen ist alles,
was von Sterblichen geschieht, Fügung und Vorbestimmung
der unsterblichen Götter, weßhalb auch einige Alles für
Nothwendigkeit halten, was geschieht, oder je geschehen wird,
wiewohl andere diese Nothwendigkeit auf das wirklich
Geschehene beschränken. Wenn wir diese Meinungen mit
einigem Bedacht erwägen, so sehen wir deutlich, daß alles
Eifern wider Dinge, die man nicht ungeschehen machen kann,
nichts Anderes ist, als sich weiser zeigen wollen, denn die
Götter sind, von denen wir doch glauben müssen, daß sie
aus ewigen Gründen und mit unfehlbarer Weisheit über
uns und das Unsrige als oberste Leiter verfügen. Hieraus
ist leicht zu ersehen, welch eine thörichte und sinnlose An=
maßung es ist, ihre Anordnungen meistern zu wollen und
wie schwere Ketten diejenigen verdienen, die sich durch ihren
Uebermuth so weit fortreißen lassen. Zu diesen aber gehört
ihr, meiner Meinung nach, Alle, wenn es nemlich wahr
ist, was ihr darüber gesagt haben und noch sagen sollt,
daß Sofronia mein Weib geworden ist, da ihr sie doch dem
Gisippus zuertheilt hattet: denn ihr berücksichtigt nicht, daß

es von Ewigkeit her bestimmt war, daß sie nicht ihm,
sondern mir zu Theil werden sollte, wie ihr jetzt aus dem
Erfolge deutlich ersehen könnt. Da aber alles Sprechen
über die geheimen Rathschlüsse und Absichten der Götter
Vielen unersprießlich und schwer verständlich scheint, um so
mehr als sie voraussetzen, jene bekümmerten sich mit Nichten
um unsere Angelegenheiten, so will ich mich einmal zu den
Absichten der Menschen herablassen, obgleich ich dabei
zweierlei werde thun müssen, was meiner Gewohnheit zu=
widerläuft, nemlich erstlich mich selbst loben, und zweitens
Andere tadeln oder gar herabsetzen. Da ich mich indeß so
wenig bei dem Einen als bei dem Andern von der Wahr=
heit zu entfernen gedenke und der gegenwärtige Gegenstand
es erfordert, so will ich es dennoch thun. Eure mehr von
blinder Wuth als vernünftiger Ueberlegung eingegebenen
Beschwerden, eure ewigen Anklagen und Umtriebe tadeln,
verlästern und verdammen den Gisippus, weil er mir durch
seinen Beschluß die zum Weibe gegeben, welche ihr durch
den eurigen ihm gegeben hattet, während ich meine, daß er
deßhalb das größte Lob verdiene und meine Gründe sind
diese: Erstens hat er gethan, was der Freund dem Freunde
schuldig ist, zweitens hat er daran klüger gethan, als ihr
gethan hattet. Was die heiligen Gesetze der Freundschaft
erheischen, daß ein Freund für den andern thun soll, das
ist nicht meine Absicht euch hier zu entwickeln; ich begnüge
mich euch zu erinnern, daß das Band der Freundschaft
weit enger umschließt, als das des Bluts oder der Ver=
wandtschaft, denn die Freunde haben wir, wie wir sie uns
aussuchen, die Verwandten aber müssen wir hinnehmen, wie
sie uns das Glück bescheert. Wenn also Gisippus mein
Leben höher anschlug, als euer Wohlwollen, weil ich sein

Freund bin, wie ich es zu sein glaube, so darf sich Niemand
darüber verwundern. Doch ich komme zu dem zweiten
Grunde, bei dem ich den Beweis, daß er klüger gethan
habe, als ihr gethan hattet, umständlicher werde führen
müssen, denn freilich, von den Rathschlüssen der Götter
scheint ihr mir nichts zu wissen, und von den Wirkungen
der Freundschaft noch weniger zu verstehen. Ich sage also,
eure Absicht, euer Rath und Beschluß gab Sofronien dem
Gisippus, einem Jüngling und Weltweisen: der Rathschluß
des Gisippus gab sie auch einem Jüngling und Weltweisen;
euer Rathschluß gab sie einem Athener: der des Gisippus
einem Römer; der eure einem edlen Jüngling: der des
Gisippus einem noch edlern; eurer einem reichen Jüngling:
seiner einem sehr reichen. Euer Rathschluß gab sie einem
Jünglinge, der sie nicht nur nicht liebte, sondern kaum
kannte: der des Gisippus einem Jüngling, der sie weit
über alles andere Glück, ja mehr, als das eigene Leben
liebte. Und zum Erweise, daß ich die Wahrheit sage, und
daß sein Rathschluß löblicher war, als der eure, wollen wir
dies einzeln betrachten. Daß ich ein Jüngling und Welt=
weiser bin, wie Gisippus, das kann, um nicht länger davon
zu reden, mein Gesicht und mein Studium beweisen. Wir
sind beide von gleichem Alter und immer haben wir mit
gleichen Schritten unsere Studien verfolgt. Freilich ist er
ein Athener, ich ein Römer. Soll aber über den Ruhm
der Vaterstadt gestritten werden, so muß ich sagen, daß ich
aus einer freien bin, er aber aus einer zinspflichtigen ist,
daß ich aus einer die ganze Welt beherrschenden Stadt bin;
er aus einer, die der meinigen gehorsamt: ferner, daß meine
Vaterstadt durch Waffenruhm, Herrschaft und Studien blüht,
während er die seinige nur ihrer Studien willen rühmen

kann. Ueberdies bin ich, obgleich ihr mich hier nur als
einen bescheidenen Gelehrten erblickt, nicht aus der Hefe des
römischen Pöbels entsprossen. Mein Haus und die öffent=
lichen Plätze Roms sind mit alten Bildsäulen meiner Vor=
fahren angefüllt und die Annalen Roms sind voll von den
Triumphzügen, welche die Quintius auf das Capitol der
Stadt führten; auch ist der Ruhm unseres Namens nicht
durch das Alter verschüttet, sondern er blüht noch heute.
Ich schweige aus Scham von meinen Reichthümern, eingedenk,
daß ehrenvolle Armuth ein altes und geliebtes Besitzthum
der edelsten römischen Bürger ist. Wird diese Armuth nun
aber von der gemeinen Meinung verworfen, welche die
Reichthümer höher hält, so habe ich auch daran, nicht wie
ein Habsüchtiger, sondern wie ein vom Glück Begünstigter,
Ueberfluß. Wohl erkenne ich, daß es euch lieb war, wie es
euch lieb sein mußte und noch sein muß, hier in Athen
einen Verwandten wie Gisippus zu haben, allein es giebt
keinen Grund, warum ich euch in Rom weniger lieb sein .
sollte, wenn ihr erwägt, welchen trefflichen Gastfreund,
welchen eifrigen und mächtigen Beschützer ihr an mir, sowohl
in öffentlichen Angelegenheiten, als in euern besondern
Geschäften dort haben werdet. Wer wird also, wenn er
vom Eigenwillen absieht und nur die Vernunft befragt,
euern Entschluß löblicher finden, als den meines Gisippus?
Gewiß Niemand. So ist denn Sofronia wohl vermählt
mit Titus Quintius Fulvus, einem edeln, altadeligen und
reichen Bürger Roms und wer darüber trauert, oder sich
beschwert, der thut nicht, wie er sollte und weiß nicht was
er thut. Vielleicht entgegnen mir einige, man beklage sich
nicht, weil Sofronia die Gemahlin des Titus geworden,
sondern über die Art wie sie es geworden: heimlich, ver=

9 *

stehlen, ohne Wissen ihrer Freunde und Verwandten. Aber
auch das ist nichts Wunderbares, noch geschieht es heute
zum ersten Mal. Gern übergehe ich alle diejenigen, welche
gegen den Willen ihrer Aeltern Männer genommen haben,
alle die, welche mit ihren Liebhabern entflohen sind und
früher Geliebte waren als Frauen, so wie alle, die durch
Schwangerschaft und Entbindung, früher als durch mündliche
Erklärung, ihre Vermählung offenbart haben und die erst
nachher die Noth zu Gnaden anzunehmen zwang. Alles dies
war bei Sofronien nicht der Fall, vielmehr ward sie
ordentlicher, vorsichtiger und ehrbarer Weise von Gisippus
dem Titus zur Ehe gegeben. Vielleicht wendet man ein,
dann habe sie der vermählt, dem es nicht zustand, sie zu
vermählen. Allein dies sind alberne und weibische Beschwerden,
die von geringer Ueberlegung zeugen. Bedient sich das
Schicksal nicht oft ganz neuer Wege und ganz neuer Werk=
zeuge, um die Dinge dem vorbestimmten Ziele entgegen zu
führen? Wie darf es mich bekümmern, wenn ein Schuh=
macher und nicht vielmehr ein Weltweiser, über eine meiner
Angelegenheiten nach seinem Gutbefinden heimlich oder
öffentlich verfügt hat, sofern nur der Erfolg günstig war?
Ich habe mich, wenn der Schuhmacher kein verständiger
Mann ist, vorzusehen, daß er es künftig nicht wieder thun
kann; für diesmal aber muß ich ihm danken. Wenn Gisippus
Sofronien wohl vermählt hat, so ist es eine überflüssige
Thorheit, sich über ihn und die Art und Weise, wie er es
that, zu beschweren. Mißtraut ihr seinem Verstande, so
seht euch vor, daß er künftig die eurigen nicht mehr ver=
mählen könne, für diesmal aber seid ihm dankbar. Uebrigens
müßt ihr wissen, daß ich weder durch List noch Betrug
gesucht habe die Ehre und Reinheit eures Bluts in Sofroniens

Person zu beflecken und obwohl ich sie heimlich zum Weibe nahm, so kam ich doch nicht als ein Räuber ihrer Jung= fräulichkeit, noch wollte ich sie, eure Verschwägerung ver= schmähend, wie ein Feind auf eine andere als ehrbare Weise gewinnen, sondern ich kam, von ihrer reizenden Schönheit und von ihrer Tugend heftig entbrannt und mir wohl bewußt, daß ich in der Weise um sie anhaltend, wie ihr vielleicht meint, sie schwerlich erlangt hätte, weil ihr gefürchtet haben würdet, ich möchte sie, die ihr zärtlich liebtet, mit mir nach Rom führen. Ich bediente mich also der verborgenen Künste, die jetzt offen vor euch daliegen. Ich bewog den Gisippus in meinem Namen in ein Bündniß zu willigen, zu dem er für sich keineswegs Neigung empfand und empfing dann, so glühend ich sie auch liebte, nicht als Liebhaber, sondern als ehelicher Gemahl ihre Umarmungen, da ich ihr nicht eher nahte, wie sie selbst es der Wahrheit gemäß bezeugen kann, bis ich sie mir mit den herkömmlichen Worten und mit dem Ringe angetraut hatte, indem ich sie fragte, ob sie mich zum Manne wolle, worauf sie bejahend antwortete. Hält sie sich dennoch für getäuscht, so bin ich nicht deßwegen zu tadeln, sondern sie selbst, weil sie nicht fragte, wer ich sei?

Dies ist nun das große Uebel, die große Sünde, das große Verbrechen, welches Gisippus als Freund, und ich als Liebhaber begangen haben soll: daß Sofronia heimlich dem Titus Quintius vermählt wurde: deßwegen lästert, bedroht ihr ihn und stellt ihm nach. Und was könntet ihr mehr thun, wenn er sie einem Schuft, einem Schurken oder einem Sclaven gegeben hätte? Welche Ketten, welcher Kerker und welche Kreuzigung könnten euch dann befriedigen? Doch lassen wir dies jetzt bewenden. Die Zeit ist gekommen,

welche ich so früh nicht erwartete: mein Vater ist todt und
ich bin genöthigt, nach Rom zurückzukehren. Da ich nun
Sofronien mit mir führen will, so habe ich euch eröffnet,
was ich euch sonst vielleicht noch verborgen hätte. Wenn
ihr nun verständig seid, so werdet ihr es gerne dulden, denn
hätte ich euch betrügen oder beleidigen wollen, so konnte ich
sie euch beschimpft zurücklassen; aber das verhüte Gott, daß
je in der Brust eines Römers solche Verworfenheit wohnen
könne. Sie also, Sofronia, ist mit Einwilligung der Götter
und kraft der Gesetze durch die Großmuth meines Gisippus
und meine liebende List die meinige geworden. Dies scheint
ihr nun, vielleicht weil ihr euch für weiser haltet als die
Götter und die übrigen Menschen, thörichterweise zwiefach
zu verdammen, indem ihr mir erstlich Sofronien vorent=
haltet, auf welche ihr doch wider meinen Willen durchaus
kein Recht habt, und dann, indem ihr den Gisippus, dem
ihr zu hohem Dank verpflichtet seid, wie einen Feind be=
handelt. Wie unklug ihr hieran thut, will ich euch jetzt
nicht weiter auseinander setzen, sondern euch freundschaftlich
rathen, euern Unwillen fahren zu lassen, von allen Ver=
folgungen abzustehen und mir Sofronien zurückzugeben,
damit ich als euer Verwandter in Frieden scheiden und als
der eurige leben könne. Denn glaubt mir gewiß, wenn
ihr anders handelt als so, das Geschehene mag euch nun
genehm sein oder nicht, so nehme ich meinen Gisippus mit
mir und wenn ich nach Rom komme, werde ich die, welche
nach allem Rechte mir gehört, euch Allen zum Trotze schon
wieder zu erlangen wissen und euch durch Erfahrung be=
lehren, was der Unmuth einer römischen Seele vermag,
indem ich nicht aufhöre, euch zu befeinden.

Als Titus so gesprochen hatte, raffte er sich mit

zornigem Angesicht empor, nahm den Gisippus bei der Hand
und verließ, indem er zu erkennen gab, wie wenig er sich
aus allen den Anwesenden mache, mit drohend schüttelndem
Haupte den Tempel. Die Zurückbleibenden aber, theils
von den Gründen des Titus bewogen, seine Verwandtschaft
willkommen zu heißen und seine Freundschaft zu suchen,
theils von seinen letzten Worten geschreckt, beschlossen ein=
stimmig, es sei besser, den Titus zum Schwager zu haben,
da Gisippus es nicht habe sein wollen, als die Schwägerschaft
des Gisippus verloren und die Feindschaft des Titus er=
worben zu haben. Sie eilten also den Titus aufzusuchen
und sagten ihm: Sofronia solle die seinige sein; auch
wünschten sie ihn zum lieben Verwandten und den Gisippus
zum guten Freunde zu behalten. Darauf begrüßten sie ihn
mit festlichem Jubel als Freund und Verwandten, und
schickten ihm, nachdem sie sich entfernt hatten, Sofronien
zurück. Diese war verständig genug, aus der Noth eine
Tugend zu machen und die Liebe, welche sie bisher für
Gisippus gehegt, von nun auf Titus zu übertragen, welchen
sie nach Rom begleitete und daselbst mit großen Ehren
empfangen wurde.

Gisippus blieb unterdeß in Athen zurück, wo er fast
bei Allen wenig Hochschätzung fand und nicht lange darauf
in Folge gewisser bürgerlicher Unruhen mit sämmtlichen
Mitgliedern seines Hauses in Armuth und Elend aus
Athen vertrieben und zu ewiger Verbannung verurtheilt
wurde. In diesem Zustande begab sich Gisippus, nicht
blos verarmt, sondern zum Bettler geworden, auf die er=
träglichste Weise, die seine Umstände erlaubten, nach Rom,
um zu versuchen, ob Titus sich seiner noch erinnern werde.
Hier erfuhr er, daß Titus noch lebe und bei allen Römern

sehr beliebt sei, worauf er sich sein Haus zeigen ließ, sich vor dasselbe hinstellte und so lange harrte, bis Titus erschien. In dem armseligen Aufzuge, in welchem er sich befand, hatte er nicht den Muth, ihn anzureden, sondern gedachte, sich vor ihm sehen zu lassen, damit Titus ihn erkennen und herbeirufen lassen möchte. Allein Titus ging vorüber und Gisippus, welcher überzeugt war, er habe ihn gesehen und schäme sich seiner, ward im Andenken an das, was er einst für ihn gethan hatte, von Unwillen ergriffen und ging ver= zweifelnd hinweg.

Da es schon Nacht geworden und er noch nüchtern und ohne Geld war, gerieth er, den nach nichts so sehr als nach dem Tode verlangte, ohne zu wissen, wohin er gehe, in eine sehr wüste Gegend der Stadt, wo er eine geräumige Höhle erblickte, welche er, um die Nacht daselbst zuzubringen, betrat und, so schlecht bekleidet er war, auf der nackten Erde, von langem Kummer besiegt, endlich in Schlaf sank. Es geschah aber, daß zwei Menschen, welche die Nacht über auf Diebstahl ausgewesen waren, am frühen Morgen mit ihrem Raube zu dieser Höhle gelangten, wo sie mit ein= ander in Streit geriethen und der Stärkere den Schwächern erschlug und davon ging. Dies Alles sah und hörte Gisippus, welcher alsbald zu dem von ihm sehnlichst erwünschten Tode, ohne sich selbst umbringen zu müssen, den Weg gefunden zu haben glaubte, weßhalb er, ohne sich zu entfernen, so lange an jenem Orte verweilte, bis die Gerichtsdiener, welche schon von dem Vorfalle gehört hatten, hinzukamen, den Gisippus gefangen nahmen und wüthend hinwegführten. Als er zum Verhör kam, gestand er, er habe den Menschen getödtet, hernach aber keine Gelegenheit gefunden aus der Höhle zu entfliehen, weßhalb denn der Prätor, welcher

Marcus Barro hieß, das Urtheil fällte, daß er nach dem
Gebrauch jener Zeit am Kreutze hingerichtet werden solle.

Zufällig kam Titus zu jener Stunde auf das Prä=
torium, welcher dem armen Verurtheilten ins Gesicht blickend
und die Gründe vernehmend, ihn sogleich für Gisippus er=
kannte und nicht wenig erstaunt war, sowohl über sein kläg=
liches Geschick, als über seine Ankunft in Rom. Ganz er=
füllt von dem Wunsche ihm beizustehen und keinen andern
Weg zu seiner Rettung erblickend, als wenn er sich selbst
anklage um ihn zu rechtfertigen, trat er ungesäumt hervor
und rief: Marcus Barro, rufe den armen Mann zurück,
welchen du verurtheilt hast, denn er ist schuldlos. Ich habe
die Götter durch die eine Schuld genug beleidigt, als ich
den mordete, welchen deine Diener heute Morgen gefunden
haben, und will sie nicht noch zum zweitenmal durch den
Tod eines Unschuldigen beleidigen.

Barro erstaunte und bedauerte sehr, daß das ganze
Prätorium diese Worte vernommen habe; da er sich aber
jetzt nicht mehr mit Ehren von der Vollziehung der Gesetze
entbinden konnte, ließ er den Gisippus zurückführen und
sprach zu ihm: Wie warst du so thöricht, dich ohne eine
Marter zu fühlen eines Verbrechens schuldig zu bekennen,
das du niemals begingst; da es doch dein Leben galt? Du
behauptetest der zu sein, welcher diese Nacht den Menschen
umgebracht habe, und jetzt kommt dieser hier und sagt,
nicht du, sondern er habe ihn umgebracht.

Gisippus blickte sich um und sah, daß es Titus war;
auch erkannte er leicht, daß er dies zu seiner Rettung ge=
than, um sich für den Dienst dankbar zu beweisen, den er
einst von ihm empfangen habe, weßhalb er vor Rührung
weinend sprach: Wahrlich, Barro, ich tödtete ihn und das

Mitleid des Titus kommt jetzt zu meiner Rettung zu spät. Von der andern Seite entgegnete Titus: Du siehst, Prätor, dies ist ein Fremdling und ward ohne Waffen an der Seite des Erschlagenen gefunden, woraus du leicht erkennen kannst, daß sein Elend ihm den Wunsch eingiebt, zu sterben: darum gieb ihn frei und bestrafe mich, der ich es verdient habe. Varro verwunderte sich über den Wetteifer dieser beiden und ahnte wohl, daß keiner von ihnen der Schuldige sei. Während er noch über die Art nachsann, wie er beide freisprechen möchte, siehe, da erschien ein junger Mensch, Namens Publius Ambustus, von zertrümmerten Hoffnungen und allen Römern als ein Räuber bekannt, welcher den Mord wirklich begangen hatte, und da er mithin wußte, daß keiner der beiden der That schuldig sei, deren Jedweder sich anklagte, flößte ihm die Unschuld der Streitenden eine solche Rührung ins Herz, daß er von unendlichem Mitleiden ergriffen vor Varro hintrat und sprach: Prätor, ich bin durch meine Handlungen berufen, den grausamen Wettstreit dieser beiden zu scheiden und weiß nicht, welcher Gott mich im Herzen reizt und bezwingt, dir meine Schuld zu bekennen und deßhalb wisse, daß keiner von diesen beiden der That schuldig ist, deren Jedweder sich anklagt. Ich aber bin wirklich der, welcher den Menschen heute Nacht gegen Morgen erschlug und diesen Unglücklichen hier sah ich in der Höhle schlafen, als ich den erbeuteten Raub mit dem theilte, welchen ich ermordete. Den Titus darf ich nicht erst rechtfertigen, sein Ruf ist durchaus rein, er ist von keinem solchen Gewerbe. Gieb ihn also frei und nimm von mir die Buße, welche die Gesetze mir auferlegen.

Unterdeß hatte Octavian von diesem Vorgange gehört; er ließ sie daher alle drei vor sich kommen und verlangte die Gründe zu hören, weßhalb ein Jeder von ihnen ver-

urtheilt zu werden fordre. Ein Jeder trug nun die seinigen
vor, worauf Octavian die beiden, weil sie unschuldig waren,
und den dritten ihnen zu Liebe in Freiheit setzte. Titus
nahm nun seinen Gisippus bei der Hand und nachdem er
ihn erst seiner Lauheit und seines Mißtrauens willen ernstlich
getadelt hatte, begrüßte er ihn mit unendlichem Jubel und
führte ihn in sein Haus, wo ihn Sofronia mit Thränen
der Rührung wie einen Bruder empfing. Nachdem er ihn
einigermaßen erquickt, gekleidet und wieder mit einem Auf=
zuge umgeben hatte, wie er seinem Werthe und seinem
Stande gebührte, theilte er zuerst alle seine Schätze und Be=
sitzungen mit ihm, gab ihm seine noch junge Schwester mit
Namen Julvia zur Gattin und sprach alsdann: Gisippus,
es steht nun bei dir, ob du hier bei mir bleiben, oder mit
Allem, was du von mir empfangen hast, nach Achaja zu=
rückkehren willst. Gisippus, welchen von der einen Seite
die Verbannung aus seiner Vaterstadt und von der andern
die Neigung bewog, welche die dankbare Freundschaft des
Titus ihm einflößte, entschloß sich ein Römer zu werden.
Hier lebten sie nun, er mit seiner Julvia und Titus mit
Sofronien noch lange Jahre in einem Hause glücklich bei=
sammen, indem jeder Tag, wenn es noch möglich war, die
Freunde enger verknüpfte.

Eine heilige Sache ist es also um die Freundschaft:
sie ist nicht allein der höchsten Verehrung würdig, sondern
verdient mit ewigem Preise erhoben zu werden, als die
weiseste Mutter der Großmuth und der Ehre, als die Schwe=
ster der Dankbarkeit und Erbarmung, als die Feindin des
Hasses und der Habsucht; sie, welche allezeit, ohne erst die
Bitte abzuwarten, bereit ist, Alles das mit edler Aufopferung
für Andere zu thun, was man wünschen möchte, daß für

uns selber gethan würde. In unsern Tagen werden ihre
heiligen Wirkungen leider selten in zwei Herzen wahrgenom=
men, und dies ist die Schuld und Schmach der elenden
Habgier der Sterblichen, die nur auf den eigenen Vortheil
bedacht, jene heilige Regung an die äußersten Grenzen der
Erde in ewige Verbannung verwiesen hat.

11.

Der Graf von Antwerpen.

Als das römische Reich von den Franken auf die
Teutschen übertragen wurde, entstand zwischen dem einen
und dem andern Volke heftige Feindschaft und ein grausamer,
langwieriger Krieg, weßhalb der König von Frankreich und
einer seiner Söhne, sowohl zur Vertheidigung des eigenen
Landes als zum Angriff des fremden, mit Aufbietung aller
Kräfte des Reichs und aller Freunde und Verwandten, die
dazu fähig waren, ein mächtiges Heer zusammenbrachten, um
gegen den Feind zu ziehen. Bevor sie jedoch hierzu schritten,
bestellten sie, um das Reich nicht ohne Leitung zu lassen,
den Grafen Walther von Antwerpen, den sie als einen
edeln, weisen und ihnen mit besonderer Treue ergebenen
Freund und Diener kannten, und der ihnen, obwohl er in
der Kriegskunst sehr erfahren war, doch mehr zu dem weichen
Hofleben als zu jenen Anstrengungen geeignet schien, an ihrer
Statt zum allgemeinen Reichsverweser von ganz Frankreich
und traten ihre Reise an. Walther aber begann das ihm
anvertraute Amt mit Verstand und Ordnung zu verwalten,
indem er über alle Dinge die Königin und deren Schwieger=

tochter zu Rathe zog, welche er, obgleich sie ebenfalls seiner
Aufsicht und Entscheidung anvertraut waren, doch immer
als seine Gebieterinnen und Vorgesetzten behandelte.

Graf Walther war ein Mann von sehr schönem Aeu=
ßern und etwa vierzig Jahre alt, dabei aber so angenehm
und wohlgesittet, als es nur immer ein Edelmann sein
mochte; überdies war er der zierlichste und feinste Ritter,
den man zu seiner Zeit kannte, wie er denn auch mehr Fleiß
als Andere auf seinen Anzug verwandte. Nun geschah es,
während der König von Frankreich und sein Sohn in dem
erwähnten Kriege waren, daß Walther, dessen Frau bereits
verstorben war und ihm nur einen Sohn und eine Tochter,
beide noch in zarter Jugend, hinterlassen hatte, bei seinem
täglichen Verkehr am Hofe mit den beiden Frauen, mit wel=
chen er die Angelegenheiten des Reichs zu besprechen pflegte,
die Augen der Gemahlin des Königssohns auf sich zog,
welche, seine Gestalt und sein Betragen mit großem Wohl=
gefallen betrachtend, heimlich in glühender Liebe zu ihm ent=
brannte, und da sie wußte, daß sie jung und reizend, er
aber ohne Frau sei, die Erfüllung ihres Wunsches leicht
erlangen zu können glaubte, und sich, in der Meinung,
daß kein anderes Hinderniß als ihre Scheu entgegenstehe,
völlig entschloß, diese bei Seite zu setzen und sich ihm zu
offenbaren.

Eines Tages, da sie sich allein befand und die Zeit
ihr gelegen schien, schickte sie, als habe sie über andere
Dinge mit ihm zu reden, nach dem Grafen. Dieser, dessen
Gedanken von denen der Dame weit entfernt waren, begab
sich unverzüglich zu ihr, und als er sich mit ihr, nach ihrem
Wunsch, in einem Gemach, wo sie sich allein befanden, auf
einem Ruhebett niedergelassen und sie schon zweimal, ohne

eine Antwort zu erhalten, nach der Ursache gefragt hatte, warum sie ihn habe rufen lassen, hub sie endlich, von Liebe gespornt, obwohl ganz roth vor Beschämung und fast weinend und an allen Gliedern zitternd, mit stockenden Worten so zu reden an: Theurer, geliebter Freund und Herr, einem so verständigen Manne kann es wohl nicht unbekannt sein, welcher Gebrechlichkeit sowohl Männer als Frauen unterliegen, obwohl sich dieselbe aus mancherlei Gründen bei der Einen mehr als bei der Andern äußert, weßhalb ein gerechter Richter dasselbe Vergehen bei verschiedener Beschaffenheit der Personen nicht mit derselben Strafe belegen darf. Denn wer möchte wohl läugnen, daß ein armer Mann, oder ein armes Weib, die sich Alles, was zu ihrem Lebensunterhalt gehört, durch die Arbeit ihrer Hände erwerben müssen, weit mehr zu tadeln sind, wenn sie, von der Liebe gereizt, ihren Lockungen folgen, als eine in Reichthum und Muße lebende Dame, der nie etwas von Allem gebrach, was ihren Wünschen zusagte? Gewiß, wohl Niemand, und deßhalb bin ich überzeugt, daß jene Dinge zur Entschuldigung der Dame, welche sie besitzt, sehr viel beitragen müssen, wenn sie sich verführen lassen sollte, der Liebe Gehör zu schenken; das Uebrige aber muß ihre Wahl thun, wenn nemlich die Liebe ihr Herz einem verständigen und würdigen Liebhaber zugewandt hat. Da nun, wie ich glaube, diese beiden Entschuldigungsgründe in mir zusammentreffen und außerdem noch manche andere, die mich zur Liebe bewegen müssen, wie zum Beispiel meine Jugend und die Abwesenheit meines Gemahls, so mögen diese nun alle verbunden für mich auftreten, um meine glühende Liebe in euern Augen zu rechtfertigen, und wenn ihnen dies hier gelingt, wie es ihnen bei allen Verständigen gelingen sollte, so bitte ich euch, mir nicht zu

versagen, was ich von euch verlangen werde. Es ist wahr,
daß ich mich in Abwesenheit meines Gemahls zu schwach
fühlte, den Reizungen der Sinne und der Kraft der Liebe
zu widerstehen, deren vereinte Macht die stärksten Männer,
geschweige denn schwache Frauen schon unzählige Mal besiegt
hat und noch täglich besiegt; daß ich mich vielmehr in dem
Wohlleben und der Muße, worin ihr mich seht, hinreißen
ließ, den süßen Gefühlen der Liebe nachzuhangen und mich
zu verlieben, und ob ich gleich erkenne, daß dies für eine
unziemliche Schwäche gelten würde, wenn es bekannt würde,
während ich es, so lange es verborgen ist und bleibt, kei=
neswegs für ungeziemend halten kann, so hat sich doch hierin
die Liebe mir günstig erwiesen, daß sie mir bei der Wahl
des Geliebten die nöthige Vorsicht nicht entzog, sondern viel=
mehr reichlich verlieh, indem sie mir euch als den bezeichnete,
der von einer Dame meinesgleichen geliebt zu werden ver=
diene. Denn wenn mein Urtheil mich nicht trügt, so halte
ich euch für den schönsten, angenehmsten, wohlgezogensten
und verständigsten Ritter, der im Königreiche Frankreich ge=
funden werden mag, und so wie ich mich, wie ich wohl sagen
darf, ohne Gemahl befinde, so seid ihr ohne Gemahlin, und
somit bitte ich euch denn bei jener heißen Liebe, die ich zu
euch hege, mir auch die eurige nicht zu versagen und mit
meiner Jugend Mitleid zu haben, die sich in Wahrheit wie
das Eis am Feuer völlig für euch verzehrt.

Bei diesen Worten entstürzten ihr die Thränen in
solchem Ueberflusse, daß sie sich, obwohl sie noch mehr Bitten
hinzufügen wollte, doch außer Stande fühlte, weiter zu
sprechen, sondern das Gesicht niedersenkte und sich, wie vom
Gefühl überwältigt, weinend mit dem Haupt an die Brust
des Grafen sinken ließ. Der Graf aber, der ein überaus

wohlgesinnter Ritter war, begann mit ernstem Tadel eine
so thörichte Liebe zurechtzuweisen und die Dame, die ihm
schon um den Hals fallen wollte, von sich zu schieben, indem
er ihr mit einem Schwure betheuerte, er wolle sich lieber
viertheilen lassen, als in ein solches Vergehen wider die
Ehre seines Herrn bei sich oder einem Andern zu willigen.

Als die Dame dies vernahm, vergaß sie plötzlich der
Liebe, loderte zu heftiger Wuth auf und sprach: So sollte
ich denn, unwürdiger Ritter, in solcher Weise wegen meiner
Schwäche von euch verhöhnt werden! Das wolle Gott
nimmermehr, daß ich euch, da ihr mich sterben lassen wollt,
nicht lieber selbst umbringen, oder aus der Welt vertreiben
ließe! und mit diesen Worten fuhr sie sich mit den Händen
in die Haare, zerraufte und verstörte sie ganz und gar und
darauf auch ihre Kleidung, indem sie sich den Busen zerschlug
und laut ausrief: Zu Hülfe, zu Hülfe; der Graf von Ant=
werpen will mir Gewalt anthun!

Als der Graf, der vielleicht den Neid der Höflinge
mehr als sein Gewissen zu fürchten hatte, dies sah, besorgte
er, jener möchte Schuld sein, daß der Bosheit der Dame
mehr Glauben beigemessen würde, als seiner Unschuld, weß=
halb er sich aufmachte, das Gemach und den Palast, so
schnell er konnte, verließ und nach seinem Hause floh, wo er
ohne sich lange zu besinnen, seine beiden Kinder auf ein
Pferd setzte, sodann ebenfalls aufstieg und in größter Eile
nach Calais ritt.

Auf den Ruf der Dame liefen viele Leute herbei, die
sie in dem beschriebenen Zustande findend, den von ihr an=
gegebenen Grund ihres Schreiens nicht blos wörtlich für
wahr hielten, sondern wohl selbst hinzufügten, der Graf
habe sein gefälliges und höfliches Wesen so lange Zeit nur

geübt um dieses Ziel zu erreichen. Sie liefen also wüthend
zu dem Hause des Grafen, um ihn zu verhaften; da sie
ihn aber nicht fanden, fingen sie an es erst auszuplündern
und dann der Erde gleich zu machen. Bald gelangte die
Neuigkeit in der Entstellung, wie sie erzählt wurde, zu dem
Heer des Königs und seines Sohnes, und höchst entrüstet
darüber, verurtheilten diese den Grafen und seine Nachkom=
men zu ewiger Verbannung, indem sie einem jeden, der sie
lebend oder todt einbrächte, die größten Geschenke verhießen.

Mißmuthig, daß er seine Unschuld durch die Flucht
mit dem Schein der Schuld bekleidet habe, gelangte der
Graf, ohne sich zu erkennen zu geben oder erkannt zu wer=
den, mit seinen Kindern nach Calais, schiffte von hier nach
England hinüber und begab sich in ärmlicher Kleidung nach
London, welches er jedoch nicht eher betrat, bis er seine
beiden Kleinen namentlich zu zwei Dingen mit eindringlichen
Worten ermahnt hatte, erstlich, daß sie den ärmlichen Zu=
stand, in welchen das Glück ihn und sie ohne ihre Schuld
versetzt habe, mit Geduld ertragen, und sich zweitens, so lieb
ihnen das Leben sei, mit der höchsten Vorsicht hüten möchten,
nie Jemand zu offenbaren, woher und wessen Kinder sie seien.

Der Sohn, welcher Ludwig hieß, war etwa neun Jahr
alt, Violante, die Tochter, mochte deren sieben zählen; beide
aber faßten, so weit ihr zartes Alter es zuließ, die Er=
mahnungen ihres Vaters sehr wohl auf, wie sie es in der
Folge durch die That bewiesen. Um aber den Zweck sicherer
zu erreichen, glaubte der Vater ihren Namen verändern zu
müssen, welches er that und den Knaben Pierrot, das Mäd=
chen Jeannette nannte. So gelangten sie im ärmlichen Auf=
zuge nach London und begannen in der Weise, wie wir es
noch heut zu Tage die französischen Tagediebe thun sehen,

Almosen heischend umherzugehen. In dieser Absicht befand
er sich eines Morgens in einer Kirche, als eine vornehme
Dame, die Gemahlin eines der Marschälle des Königs von
England, den Grafen mit seinen beiden Kindern betteln
sah, worauf sie ihn fragte, wer er sei und ob die Kinder
ihm gehörten? Er antwortete ihr, er sei aus der Picardie
und habe eines Verbrechens seines ältern ungerathenen Soh=
nes wegen mit diesen beiden, die ihm auch angehörten, die
Heimath verlassen müssen. Die Dame, welche sehr mitleidig
war, warf ihre Augen auf das Mädchen, welches ihr seiner
Schönheit, Artigkeit und Anmuth willen sehr gefiel, und
sprach: Würdiger Mann, wenn Du es zufrieden wärst, mir
deine Tochter zu überlassen, so möchte ich sie ihres hübschen
Aussehens wegen wohl zu mir nehmen, und wenn sie er=
wachsen ist und sich wohl beträgt, würde ich sie zur gehöri=
gen Zeit vortheilhaft verheirathen.

Dem Grafen gefiel das Anerbieten sehr; er sagte so=
gleich Ja dazu, übergab ihr das Mädchen unter Thränen
und empfahl es ihr dringend. Als er seine Tochter so
untergebracht hatte und wohl versorgt wußte, beschloß er,
nicht länger hier zu verweilen, durchstrich bettelnd die Insel
und gelangte nicht ohne große Ermüdung von der unge=
wohnten Fußreise mit Pierrot nach Wales. Hier wohnte
ein anderer königlicher Marschall, der ein großes Hauswesen
und eine zahlreiche Dienerschaft hielt, daher sich der Graf
mit seinem Sohne häufig einer Mahlzeit willen an seinen
Hof begab. Da sich nun hier ein Söhnlein des besagten
Marschalls und andere Kinder von Edelleuten in allerlei
Uebungen, wie sie Knaben lieben, zum Beispiel im Laufen
und Springen, zu versuchen pflegten, so mischte sich Pierrot
bald unter sie und machte alle die Uebungen, welche sie

vornahmen, mit eben so großer, wo nicht größerer Ge=
schicklichkeit mit als die übrigen. Dem Marschall, der ihnen
einige Mal zusah, gefiel das Betragen und Wesen des
Knaben so wohl, daß er fragte, wer er sei? Man antwor=
tete ihm, er sei der Sohn eines armen Mannes, der zuwei=
len eines Almosens willen nach dem Schlosse komme; wor=
auf der Marschall ihn um den Knaben ansprechen ließ,
den ihm der Graf, der ja nichts sehnlicher von Gott erflehte,
mit frohem Herzen überließ, obgleich es ihm schwer fiel,
sich von ihm zu trennen.

Als nun der Graf den Sohn und die Tochter ver=
sorgt sah, wollte er sich nicht länger in England aufhalten,
suchte, so gut es anging, nach Irland hinüber zu kommen
und vermiethete sich, als er nach Stamford gelangt war,
bei einem Grafen auf dem Lande als Knecht, indem er sich
allen Geschäften unterzog, die zum Dienste eines Knappen
oder Stalljungen gehören, und so brachte er hier, ohne von
Jemand erkannt zu werden, lange Jahre unter vielen Mühen
und Beschwerden zu.

Violante, die jetzt Jeannette hieß, nahm inzwischen bei
der Edeldame in London an Jahren, Größe und Schönheit
zu und stieg so sehr in Gunst bei ihrer Herrin und deren
Gemahl und allen Hausgenossen und Jedem, der sie kannte,
daß es ein Wunder zu schauen war; umsomehr als Alle,
die ihr Betragen und sittsames Wesen betrachteten, gestehen
mußten, sie sei des schönsten Glückes und der höchsten Ehre
würdig. Die Dame, welche sie von dem Vater erhalten,
und über ihre Abkunft nie etwas erfahren hatte, als was
sie von diesem gehört, war daher Willens, sie dem Stande
gemäß, den sie ihr beilegte, ehrenvoll zu verheirathen. Gott
aber, der ein gerechter Prüfer wahren Verdienstes ist, erwog

10*

ihre edle Geburt und wie schuldlos sie für fremde Sünden
büße, und lenkte es anders, denn man muß glauben, daß
er das, was sich jetzt begab, in seiner Güte nur zuließ, um
das Mädchen nicht in die Hände eines geringen Menschen
gerathen zu lassen.

Die Dame, bei welcher Jeannette erzogen ward, hatte
von ihrem Gemahl einen einzigen Sohn, den sie sowohl
als der Vater zärtlich liebte, nicht blos, weil er ihr Sohn
war, sondern auch weil er sich durch seine Tugenden und
Verdienste dessen würdig zeigte, denn er war mehr als ein
Anderer wohlgezogen, tapfer und kühn und schön von Gestalt.
Er mochte sechs Jahr älter sein, als Jeannette, in welche
er sich, da er sie so schön und liebreizend sah, so heftig ver=
liebte, daß er nur sie vor Augen schaute. Weil er sie aber
von niedriger Herkunft wähnte, so gebrach es ihm nicht
allein am Muthe, sie von seinen Aeltern zur Frau zu be=
gehren, sondern er hielt auch, aus Furcht, man werde ihn
tadeln, daß er seiner Liebe ein so niedriges Ziel erwählt
habe, seine Leidenschaft auf das Sorgfältigste geheim, weß=
halb sie ihm dann weit heftiger zusetzte, als wenn er sie
offenbart hätte. So geschah es, daß er im Uebermaaß der
Qualen in eine schwere Krankheit verfiel, zu deren Heilung
viele Aerzte berufen wurden, die aber, so viel sie die Zeichen
der Krankheit auch beobachteten, doch ihren wahren Grund
nicht erkennen konnten und insgesammt an seiner Rettung
verzweifelten, worüber die Aeltern des Jünglings in solche
Betrübniß und Trauer verfielen, daß sie nicht größer gedacht
werden konnte. Sie fragten ihn wiederholt unter rührenden
Thränen nach der Ursache seines Uebels, worauf er ihnen
aber nur mit Seufzern antwortete, oder sagte, er fühle sich
innerlich verzehrt. Eines Tages saß ein junger, aber mit

tiefer Wissenschaft begabter Arzt bei dem Kranken und be=
griff seinen Arm an der Stelle, wo die Aerzte nach dem
Pulse zu fühlen pflegen, als Jeannette, die ihn der Mutter
zu Liebe sorgfältig bediente, irgend eines Geschäfts willen
in das Krankenzimmer des Jünglings trat. Als dieser sie
erblickte, fühlte er, ohne ein Wort zu sprechen, oder sich zu
rühren, die Gluth der Liebe im Herzen mächtiger auflodern,
daher auch der Puls stärker zu schlagen begann als vorher,
worüber der Arzt, der es sogleich wahrnahm, erstaunte, sich
aber ruhig verhielt, um zu sehen, wie lange dieser beschleu=
nigte Gang anhalten werde. Wie aber Jeannette das Zim=
mer verließ, gab der Puls sogleich nach, weßhalb der Arzt
die Ursache jener Krankheit des Jünglings auf der Spur
zu sein glaubte, und nach einiger Zeit Jeannetten, als ob
er sie etwas zu fragen habe, zu sich rufen ließ, dabei aber
den Arm des Kranken in der Hand behielt. Jeannette er=
schien sogleich und wie sie die Kammer betrat, kehrte der
beschleunigte Pulsschlag dem Jüngling zurück und hörte
wieder auf, als sie hinwegging. Hierauf erhob sich der Arzt,
da er nun volle Gewißheit zu haben glaubte, zog die Aeltern
des Jünglings bei Seite und sprach: Die Heilung eures
Sohnes hängt von ärztlichem Beistand nicht ab, sondern
liegt in Jeannettens Händen, welche der Jüngling, wie ich
aus untrüglichen Zeichen mit Gewißheit erkenne, leidenschaft=
lich liebt, obwohl sie, wie ich sehe, nichts davon ahnt.
Wenn euch also sein Leben lieb ist, so wißt ihr, was ihr
zu thun habt.

Als der Edelmann und seine Gattin dies vernahmen,
freuten sie sich, daß wenigstens ein Mittel zu seiner Rettung
gefunden sei, obgleich es ihnen schwer ankam, davon Gebrauch
zu machen und Jeannetten ihrem Sohne zur Gemahlin zu=

geben. Sie begaben sich indessen, als der Arzt sich entfernt
hatte, zu dem Kranken, welchen die Dame so anredete:
Mein Sohn, ich hätte nimmer geglaubt, daß du mir einen
deiner Wünsche verhehlen würdest, am wenigsten jetzt, wo
ich sehe, daß die Nichterfüllung desselben dich ganz verzehrt,
denn du durftest und darfst ja versichert sein, daß es nichts
auf der Welt giebt, was ich, um dich zufrieden zu stellen,
nicht für dich wie für mich selber thun würde, selbst wenn
es nicht ganz geziemend wäre. Da du es mir aber doch
verschwiegen hast, so ist Gott mitleidiger mit dir gewesen,
als du selber und hat mir, damit du an dieser Krankheit
nicht stürbest, den Grund deines Uebels gezeigt, welcher in
nichts Anderm beruht, als in dem Uebermaaß der Liebe,
die du zu einem Mädchen hegst, wer sie auch sein mag.
Und gewiß, du brauchtest dich nicht zu schämen, mir dies
zu entdecken, denn dein Alter bringt das mit sich, ja ich
müßte dich gering schätzen, wenn dein Herz der Liebe noch
verschlossen geblieben wäre. Darum lieber Sohn, scheue
dich nicht vor mir, sondern enthülle mir dreist alle deine
Wünsche, verbanne den Trübsinn und die Gedanken, die dich
in diese Krankheit gestürzt haben; tröste dich und sei über=
zeugt, daß du nichts, was zu deiner Befriedigung gereichen
mag, von mir fordern könntest, was ich nicht gern und nach
Kräften für dich thun wollte, den ich mehr als mein Leben
liebe. Laß also Scham und Furcht: sage mir, ob ich zu
Gunsten deiner Liebe irgend etwas thun kann, und wenn
du mich hierin nicht eifrig bemüht findest und nicht siehst,
daß es dich zum Ziele führe, so halte mich für die grau=
samste Mutter, die je einen Sohn geboren.

Als der Jüngling seine Mutter so reden hörte, schämte
er sich zuerst; doch bald bedachte er, daß Niemand besser

als sie seinen Wünschen zur Befriedigung verhelfen könne, weßhalb er seine Scheu bezwang und sprach: Mutter, wenn ich meine Liebe so lange verborgen hielt, so geschah es nur darum, weil ich bemerkt hatte, daß die meisten Menschen sich in reifern Jahren gar nicht mehr erinnern wollen, daß sie auch einmal jung waren. Da ich aber sehe, daß ihr hierin verständiger seid, so will ich euch nicht allein einge= stehen, daß es sich wirklich so verhalte, wie ihr bemerkt haben wollt, sondern euch auch den Gegenstand meiner Liebe offenbaren, unter der Bedingung, daß ihr euer Versprechen nach Kräften erfüllt, wenn ihr mich anders gesund sehen wollt. Die Dame, welche fest vertraute, es müsse ihr ge= lingen, was ihr in der Weise, wie sie es dachte, nicht ge= lingen sollte, erwiederte ihm zuversichtlich, er möge ihr nur dreist= alle seine Wünsche eröffnen, indem sie sich unver= züglich= bemühen werde, seinem Verlangen Befriedigung zu verschaffen. Hierauf begann der Jüngling: Mutter, die hohe Schönheit und das reizende Wesen unserer Jeannette, die Unmöglichkeit ihr meine Liebe zu gestehen, geschweige denn mitzutheilen und die Scheu, die mich abhielt, irgend Jemand davon zu sprechen, haben mich in diesen Zustand versetzt und wenn euer Versprechen auf eine oder die andere Weise unerfüllt bleibt, so seid versichert, daß mein Leben nicht lange mehr währen kann. Die Mutter, die es jetzt mehr an der Zeit hielt, den Jüngling zu ermuthigen, als ihn zu tadeln, antwortete ihm lächelnd: Ach, mein Sohn, also nur darum bist du vor Gram erkrankt? Nun denn, so tröste dich und laß mich nur sorgen, sobald du wieder hergestellt bist.

So guter Hoffnungen voll, gab der Jüngling in kurzer Zeit Zeichen der entschiedensten Besserung, worüber die

Mutter sehr zufrieden war und sich entschloß, einen Versuch
zu machen, ob es ihr gelingen werde, ihr Versprechen zu
halten. Sie rief also eines Tages Jeannetten zu sich und
fragte sie nach einigen geschickt einleitenden Scherzen, ob sie
schon einen Geliebten habe? Jeannette, die über und über
erröthete, gab zur Antwort: Gnädige Frau, um ein armes,
von Hause verstoßenes Mädchen, wie ich, das in anderer
Leute Diensten steht, wird Niemand werben, auch geziemt
es ihm nicht an Liebe zu denken. Darauf versetzte die
Dame: Wenn du denn noch keinen hast, so will ich dir
einen zuweisen, an dem du Freude haben und deine
Schönheit erst recht genießen sollst, denn es geht ja durchaus
nicht an, daß ein so schönes Mädchen wie du, ohne Lieb=
haber sein soll. Aber Jeannette erwiederte: Gnädige Frau,
ihr habt mich der Armuth meines Vaters enthoben, und
wie eine Tochter auferzogen und deßhalb sollte ich bereit
sein, alles zu thun, was euch gefiele; allein wenn ich hierin
euerm Willen nicht folgen kann, so glaube ich daran Recht
zu thun. Wenn es euch gefiele, mir einen Mann zu geben,
so würde ich den lieben, einen andern aber nicht, denn da
mir von der Erbschaft meiner Vorfahren nichts übrig ge=
blieben ist, als die Ehre, so will ich diese hüten und be=
wahren, so lange das Leben mir währt.

Diese Worte schienen der Dame dem Ziele sehr zu=
wider, das sie zu erreichen hoffte, um dem Sohne ihr Ver=
sprechen zu halten; obwohl sie als eine verständige Frau
dem Mädchen bei sich selber große Lobsprüche deßhalb er=
theilte. Wie aber, Jeannette, fuhr sie fort, wenn unser
gnädigster König, der noch ein junger Ritter ist, wie du
ein schönes Mädchen bist, eine Gunst von deiner Liebe er=
heischte, würdest du sie ihm versagen? Jeannette erwiederte

rasch: Gewalt könnte der König mir anthun, mit meiner
Einwilligung aber würde er nie mehr erlangen, als mit der
Ehre besteht.

Die Dame, die wohl sah, wie Jeannette gesonnen sei,
ließ nun von den Worten ab und gedachte sie thätlich zu
prüfen, weßhalb sie ihrem Sohne sagte, sie werde ihn, so=
bald er genesen sei, mit ihr in eine Stube zusammen=
bringen, wo er selber suchen solle, das Ziel seiner Wünsche
zu erreichen, denn es scheine ihr unschicklich, daß sie wie
eine Kupplerin für ihren Sohn werben, und ihrem eigenen
Dienstmädchen gute Worte geben solle.

Hiermit war aber der Jüngling in keiner Weise zu=
frieden; auch verschlimmerte sich seine Krankheit sogleich be=
deutend. Als die Dame dies sah, enthüllte sie Jeannetten
ihre Wünsche völlig, fand sie aber noch standhafter als zu=
vor, weßhalb sie sich genöthigt sah, Alles was sie gethan
hatte ihrem Gemahl mitzutheilen. So hart es nun auch
Beiden ankam, so beschlossen sie doch einstimmig, sie ihm
zur Frau zu geben, da sie den Sohn doch lieber mit einer
ihm nicht ebenbürtigen Gattin leben, als ohne Frau sterben
sehen wollten; und so thaten sie auch nach langer Berathung
wirklich. Hierüber fühlte sich Jeannette überaus glücklich;
sie dankte Gott mit inbrünstigem Herzen, daß er sie nicht
vergessen habe, sagte aber dessenungeachtet nie anders, als
daß sie die Tochter eines Picarden sei. Der Jüngling ge=
nas, beging seine Hochzeit so fröhlich als irgend einer und
genoß in Frieden das Glück der Ehe mit seiner Gattin.

Unterdessen hatte Pierrot, der bei dem Marschall des
Königs von England in Wales zurückgeblieben war, als er
heranwuchs die Gunst seines Herrn erworben, und war ein
schöner und wackerer Jüngling geworden, wie kaum ein

anderer auf der Insel sein mochte, so daß im Turnieren und Tiostieren und in allen übrigen Waffenübungen Niemand im ganzen Lande so vollkommen war als er, daher er denn auch unter dem Namen Pierrot der Picarde überall gekannt und berühmt war. Und wie Gott seine Schwester nicht vergessen hatte, so bewies er auch bald, daß er seiner gedenke. Es kam nemlich über jene Gegend eine pestartige Sterblichkeit, welche fast die Hälfte der Bevölkerung hinweg= raffte und überdies einen großen Theil der noch Lebenden vor Schreck in entfernte Landestheile zu flüchten vermochte, so daß das Land völlig verlassen schien. In dieser Sterb= lichkeit kam nun auch der Marschall, Pierrots Herr, zugleich mit seiner Gemahlin, seinem Sohn und mehrern Brüdern, Neffen und andern Verwandten um und von dem ganzen Hause blieb außer Pierrot und einigen andern Dienern nur eine schon mannbare Tochter des Marschalls übrig. Als die Seuche nachzulassen anfing, nahm das Fräulein auf den Rath und zur Freude der wenigen Landeseinwohner den Pier= rot, als einen wackern und tapfern Jüngling, zum Gemahl und machte ihn zum Herrn über Alles, was ihr durch Erb= schaft zugefallen war. Nicht lange währte es auch, so ver= nahm der König von England von dem Tode des Mar= schalls und da ihm die Verdienste Pierrots des Picarden bekannt waren, so setzte er diesen an die Stelle des Ver= storbenen und ernannte ihn zu seinem Marschall. Dies war in kurzen Worten das Schicksal der beiden unschuldigen Kinder des Grafen von Antwerpen, die dieser schon als verloren aufgegeben hatte.

Schon war das achtzehnte Jahr verstrichen, seit der Graf von Antwerpen aus Paris entflohen war, als er in Irland, wo er sich noch immer im elendesten Zustande auf=

hielt und viele Beschwerden erduldet hatte, den Entschluß
faßte, sich wo möglich noch in den Tagen seines Alters zu
überzeugen, was aus seinen Kindern geworden sei. Denn
er sah, daß die Zeit seine frühere Gestalt gänzlich umge=
schaffen habe und fühlte sich durch die langen Anstrengungen
jetzt körperlich rüstiger als in seinen jüngern der Muße ge=
widmeten Tagen. Er schied also arm und schlecht gekleidet
von dem Herrn, dem er so lange Zeit gedient hatte, kam
in England an und begab sich nach dem Orte, wo er Pier=
rot gelassen hatte, fand ihn als großen Herrn und Mar=
schall wieder, sah daß er gesund und stark und schön von
Gestalt geworden war, und empfand darüber große Freude,
wollte sich aber nicht eher zu erkennen geben, bis er von
Jeannetten Kunde habe. Er machte sich also wieder auf den
Weg und ruhte nicht eher, bis er London erreicht hatte, wo er
sich nach der Dame, in deren Händen er seine Tochter gelassen
hatte, und nach ihren Zuständen behutsam erkundigte und fand,
daß Jeannette ihrem Sohne vermählt sei, was ihm so große
Freude gewährte, daß er alles erlittene Ungemach gering
achtete, da er seine Kinder lebend und in glücklichen Ver=
hältnissen wieder gefunden hatte. Voll Verlangen, die Tochter
wieder zu sehen, fing er an, sich als ein Bettler in die
Nähe ihres Hauses zu begeben, wo ihn Jacob Lamiens, so
hieß Jeannettens Gemahl, eines Tages erblickte und aus
Mitleid mit seinem Alter und seiner Armuth einem seiner
Diener Befehl gab, ihn nach seinem Hause zu führen und
ihm dort um Gottes Willen eine Mahlzeit reichen zu lassen,
was der Diener willig that.

Jeannette hatte schon mehrere Kinder von Jacob em=
pfangen, von welchen der älteste nicht über acht Jahre zählte:
es waren die schönsten Kinder von der Welt und als sie

den Grafen essen sahen, waren sie gleich Alle um ihn her
und liebkosten ihn, als ob eine unbekannte Macht ihnen
gesagt hatte, daß es ihr Großvater sei. Als der Alte sie
für seine Enkel erkannte, fing er an, auch ihnen Liebe zu
bezeigen und sie zu herzen, weßhalb die Kinder nicht mehr
von ihm lassen wollten, so viel auch der, welcher die Auf=
sicht über sie führte, ihnen zurufen mochte. Als Jeannette
dies hörte, trat sie aus ihrem Gemach in jenes, wo der
Graf sich befand und drohte den Kindern ernstlich mit Schlägen,
wenn sie dem Willen ihres Erziehers nicht Folge leisteten.
Die Kinder fingen an zu weinen und sagten, sie wollten
bei dem wackern Manne bleiben, der sie mehr als ihr Er=
zieher liebe, worüber Jeannette und der Graf lachen mußten.
Dieser hatte sich von seinem Sitze erhoben, nicht um sich
als Vater zu zeigen, sondern um der Tochter als einer Dame
von Stande wie ein armer Mann Ehre zu erbieten: bei
ihrem Anblick aber empfand sein Herz wunderbare Freude.
Sie erkannte ihn weder jetzt noch nachher, denn er hatte
seine frühere Gestalt völlig verwandelt, indem er alt, greis
und bärtig und dabei mager und braun geworden war und
eher jedem Andern, als dem Grafen von Antwerpen glich.
Da die Dame nun sah, daß die Kinder nicht von ihm weg
wollten, und weinten, wenn man sie zu entfernen versuchte,
sagte sie dem Lehrer, er möge sie nur eine Weile da lassen.
Während die Kinder nun bei dem wackern Manne verweilten,
kam Jacobs Vater nach Hause und vernahm den Vorfall
aus dem Munde des Erziehers, worauf er, dem Jeannette
noch immer ein Aergerniß war, erwiederte: Laßt sie nur in
des Teufels Krallen, wenn er sie holen will: sie kehren nur
dahin zurück, woher sie entsprossen sind. Sie stammen von

mütterlicher Seite aus Bettlergeschlecht; daher ist es kein Wunder, wenn sie sich gern mit Bettlern befassen.

Der Graf vernahm diese Worte und fühlte sich schwer gekränkt; doch zuckte er die Achseln und ertrug diese Beleidigung, wie er so viele andere ertragen hatte. Als aber Jacob hörte, wie die Kinder an dem wackern Manne ihr Ergötzen gefunden hatten, mißfiel es ihm zwar, doch liebte er sie so zärtlich, daß er sie nicht weinen sehen konnte und lieber Befehl gab, den wackern Mann, wenn er einen Dienst im Hause verrichten wolle, darin aufzunehmen. Dieser antwortete, er wolle gerne bleiben, doch verstehe er sich auf weiter nichts, als die Pferde zu besorgen, was er die Zeit seines Lebens gewohnt gewesen. Darauf wies man ihm ein Pferd zu warten an, und sobald er dies besorgt hatte, pflegte er wieder mit den Kindern zu scherzen.

Während das Schicksal in der beschriebenen Weise mit dem Grafen von Antwerpen und seinen Kindern verfuhr, geschah es, daß der König von Frankreich, nachdem er mit den Deutschen mehrmals Waffenstillstand geschlossen hatte, verstarb und an seiner Statt sein Sohn die Krone empfing, dessen Gemahlin die Verbannung des Grafen verursacht hatte. Als der letzte mit den Deutschen geschlossene Waffenstillstand zu Ende lief, begann jener einen neuen blutigen Krieg wider sie und der König von England schickte ihm als sein Schwager zahlreiche Hülfsvölker unter der Anführung seines Marschalls Pierrot, und des Jacob Lamiens, des Sohnes seines andern Marschalls, welchen letztern der wackere Mann, nemlich der Graf, begleitete und ohne von Jemand erkannt zu werden, geraume Zeit als Reitknecht im Heere zubrachte, wo er durch seine Erfahrung sowohl mit Rath als That mehr Gutes wirkte, als man von seinem Stande fordern durfte.

Es geschah aber während dieses Krieges, daß die Kö=
nigin von Frankreich gefährlich erkrankte; und als sie sah,
daß sie sterben müsse, fühlte sie sich von allen ihren Sünden
zerknirscht und legte vor dem Erzbischof von Rouen, der
allgemein für einen würdigen Mann galt, eine reuige Beichte
ab, worin sie unter andern Sünden auch das große Unrecht
bekannte, daß dem Grafen von Antwerpen um ihretwillen
geschehen sei. Sie begnügte sich aber nicht, es dem Erz=
bischof bekannt zu haben, sondern erzählte den ganzen Her=
gang der Sache auch vielen andern würdigen Männern, welche
sie bei dem Könige dahin zu wirken bat, daß der Graf,
wenn er noch am Leben sei, sonst aber seine Nachkommen,
in den frühern Stand wieder eingesetzt würden. Nicht lange
nachher schied sie aus diesem Leben und ward mit großen
Ehren begraben.

Als dem Könige dies Geständniß hinterbracht wurde, be=
seufzte er schmerzlich die Leiden, welche man dem verdienten
Manne mit Unrecht zugefügt hatte und gab dann Befehl, im
ganzen Heere und überall im Lande ausrufen zu lassen:
Wer ihm den Grafen von Antwerpen oder eines seiner
Kinder nachweisen könne, der solle für Jeglichen eine reich=
liche Belohnung empfangen, denn er habe durch das Be=
kenntniß der Königin erfahren, daß er des Verbrechens un=
schuldig gewesen, wegen dessen er vertrieben worden sei, und
beabsichtige daher, ihn wieder in seine frühern Ehren und
Würden, ja sogar in höhere, einzuweisen.

Der als Reitknecht verkleidete Graf vernahm diesen
Aufruf und da er selber wußte, daß er die Wahrheit ent=
halte, ging er sogleich zu Jacob und bat diesen, ihn zu
Pierrot zu begleiten, denn er wolle ihnen nachweisen, was
der König suche. Als sie nun Alle drei beisammen waren,

sprach der Graf, der sich endlich zu erkennen geben wollte,
zu Pierrot: Pierrot, hier ist Jacob, welcher deine Schwester
zur Frau hat und nie eine Mitgift empfing; damit aber
deine Schwester nicht ohne Heirathsgut sei, so will ich, daß
er und niemand anders die große Belohnung empfange,
welche der König dem versprochen hat, welcher dich nachweist.
So mag er denn dich als den Sohn des Grafen von Ant=
werpen anzeigen und seine Gemahlin als deine Schwester
Violante, mich selbst aber als den Grafen von Antwerpen,
euern Vater.

Als Pierrot diese Worte vernahm, blickte er ihm
scharf ins Gesicht und ihn sogleich erkennend, warf er sich
weinend zu seinen Füßen, umarmte ihn und sprach: Mein
Vater, seid uns tausendmal willkommen. Jacob aber, der
erst jene Rede des Alten hörte und dann das Benehmen
Pierrots sah, war zugleich von solchem Erstaunen und von
solcher Freude bestürzt, daß er kaum wußte, was er thun
solle; da er aber den Worten Glauben beimessen mußte,
fing er an sich der Scheltreden zu schämen, deren er sich
gegen den als Stallknecht verkleideten Grafen wohl bedient
hatte, sank weinend zu seinen Füßen und bat ihn für die
erfahrenen Beleidigungen demüthig um Verzeihung, welche
ihm der Graf liebevoll gewährte, indem er ihn zu sich
emporhob. Nachdem sie nun alle drei ihre Schicksale gegen=
einander ausgetauscht und viel zusammen geweint und sich
gefreut hatten, wollten Pierrot und Jacob den Grafen mit
neuen Kleidern versehen; dieser aber gab es durchaus nicht
zu, sondern bestand darauf, daß Jacob sich erst die ver=
heißene Belohnung zusichern lasse und ihn dann in Knechts=
gestalt dem Könige vorführe, um diesen desto mehr zu
beschämen.

So ging also Jacob, welchem der Graf mit Pierrot
in einiger Entfernung folgte, vor den König und erbot sich,
ihm den Grafen und seine Kinder vorzuführen, wenn er
ihn dem geschehenen Ausruf gemäß belohnen wolle. Der
König ließ sogleich die für den Nachweis der drei Vermißten
bestimmten Belohnungen, über deren Größe Jacob höchlich
erstaunte, herbeischaffen und erlaubte ihm, dieselben mitzu=
nehmen, sobald er ihm wirklich, wie er versprochen, den
Grafen und dessen Kinder nachgewiesen habe. Jacob wandte
sich hierauf um, ließ den Grafen, seinen Stallknecht, und
Pierrot vortreten und sprach: Gnädigster Herr, hier sind
Vater und Sohn; die Tochter, welche meine Gattin ist,
ist nicht zugegen; ihr sollt sie aber mit Gottes Hülfe bald
sehen.

Als der König dies vernahm, faßte er den Grafen
ins Auge und obgleich dieser seine frühere Gestalt ganz
verwandelt hatte, so erkannte er ihn doch nach kurzer Be=
trachtung wieder, hob den vor ihm Niederknieenden fast
mit Thränen in den Augen zu sich empor, küßte und um=
armte ihn. Eben so freundschaftlich empfing er Pierrot
und gab dann Befehl, den Grafen mit Kleidern, Diener=
schaft, Pferden und Geräthen so reichlich zu versehen, als
es seinem hohen Range gezieme, welches sogleich ausgeführt
wurde. Dem Jacob erwies der König große Ehren und
ließ sich alle seine frühern Schicksale erzählen. Als aber
Jacob die Belohnungen wegbringen ließ, welche er für den
Nachweis des Grafen und seiner Kinder empfangen hatte,
sagte dieser: Nimm diese großmüthigen Geschenke unseres
Herrn des Königs und vergiß nicht, deinem Vater zu sagen,
daß deine Kinder, meine und seine Enkel, nicht mütterlicher
Seite von Bettlern stammen. Jacob nahm die Geschenke

und ließ seine Frau und Schwiegermutter nach Paris kommen, wo auch Pierrots Gemahlin eintraf und Alle sich mit fest= lichem Jubel um den Grafen versammelten, welchen der König in alle seine Güter wieder eingesetzt und höher ge= stellt hatte, als er zuvor gestanden. Hierauf beurlaubte sich Jeder und kehrte nach seinem Wohnsitz zurück; der Graf aber lebte noch ruhmvoller als zuvor bis an sein Ende in Paris.

12.

Die Haarschur.

Agilulf, der König der Longobarden, bestieg nach dem Beispiele seiner Vorgänger in Pavia, einer Stadt in der Lombardei, den Thron seines Reiches, nachdem er Theude= linden, die Wittwe des Autharis, des letzten Königs der Longobarden, zur Gemahlin genommen hatte: eine schöne, verständige und ehrbare Frau, die aber doch einmal ein Unglück mit einem Liebhaber hatte. Als nemlich durch die Tapferkeit und Klugheit König Agilulfs das Reich der Longobarden in Glück und Frieden stand, geschah es, daß ein Reitknecht der Königin, der, wenn gleich ein Mensch von dem niedrigsten Stande, doch weit besser als sein Gewerbe und so schön und groß von Gestalt als der König selber war, sich über die Maßen in die Königin verliebte. Da ihm aber sein geringer Stand nicht die Einsicht benommen hatte, daß eine solche Liebe wider alle Gebühr sei, so war er klug genug, sie Niemand zu entdecken, ja er wagte sie nicht einmal durch Blicke zu verrathen. Wenn er nun

gleich keine Hoffnung hatte, ihr je zu gefallen, so war er
doch) stolz darauf, seine Gedanken auf ein so erhabenes Ziel
gerichtet zu haben und ganz im Feuer der Liebe auflodernd,
verrichtete er mit weit größerer Sorgfalt als ein anderer
seiner Gefährten Alles, wovon er glaubte, daß es der Kö=
nigin gefallen werde.

So geschah es, daß die Königin, wenn sie ausreiten
sollte, das von ihm gewartete Pferd weit lieber als irgend
ein anderes ritt, und wenn dies geschah, meinte er immer
die größte Gunst erfahren zu haben, wich keinen Augenblick
von ihrem Steigbügel und däuchte sich schon beglückt, wenn
er nur ihre Kleider berühren durfte. Wie wir es aber so
oft sich begeben sehen, daß bei verminderter Hoffnung die
Liebe nur zunimmt, so geschah es auch diesem armen Reit=
knecht, bis es ihm zuletzt fast unerträglich fiel, sein heißes
Verlangen, ohne sich von der Königin im geringsten begün=
stigt zu sehen, so verborgen im Herzen zu hegen; da er sich
aber von dieser Liebe unmöglich losringen konnte, so faßte
er mehrmals den Entschluß, sich das Leben zu nehmen.
Beim Nachdenken über die Todesart, welche er wählen
wollte, entschloß er sich, seinen Tod durch eine Handlung
herbeizuführen, welche denselben als eine Folge der Liebe dar=
stellen möchte, die er zu der Königin getragen habe und
noch trug und diese Handlung sollte darin bestehen, daß er
den Versuch wagte, die Befriedigung seiner Wünsche ganz
oder zum Theil zu erreichen. Zu diesem Ende wollte er
aber nicht etwa mündlich mit der Königin reden, oder ihr
seine Liebe in einem Briefe entdecken, denn er wußte wohl,
daß er vergebens sprechen oder schreiben würde, sondern er
wollte sehen, ob es ihm durch List gelänge, der Königin bei=
zuliegen. Hierzu konnte aber weder eine andere List, noch

ein anderer Weg führen, als wenn er Mittel fand, in Ge=
stalt des Königs, von welchem er wußte, daß er ihr nicht
jede Nacht beizuliegen pflegte, zu ihr zu kommen und in
ihr Zimmer zu schleichen.

Um also zu erfahren, in welcher Weise und in welchem
Anzug der König seine Gemahlin zu besuchen pflege, ver=
barg er sich mehrere Nächte hindurch in einem großen
Saale des königlichen Palastes, welcher zwischen dem Gemach
der Königin und dem des Königs in der Mitte lag und
so sah er denn eines Nachts den König in einen langen
Mantel gehüllt, in der einen Hand eine brennende Kerze,
in der andern ein Stäblein tragend, aus seinem Gemach zu
dem der Königin schreiten und ohne ein Wort zu sprechen
ein= oder zweimal mit dem Stäblein vor die Kammerthür
schlagen, worauf ihm sogleich geöffnet und die Kerze aus
der Hand genommen ward.

Als er ihn so hineintreten und in gleicher Art zurück=
kehren sah, setzte er sich vor, Alles genau eben so zu
machen, suchte sich einen Mantel, der dem des Königs ähn=
lich war, eine Kerze und eine Gerte zu verschaffen, und
nachdem er sich in einem Bade gereinigt hatte, damit der
Geruch des Pferdemistes der Königin nicht beschwerlich falle,
oder ihr den Betrug verrathe, verbarg er sich, wie er ge=
wohnt war, mit diesen Dingen in dem großen Saale. So=
bald er aber sah, daß Alles im Schlafe liege, glaubte er,
die Zeit sei gekommen, seinem Verlangen Befriedigung zu
gewähren, oder dem ersehnten Tode durch eine kühne That
den Weg zu bahnen: schlug sich mit Stein und Stahl, die
er bei sich trug, Feuer, zündete seine Kerze an und trat
in den umgeschlagenen Mantel ganz verhüllt vor die Kammer=
thüre und schlug zweimal mit dem Stäblein dagegen. Eine

ganz schlaftrunkene Kammerfrau öffnete sie, nahm das Licht und verbarg es; worauf er, ohne ein Wort zu sagen, hinter den Vorhang trat, den Mantel ablegte und das Bett bestieg, in welchem die Königin schlief. Er schlang sie verlangend in seine Arme, stellte sich aber übelgelaunt, weil er wußte, daß der König, wenn er übler Laune sei, nichts mit sich reden zu lassen pflege, und so erkannte er, ohne ein Wort zu sprechen, die Königin zu mehrern Malen. Obwohl es ihm aber schwer ward, von ihr zu scheiden, so erhob er sich doch endlich aus Furcht, daß ihm ein längeres Verweilen die genossene Lust in Schmerz verwandeln möchte, nahm seinen Mantel und das Licht wieder und ging, ohne ein Wort zu sagen, hinaus, um so schnell als möglich sein Bett zu erreichen.

Kaum mochte er bei demselben angelangt sein, als sich der König erhob und zu dem Schlafgemach der Königin ging, welche hierüber sehr verwundert war und als er das Bett beschritt und sie freundlich grüßte, sich von seiner Freundlichkeit ermuthigt fühlte und sagte: O mein Gemahl, was ist das heute Nacht für eine Neuerung? So eben erst verließt ihr mich, nachdem ihr euch mehr als gewöhnlich mit mir ergößt hattet und jetzt kehrt ihr gleich noch einmal zurück? Habt Acht, was ihr thut!

Als er diese Worte vernahm, vermuthete der König gleich, seine Gemahlin sei von Jemanden durch Aehnlichkeit der Gestalt und des Benehmens getäuscht worden; als ein kluger Mann aber beschloß er, da er sah, daß weder die Königin, noch sonst Jemand es bemerkt habe, sie auch nicht darauf aufmerksam zu machen, was viele Thoren nicht gethan, sondern erwiedert haben würden: Ich war nicht hier. Wer ist es, der hier war? Wie kam er her? Was ging

hier vor? Daraus wären dann viele Geschichten entstanden,
durch welche er die Dame ohne ihre Schuld betrübt und
ihr vielleicht Anlaß gegeben hätte, das zum zweitenmal zu
wünschen, was sie einmal genossen hatte; er selbst aber
würde einen Vorfall, dessen er sich nicht zu schämen brauchte,
so lange er verschwiegen blieb, nur zu seiner eigenen
Schande offenkundig gemacht haben. Deßhalb gab ihr der
König, ohne den innern Zorn in Mienen oder Worten zu
verrathen, zur Antwort: Denkt ihr denn, Frau, ich sei nicht
Manns genug, wenn ich auch schon einmal bei euch gewesen
wäre, noch zum andernmal wieder zu kommen? Das wohl,
versetzte die Königin; dennoch aber bitte ich euch, auf eure
Gesundheit Rücksicht zu nehmen. Wohlan denn, entgegnete
der König, so will ich euerm Rathe folgen und für diesmal,
ohne euch weiter zu beunruhigen, wieder umkehren.

So nahm er denn voller Unmuth und Zorn über den,
wie wohl er sah, ihm angethanen Schimpf, seinen Mantel
wieder um, verließ die Kammer und beschloß, in aller Stille
nach dem Thäter zu forschen, denn er war überzeugt, es
müsse einer aus dem Hause sein und wer es auch sein
möge, so könne er noch nicht Gelegenheit gefunden haben, es
zu verlassen. Er nahm also eine Leuchte mit einem kleinen
Lichtchen und ging in einen langen Saal, der sich in seiner
Burg über dem Marstall befand und in welchem fast seine
ganze Dienerschaft in vielen Betten schlief. Und indem er
weiter bedachte, wer auch das gethan haben möge, wovon
die Königin sprach, so könne sich ihm der Puls und das
Herzklopfen nach jener Anstrengung noch nicht beruhigt haben,
begann er schweigend bei dem Ersten der Reihe einem nach
dem andern die Hand auf die Brust zu legen, um zu sehen,
ob ihm das Herz schlage. Obgleich nun die andern alle

fest schliefen, so wachte doch der noch), welcher bei der Königin gewesen war; als er daher den König kommen sah
und sich wohl vermuthete, was er suche, befiel ihn heftiger
Schrecken, so daß das Herzklopfen, welches von der gemachten
Anstrengung herrührte, noch durch die Furcht um Vieles ver-
stärkt wurde; auch zweifelte er keinen Augenblick, daß ihm
der König, wenn er dies bemerke, unverzüglich den Tod
geben werde. Nun ging ihm zwar anfangs mancherlei durch
den Kopf, was er thun wolle, allein da er den König ohne
Waffen sah, so hielt er es für besser, sich schlafend zu stellen
und abzuwarten, was der König beginnen werde.

Schon hatte der König bei Vielen nachgesucht, ohne
einen zu finden, den er für den Thäter hätte halten mögen,
als er auch zu diesem gelangte, dessen Herz er so heftig
klopfen fühlte, daß er zu sich selbst sprach: Dies ist der
Rechte, weil er aber nicht wollte, daß das, was er zu thun
beabsichtigte, irgend bekannt würde, so begnügte er sich damit, ihm mit einer Scheere, die er bei sich trug, auf der
einen Seite einen Büschel aus den Haaren zu schneiden,
welche zu jener Zeit sehr lang getragen wurden, damit er
ihn bei diesem Merkzeichen am nächsten Morgen wieder erkennen möchte; und als er das gethan hatte, entfernte er
sich und ging nach seinem Gemache zurück. Jener aber, der
wohl gefühlt hatte, was mit ihm vorgehe, und verschlagen
genug war, einzusehen, zu welchem Zweck er so gezeichnet
worden, erhob sich unverzüglich, nahm eine Scheere, deren
zufällig zur Besorgung der Pferde einige im Stalle vorhan-
den waren, und schnitt, leise von einem zum andern schrei-
tend, allen seinen Schlafgenossen auf gleiche Weise die Haare
über dem Ohre ab und legte sich dann, ohne daß es jemand
bemerkt hatte, wieder zur Ruhe nieder.

Am frühen Morgen erhob sich der König und befahl, ehe noch die Thore der Burg geöffnet würden, solle die ganze Dienerschaft vor ihm erscheinen. Als dies geschah und sie nun alle mit entblößtem Haupte vor ihm standen, hub er an, sie zu betrachten, um den heraus zu finden, welchen er geschoren hatte; da er aber sah, daß sie fast alle in gleicher Weise das Haar verschnitten trugen, erstaunte er und sprach zu sich selbst: Der, welchen ich schor, zeigt seines niedern Standes ungeachtet wahrlich hohen Verstand. Da er nun sah, daß sein Ziel ohne Aufsehen nicht zu erreichen sei, war er nicht Willens, sich um solche geringe Sache große Schmach zuzuziehen, sondern zog es vor, ihm mit einem Wort eine Ermahnung und zugleich den Beweis zu geben, daß er wohl wisse, woran er sei, weßhalb er sich an Alle wandte und sprach: Wer es gethan hat, thue es nicht wieder und so geht mit Gott. Ein anderer hätte sie Alle töpfen, oder foltern, peinlich fragen und ausforschen lassen und dadurch nur bekannt gemacht, was ein Jeder zu ver= hüllen bemüht sein muß; und wenn er auch den Thäter herausgebracht und vollkommene Rache an ihm genommen hätte, so würde er doch seine Schmach nicht vertilgt, son= dern nur um Vieles vergrößert und überdies die Ehre seiner Gemahlin besudelt haben. Diejenigen, welche die Rede des Königs vernahmen, wunderten sich sehr und hielten lange unter sich Rath darüber, was der König wohl damit gemeint habe; aber keiner unter ihnen verstand sie, bis auf den, welchen sie betraf. Dieser war aber klug genug, es bei Leb- zeiten des Königs Niemand zu entdecken und sein Leben nicht wieder eines solchen Wagestücks willen auf's Spiel zu setzen.

13.

Das edle Herz.

Nach den Berichten der Provençalen lebten in der Pro=
vence zwei edle Ritter, von welchen Jedweder sowohl Burgen
als Lehnsleute unter sich hatte; der Eine hieß Herr Guillem
von Roussillon, der Andere Guillem von Cabestaing. Weil
sie nun beide große Tapferkeit in den Waffen bewiesen, so
liebten sie sich sehr und pflegten zu allen Turnieren, Lanzen=
brechen und andern Waffenspielen nicht anders als miteinan=
der und in gleicher Rüstung zu reiten. Obgleich aber Jed=
weder ein eigenes Schloß bewohnte, und diese wohl zehn
Miglien von einander entfernt lagen, so begab es sich doch,
da Herr Guillem von Roussillon eine sehr schöne und rei=
zende Frau zur Gemahlin hatte, daß Herr Guillem von
Cabestaing sich der Freundschaft und Genossenschaft, welche
zwischen ihnen bestand, ohngeachtet, in dieselbe leidenschaftlich
verliebte. Auch gab er es so lange bald auf diese, bald
auf jene Weise zu erkennen, daß es die Dame endlich
errieth und da sie ihn als einen überaus tapfern Ritter
kannte, so hatte sie Gefallen daran und begann auch ihm
solche Liebe zuzuwenden, daß sie auf der Welt nichts sehn=
licher als ihn begehrte und liebte und nur darauf wartete,
daß er sie um ihre Gunst anspräche, was denn auch bald
genug geschah, und so hatten sie mehrere Zusammenkünfte
und liebten sich zärtlich.

Weil sie sich aber hierbei nicht der nöthigen Vorsicht
bedienten, so geschah es, daß ihr Gemahl es bemerkte und
solchen Unmuth darüber empfand, daß die Liebe, die er bis
dahin zu Cabestaing getragen, sich in tödtlichen Haß ver=

kehrte, welchen er zwar besser zu verbergen wußte, als die
beiden Liebenden ihr Verständniß zu verbergen gewußt hatten,
sich aber fest entschloß, jenen um's Leben zu bringen. Wäh=
rend nun Roussillon mit diesem Vorsatz umging, geschah es,
daß in Frankreich ein großes Turnier ausgerufen wurde,
wovon Roussillon dem Cabestaing sogleich Nachricht gab und
ihm dabei sagen ließ, er möchte, wenn es ihm beliebe, zu
ihm kommen, damit sie gemeinschaftlich Raths pflegen könnten,
ob und wie sie das Turnier besuchen wollten. Hierüber
sehr erfreut, gab Cabestaing zur Antwort, er werde unfehl=
bar am nächsten Tage zur Abendmahlzeit bei ihm sein.
Als aber Roussillon dies vernahm, gedachte er, die Zeit sei
gekommen, ihm das Leben zu nehmen, weßhalb er sich am
folgenden Tage bewaffnete, mit einigen seiner Diener zu
Pferde stieg und sich etwa eine Miglie von seiner Burg in
einem Gebüsch, an welchem Cabestaing vorbei kommen mußte,
in den Hinterhalt legte. Hier hatte er schon eine geraume
Weile gewartet, als er den Cabestaing, der sich durchaus
keines Arges von ihm versah, ganz unbewaffnet und zwei
ebenfalls ganz unbewaffnete Diener hinter sich, des Weges
kommen sah, und als er zu der Stelle gelangt war, wo er
ihn haben wollte, fiel er tückisch und voll Ingrimms, eine
Lanze in der Hand, aus dem Gebüsch über ihn her und
rief: Du bist des Todes! Dies ausrufen und ihm die Lanze
durch die Brust stoßen, war Eins. Ohne das Geringste zu
seiner Vertheidigung versuchen zu können, oder ein Wort zu
sprechen, fiel Cabestaing von der Lanze durchbohrt zur Erde
und starb nach wenigen Augenblicken. Seine Diener hatten
indessen, ohne den Angreifenden erkannt zu haben, sofort
ihre Pferde gewandt und waren, so schnell sie konnten, zu
der Burg ihres Herrn geflohen.

Roussillon stieg nun vom Pferde, öffnete dem Cabeſtaing
mit einem Dolche die Bruſt und riß ihm mit den eigenen
Händen das Herz heraus; wickelte dann dieſes in ein Lanzen=
fähnchen ein und gab es einem ſeiner Diener zu tragen,
welchen er Allen auf das Strengſte anbefahl, daß Keiner
wagen ſolle, von dem Geſchehenen ein Wort zu ſprechen,
worauf er, da es unterdeſſen Nacht geworden war, zu ſeiner
Burg zurückkehrte.

Die Dame, welche vernommen hatte, daß Cabeſtaing
zum Abendeſſen kommen werde, erwartete ihn mit der größten
Sehnſucht; da ſie ihn aber nicht kommen ſah, wunderte ſie
ſich ſehr und ſprach zu ihrem Gemahl: Wie kommt es
aber, Herr, daß Cabeſtaing nicht erſchienen iſt? Hierauf
antwortete ihr Mann: Er hat mir ſagen laſſen, daß er
vor Morgen nicht kommen könne. Hierüber zeigte ſich die
Dame ein wenig verſtimmt.

Roussillon war kaum vom Pferde geſtiegen, als er den
Koch vor ſich rufen ließ und zu ihm ſprach: Nimm dies
Eberherz und ſieh, wie du das beſte und wohlſchmeckendſte
Gericht daraus bereiteſt, das du nur zu bereiten verſtehſt,
und ſchicke es mir, wenn ich bei Tiſche ſitze, in einer ſilber=
nen Schüſſel.

Der Koch nahm es, verwandte alle ſeine Kunſt und
Sorgfalt darauf, zerhackte und verſetzte es mit vielen guten
Gewürzen und machte es zu einer nur allzu ſchmackhaften
Speiſe. Als es Eſſenszeit war, ſetzte ſich Herr Guillem
mit ſeiner Gemahlin zu Tiſche; die Speiſen wurden aufge=
tragen: er aber, von den Gedanken an das Verbrechen, das
er begangen hatte, verhindert, aß nur wenig. Als ihm
nun der Koch das Gericht zuſandte, ließ er es der Dame
vorſetzen, bemerkte, er habe heute Abend keinen Hunger und

empfahl es ihr sehr. Die Dame, der es an Eßlust nicht
fehlte, kostete davon und da sie es sehr wohlschmeckend fand,
verzehrte sie es völlig.

Als der Ritter sah, daß die Dame das ganze Gericht
aufgegessen habe, hub er an: Nun, Frau, wie schmeckte euch
diese Speise? Sie antwortete: Wahrlich, Herr, sie behagte
mir sehr. So wahr mir Gott helfe, erwiederte der Ritter,
das glaube ich euch gern, denn es verwundert mich nicht,
wenn ihr an dem, was euch lebend mehr als Alles auf der
Welt behagte, auch da es todt ist, noch Behagen findet.

Als die Dame dies hörte, stutzte sie eine Weile; dann
sprach sie: Wie so? Was war es denn, was ihr mir zu
essen gegeben habt? Der Ritter antwortete: Was ihr ge=
gessen habt, war auf mein Wort das Herz des Herrn
Guillem von Cabestaing, welchen ihr als ein ungetreues
Weib so sehr geliebt habt. Seid versichert, es war es
wirklich, denn ich selbst habe es ihm kurz vor meiner Rück=
kunft mit diesen meinen Händen aus der Brust gerissen.

Ob die Dame über diese Botschaft von dem, den sie
über Alles liebte, Kummer empfand, ist wohl keine Frage.
Nach einer Weile sprach sie: Ihr handeltet als ein ehrloser
und nichtswürdiger Ritter, denn wenn ich, ohne von ihm
gezwungen zu werden, ihn zum Gebieter meiner Neigungen
erwählt und euch dadurch beleidigt hatte, so mußte mich,
nicht ihn die Strafe treffen. Das aber wollte Gott
nimmermehr, daß ich nach einer so edeln Speise, wie das
Herz eines so tapfern und hochgesinnten Ritters war, je
eine andere genieße.

Mit diesen Worten stand sie auf und stürzte sich, ohne
nur einen Augenblick anzustehen, rücklings aus einem hinter
ihr befindlichen Fenster. Dies Fenster war sehr hoch über

dem Boden, daher dieser Fall die Dame nicht blos tödtete, sondern fast ganz zerschmetterte. Als Herr Guillem dies sah, erschrak er sehr und fühlte wohl, daß er Unrecht ge= than habe; überdies bewog ihn die Furcht vor dem Volk und dem Grafen von Provence, die Pferde satteln zu lassen und die Flucht zu ergreifen.

Am andern Morgen war der ganze Hergang der Sache schon rings in der Gegend bekannt, daher die Leute von der Burg des Herrn Cabestaing und die von der Burg der Dame die beiden Leichen mit großem Kummer und Weh= klagen aufhoben, sie in der Burgkapelle der Dame in ein gemeinschaftliches Grab beisetzten und einige Verse darüber schreiben ließen, welche die Namen der daselbst Begrabenen und die Art und Ursache ihres Todes enthielten.

14.

Guiscardo und Ghismonda.

Tankredi, der Fürst von Salerno, wäre ein menschen= freundlicher und wohlwollender Fürst gewesen, hätte er sich nicht noch im Alter die Hände mit dem Blute zweier Liebenden befudelt. Er hatte die Zeit seines Lebens kein anderes Kind als eine Tochter und wohl ihm, wenn er auch diese nicht gehabt hätte! Der Vater war ihr mit so zärt= licher Liebe zugethan, als nur je eine Tochter von ihrem Vater geliebt werden mochte, und um dieser zärtlichen Liebe willen wußte er sich nicht von ihr zu trennen und verhei= rathete sie auch dann noch nicht, als sie die Zeit mannbarer

Reise schon um mehrere Jahre überschritten hatte. Endlich
vermählte er sie zwar dem Sohn des Herzogs von Capua,
allein nach kurzer Ehe kehrte sie verwittwet zu ihrem Vater
zurück. Sie war von Gesicht und Gestalt so schön, wie nur
je eine Frau gewesen sein mag und dabei jung, kräftig und
vielleicht klüger, als es einem Weibe taugen möchte.
Wie sie nun bei dem zärtlichen Vater in Behagen
und Ueberfluß lebte, wie es ihrem Stande geziemte und
wohl bemerkte, daß der Vater vor übergroßer Liebe zu ihr
wenig Sorge trug, sie wieder zu vermählen, während die
Scham sie abhielt, ihn darum anzusprechen, faßte sie den
Entschluß, sich wo möglich selber einen würdigen Geliebten
heimlich anzunehmen.

Am Hofe ihres Vaters sah sie viele Männer verkehren,
adlige und nicht adlige, wie es an den Höfen zu geschehen
pflegt, und indem sie das Betragen und Benehmen Vieler
darunter beobachtete, gefiel ihr vor Allen ein Jüngling in
ihres Vaters Diensten, der Guiscardo hieß und zwar von geringer Abkunft, aber durch Tugenden und Wohlgezogenheit edler
als alle andern war, daher sie sich, als sie ihn öfter sah und
immer größeres Behagen an seinem Benehmen fand, in aller
Stille auf das heftigste in ihn verliebte. Auch hatte der
Jüngling, dem es eben so wenig an Klugheit fehlte, ihre
Gesinnung erkannt, und sie so fest in sein Herz geschlossen,
daß sein Sinn allen andern Gedanken, als dem, sie zu
lieben, fast entfremdet war.

Während sich nun diese Beiden in solcher Weise heimlich liebten und die junge Dame nach nichts so sehr verlangte, als sich mit ihm zusammen zu finden, wollte sie
doch, um ihm die Mittel dazu kund zu geben, das Geheimniß ihrer Liebe Niemandem anvertrauen, sondern verfiel auf

eine neue List. Sie schrieb nämlich einen Brief und zeigte
ihm darin an, was er am folgenden Tage zu thun habe,
um mit ihr zusammen zu sein, steckte ihn in die Höhlung
eines Rohrs und gab dieses dem Guiscardo scherzend mit
den Worten: Mache deiner Magd heute Abend ein Blaserohr
daraus, womit sie das Feuer anschüren mag. Guiscardo
nahm es und dachte wohl, daß sie es ihm nicht ohne Ur=
sache gegeben und so gesprochen habe, weßhalb er sich ent=
fernte und damit nach seinem Hause zurückkehrte. Hier
besah er das Rohr, fand daß es gespalten war, öffnete es
und entdeckte ihren Brief darin; diesen las er und als er
nun wohl begriffen hatte, was ihm zu thun obliege, hielt er
sich für den glücklichsten Menschen, der je auf Erden gelebt
habe und traf auch gleich Anstalten, sie in der von ihr an=
gegebenen Weise zu besuchen.

Neben dem fürstlichen Schlosse hatte man vor undenk=
lichen Zeiten eine gehöhlte Grotte in den Berg gehauen,
welche ein spärliches Licht mittelst eines mühsam in den
Felsen getriebenen Luftlochs empfing, welches, weil die Höhle
selbst verlassen war, Dornen und andere Gesträuche oben
verdeckten. In diese Grotte nun konnte man mittelst einer
geheimen Treppe, aus einem von der Dame bewohnten
Zimmer im Erdgeschoß des Palastes gelangen, obgleich der
Eingang durch eine starke Thür versperrt war. Auch war
diese Treppe, von welcher seit einigen Jahren kein Gebrauch
gemacht worden, so ganz aus Aller Andenken verschwunden,
daß sich kaum noch Einer ihres Vorhandenseins erinnerte;
die Liebe aber, vor deren Augen nichts zu verbergen ist,
hatte sie der liebenden Dame in das Gedächtniß zurückge=
rufen. Damit nun Niemand Verdacht schöpfen könne, hatte
sie sich in der Stille viele Tage mit ihren Dietrichen abge=

mühet, ehe es ihr gelang, jene Thüre zu eröffnen; dann war sie allein in die Grotte hinabgestiegen, hatte hier das Luftloch gesehen und dem Guiscardo geschrieben, er möge dahin zu kommen trachten, wobei sie ihm auch die ungefähre Tiefe von dem Luftloch bis zur Erde angegeben hatte.

Zur Ausführung dieses Anschlags machte sich Guiscardo sogleich einen Strick mit großen Knoten und Schlingen zu= recht, um daran hinab und herauf zu steigen, kleidete sich in einen ledernen Koller, der ihn vor den Dornen schützen sollte und begab sich, ohne Jemanden ein Wort davon zu sagen, in der nächsten Nacht zu der Oeffnung, befestigte hier das eine Ende des Stricks an einen kräftigen Stamm, der in der Mündung des Luftlochs hervor wuchs, ließ sich so in die Grotte hinab und erwartete die Dame.

Diese stellte sich am folgenden Tage, als wolle sie schlafen, entließ ihre Begleiterinnen und verschloß sich in ihrer Kammer; alsdann öffnete sie die Thüre des Eingangs und stieg in die Höhle hinab, wo sie den Guiscardo fand und beide sich mit festlichem Jubel begrüßten, darauf zu= sammen in ihre Kammer gingen und hier einen großen Theil jenes Tages in hohen Freuden verbrachten. Als sie nun= mehr sorgfältig verabredet hatten, wie sie ihre Liebe auch ferner geheim halten wollten, kehrte Guiscardo nach der Grotte zurück, worauf sie den Eingang wieder verschloß und sich zu ihren Begleiterinnen hinaus begab. In der folgen= den Nacht kletterte Guiscardo an seinem Stricke empor, stieg durch die Oeffnung, durch welche er gekommen war, wieder hinaus und begab sich nach seiner Wohnung. Wie er aber einmal diesen Weg gelernt hatte, kehrte er im Verlauf der Zeit noch oft dahin zurück. Allein das Geschick, das den

Liebenden ein so langes und großes Glück beneidete, verkehrte
zuletzt ihre Freude in Jammer und Klage.

Tankredi pflegte mitunter ganz allein in das Zimmer
der Tochter zu kommen, wo er dann eine Weile blieb und
mit ihr sprach und hierauf wieder wegging. So kam er auch
eines Tages nach Tische zu ihr hinunter, als die Dame, welche
Ghismonda hieß, mit allen ihren Begleiterinnen im Garten
verweilte, trat, ohne von Jemand gesehen oder bemerkt zu
werden, hinein und wollte, da er sie nicht fand, ihr Vergnügen
nicht stören. Die Kammerfenster waren geschlossen und die
Vorhänge des Bettes herabgelassen; er setzte sich zu den
Füßen desselben in der Ecke auf einen Schemel, lehnte sein
Haupt auf das Bett, zog den Vorhang über sich, als hätte
er sich absichtlich verbergen wollen, und schlief ein.

Während er so schlief, ließ Ghismonda, die zum Un=
glück den Guiscardo auf diesen Tag beschieden hatte, ihre
Begleiterinnen im Garten, kehrte leise in ihr Zimmer zu=
rück, verschloß es von innen und öffnete, ohne zu bemerken,
daß Jemand zugegen sei, dem schon harrenden Guiscardo
die Thüre. Als sie sich nun ihrer Gewohnheit nach auf dem
Bette niederließen und mit einander zu scherzen und sich zu
ergötzen anfingen, geschah es, daß Tankredi erwachte und
dem, was Guiscardo mit der Tochter begann, zuhörte und
zusah. Hierdurch überaus schmerzlich betrübt, wollte er sie
erst anfahren; allein bald entschloß er sich, zu schweigen und
wo möglich verborgen zu bleiben, um hernach mit mehr
Vorsicht und zu geringerer Schmach seines Hauses das aus=
führen zu können, was er sich schon entschieden hatte zu
thun.

Die beiden Liebenden blieben, wie sie gewohnt waren,
eine geraume Zeit beisammen, ohne Tankredi zu bemerken;

als es sie aber Zeit däuchte, stiegen sie von dem Bette, wor=
auf Guiscardo nach der Grotte zurückkehrte und sie die
Kammer verließ. Aus dieser ließ sich Tankredi, obwohl
er schon bei Jahren war, durch ein Fenster in den Garten
nieder und kehrte, ohne von Jemand gesehen zu werden, bis
zum Tode betrübt zu seinem Gemache zurück. Auf seinen
Befehl wurde Guiscardo in der folgenden Nacht, als er um
die Zeit des ersten Schlafes aus dem Luftloch schlüpfte und
der lederne Koller ihm beim Entfliehen beschwerlich fiel, von
zwei Knechten ergriffen und heimlich vor Tankredi geführt.

Als dieser ihn erblickte, sprach er fast weinend zu ihm:
Guiscardo, meine Güte gegen dich hat den Schimpf und die
Schande nicht verdient, die du mir an meiner Tochter zu=
gefügt hast, wie ich es heute mit eigenen Augen sah. Hier=
auf antwortete ihm Guiscardo nichts weiter als die Worte:
Liebe vermag unendlich viel mehr als Ihr und ich. Tankredi
gab nun Befehl, ihn in einem der anstoßenden Zimmer in
aller Stille zu bewachen; und so geschah es. Am folgenden
Tage aber begab sich Tankredi, nachdem er viele und mancherlei
Vorsätze durchdacht hatte, seiner Gewohnheit zufolge, nach
Tische in das Zimmer seiner Tochter, welche von dem Ge=
schehenen noch nichts ahnete; ließ sie vor sich rufen, ver=
schloß sich von innen mit ihr und hub unter Thränen so zu
ihr zu sprechen an: Ghismonda, ich glaubte deiner Tugend
und Ehrbarkeit so gewiß zu sein, daß es mir, wenn ich es
nicht mit eigenen Augen gesehen hätte, auch nach wieder=
holten Versicherungen nie in den Sinn gekommen wäre, daß
du nur daran denken würdest, dich einem Manne, der nicht
dein ehelicher Gemahl wäre, hinzugeben, geschweige denn,
daß du es wirklich thun könntest: daher ich in diesem kurzen
Ueberrest des Lebens, den mein Alter mir noch vorbehält, nie

eine frohe Stunde finden werde, wenn ich dessen gedenke.
Hätte Gott nur gewollt, wenn du dich einmal zu solcher
Sittenlosigkeit hinreißen lassen solltest, daß du einen Mann
erwählt hättest, wie er deinem Abel geziemend gewesen wäre.
Allein unter so Vielen, die an meinem Hofe verkehren, hast
du den Guiscardo, einen Jüngling von der niedrigsten Her=
kunft, der an unserm Hofe so zu sagen um Gotteswillen
seit der frühesten Kindheit erzogen und ernährt worden ist,
auserwählt und mich dadurch in die größte Seelenbetrübniß
gestürzt, in welcher ich nicht weiß, was ich über dich be=
schließen soll. Was den Guiscardo betrifft, den ich diese
Nacht, als er durch die Oeffnung schlüpfte, ergreifen
ließ und nun gefangen halte, so habe ich schon einen
Entschluß über ihn gefaßt; mit dir aber weiß ich beim
Himmel nicht, was ich anfangen soll. Von der einen Seite
bewegt mich die Liebe, mit welcher ich dir immer zärtlicher
zugethan war, als je ein Vater seiner Tochter; von der
andern der gerechte Unwille, den ich über deine arge Misse=
that empfinde: jene will, daß ich dir vergebe; dieser ver=
langt, daß ich gegen meine Natur grausam wider dich ver=
fahre. Bevor ich aber einen Entschluß fasse, wünsche ich zu
hören, was du selber hierüber zu sagen hast. Und mit
diesen Worten senkte er sein Angesicht nieder und weinte so
heftig, als ein Kind nach den heftigsten Schlägen nur weinen
könnte.

Als Ghismonda aus diesen Worten des Vaters er=
kannte, daß nicht nur ihre heimliche Liebe entdeckt, sondern
auch Guiscardo gefangen sei, fühlte sie unsägliche Schmerzen
und war einige Mal nahe daran, sie in lautem Jammer
und Thränen, wie es der meisten Weiber Sitte ist, kund zu
geben; aber doch bezwang ihre stolze Seele diese Schwäche,

beherrschte die Züge ihres Gesichts mit wunderbarer Kraft und faßte, in der Meinung, daß ihr Guiscardo schon todt sei, den festen Entschluß, lieber aus diesem Leben zu scheiden, als die geringste Bitte für sich einzulegen. Demnach antwortete sie dem Vater nicht wie ein unglückliches, wegen eines Fehltrittes zurechtgewiesenes Weib, sondern in unerschüttertem Gleichmuth, mit trockenen Augen und heiterm, keine Spur von Bestürzung verrathendem Angesicht in dieser Weise: Tankredi, ich bin weder zu leugnen noch zu bitten gesonnen, denn das Eine würde mir nichts helfen und des Andern Hülfe verschmähe ich; überdies aber gedenke ich auch mit Nichten deine Güte und Milde mir geneigt zu machen, sondern ich will die Wahrheit bekennen und erst meine Ehre mit unumstößlichen Gründen vertheidigen, dann aber die Größe meiner Seele in Thaten standhaft erhärten. Es ist wahr, daß ich den Guiscardo geliebt habe, daß ich ihn noch liebe und ihn lieben werde, nicht nur so lange ich lebe, denn das wäre kurze Zeit, sondern wenn man nach dem Tode noch liebt, so will ich auch dann nicht aufhören ihn zu lieben. Hierzu hat mich aber nicht sowohl meine weibliche Schwäche, als deine Saumseligkeit mich zu vermählen, und seine Trefflichkeit bewogen. Es konnte dir, Tankredi, nicht unbekannt sein, da du selber von Fleisch und Blut bist, daß die Tochter, welche du gezeugt hattest, aus Fleisch und Blut und nicht von Stein oder Eisen gebildet sei; du mußtest dich erinnern und mußt es noch heute, obwohl du jetzt alt geworden bist, wie sehr und mit welcher Gewalt die Gesetze der Natur die Jugend bestürmen und ob du gleich als Mann einen Theil deiner bessern Jahre in Waffenübungen verbracht hast, so mußtest du doch nichtsdestoweniger wissen, wie viel Muße und Wohlleben über alte, geschweige denn über junge Leute

vermögen. Ich bin mithin, als deine Tochter, von Fleisch
und Blut und, weit entfernt, verlebt zu sein, noch ein
junges Weib und aus beiden Gründen voll heimlicher Wünsche,
die dadurch zu unwiderstehlicher Kraft in mir gediehen sind,
daß ich schon einmal verheirathet gewesen bin und also er=
fahren habe, wie süß es ist, diese Wünsche zu befriedigen.
Da ich nun ihrer Gewalt nicht widerstehen konnte, so be=
schloß ich, weil ich denn jung und ein Weib sei, den Weg
zu verfolgen, den sie mich führen würden und gab mich der
Liebe hin. Aber alle Kräfte bot ich auf, durch den Fehl=
tritt, zu dem die Natur mich zwang, weder dir noch mir,
so weit ich es verhindern konnte, Schande zu bereiten. Und
hierzu hatten Amors Mitleid und ein günstiges Geschick mir
so verborgene Wege erkundet und gewiesen, daß ich, ohne
daß es Jemand erfuhr, das Ziel meiner Wünsche erreichte.
Dies Alles, wer es dir auch angezeigt hat, oder wie du es
wissen magst, leugne ich nicht: den Guiscardo aber habe ich
nicht, wie Viele pflegen, aufs Gerathewohl erwählt, sondern nach
reiflicher Ueberlegung habe ich ihn aus allen Andern erlesen, mit
kluger Vorsicht ihn zu mir eingeführt und mit weiser Beharr=
lichkeit, sowohl von meiner Seite als von seiner, lange Zeit der
Erfüllung meiner Wünsche genossen. Gerade dies aber, noch
außer der Sünde, wozu die Liebe mich hinriß, scheinst du, mehr
der gemeinen Meinung als der Wahrheit folgend, mir mit be=
sonderer Bitterkeit vorzuwerfen, indem du sagst, ich habe mich
einem Menschen niedern Standes ergeben, just als ob es dich
nicht gekränkt haben würde, wenn ich mir einen vornehmen Mann
dazu erwählt hätte. Du wirst nicht gewahr, daß du hierin
nicht meinen Fehler, sondern den des Glückes rügest, welches nur
allzu oft die Unwürdigen emporhebt, während es die Würdigsten
in die Tiefe drückt. Aber lassen wir dies jetzt und wenden

nun einmal den Blick auf das Wesen der Dinge, so wirst
du erkennen, daß unser Aller Fleisch und Blut aus gleichem
Stoffe besteht und daß alle Seelen von demselben Schöpfer
mit gleichen Kräften, gleichen Anlagen und gleichen Fähigkeiten
geschaffen worden sind. Erst das Verdienst hat zwischen
uns, die wir von Geburt Alle gleich waren und sind, einen
Unterschied gesetzt und diejenigen, welche es im höhern Grade
besaßen oder sich erwarben, wurden nun edel genannt;
während die übrigen unedel blieben. Und obgleich abweichende
Gebräuche dieses Gesetz in Schatten gestellt haben, so ist es
darum doch nicht aufgehoben, noch der Natur und den guten
Sitten entfremdet, und darum beweist Jeder, der edel handelt,
unwiderleglich, daß er edel ist, und wenn ihn Jemand anders
nennt, so beschimpft er dadurch nicht Jenen, sondern sich
selbst. Sieh dich unter allen deinen Edelleuten um, prüfe
ihre Tugenden, ihre Sitten und ihr Betragen und stelle ihnen
Guiscardo mit den seinigen gegenüber, und wenn du dann
unbefangen urtheilen willst, so wirst du gestehen müssen, daß
er überaus edel ist und diese deine Edeln alle nur gemeine
Menschen sind. Ich habe mich aber in Bezug auf die Tugenden
und den Werth Guiscardo's auf Niemands Zeugniß, als auf
das deiner Worte und meiner Augen verlassen. Wer rühmte
ihn wohl jemals so sehr, als du ihn aller der preislichen
Dinge willen rühmtest, die an einem Würdigen des Rühmens
werth sind; und gewiß thatest du daran nicht unrecht, denn
wenn meine Augen mich nicht täuschen, so hast du ihn wegen
keiner Tugend gerühmt, die ich ihn nicht viel herrlicher hätte
üben sehen, als deine Worte es auszudrücken vermochten: sollte
hierin aber dennoch einige Täuschung bei mir untergelaufen
sein, so wärst du Derjenige, der mich getäuscht hätte. Sagst
du also, ich habe mich mit einem Menschen gemeinen Schlages

eingelassen, so sagst du die Wahrheit nicht. Sagtest du aber
etwa mit einem a r m e n Menschen, so könnte man dir zu
deiner Schande wohl einräumen, daß du es so wenig ver=
standen hast, die Umstände eines würdigen Mannes in deinen
Diensten zu verbessern. Doch Armuth beraubt Niemand des
Adels, nur der Habe. Viele Könige, viele große Fürsten
sind arm gewesen, und Viele, die hinter dem Pfluge gehen
und das Vieh hüten, besaßen und besitzen große Reichthümer.
Das letzte Bedenken, dessen du gedachtest, nemlich was du
mit mir beginnen solltest, kannst du dir ganz ersparen, wenn
du in deinem spätesten Alter gesonnen bist zu thun, was du
in deiner Jugend nicht pflegtest, nemlich den Wütherich zu
spielen. Uebe alle deine Grausamkeit an mir, als der ersten
Ursache dieses Vergehens, wenn es ein Vergehen ist: denn
ich bin nicht gesonnen, dein Mitleid irgend anzuflehen; vielmehr betheuere ich dir, wenn du das, was du an Guiscardo
gethan hast oder thun willst, nicht an mir ebenfalls thust, so
sollen diese meine Hände es statt deiner thun. Wohlan denn,
geh' hin, mit Weibern Thränen zu vergießen, oder werde ein
Wütherich und richte, wenn du glaubst, daß wir es verdient
haben, ihn und mich mit einem einzigen Schlage hin.

Wohl erkannte der Fürst aus dieser Rede die Seelen=
größe der Tochter, allein er glaubte sie doch nicht so fest
entschlossen, die angedeutete Drohung auszuführen, als sie zu
erkennen gegeben hatte. Er verließ sie also und gab zwar
den Vorsatz, wider sie selber grausam zu verfahren, völlig
auf, gedachte aber durch andere Gewaltmittel ihre glühende
Liebe abzukühlen und befahl zu dem Ende den beiden Knechten,
welche den Guiscardo bewachten, sie sollten ihn in der näch=
sten Nacht ohne alles Geräusch erdrosseln, ihm das Herz aus
dem Leibe nehmen und dieses ihm, dem Fürsten, überbringen.

Am folgenden Tage ließ sich also der Fürst eine große und schöne Goldschale kommen, legte das Herz Guiscardo's hinein und schickte es der Tochter durch einen seiner vertrautesten Diener, welchen er bei Ueberreichung der Schale so zu sprechen beauftragte: Dies schickt dir dein Vater, um auch dir an Dem, was du über Alles liebst, Freude zu gewähren, wie du ihm an Dem, was er über Alles liebte, gewährt hast.

Unerschütterlich fest in ihrem schrecklichen Vorsatze hatte sich unterdeß Ghismonda, sobald ihr Vater weggegangen war, giftige Kräuter und Wurzeln kommen lassen, aus welchen sie ein Wasser bereitete, das sie zur Hand haben wollte, sobald was sie fürchtete, geschähe. Als nun der Diener mit dem Geschenk und den Worten des Fürsten kam, ergriff sie mit festem Blick die Schale, deckte sie auf und zweifelte, als sie das Herz erblickte und die Worte vernahm, keinen Augenblick, daß es Guiscardo's Herz sei; daher hob sie das Haupt zu dem Diener auf und sprach: Wahrlich, kein geringerer Sarg, als ein goldener, geziemte einem Herzen wie dieses und sehr verständig hat hieran mein Vater gehandelt. Mit diesen Worten führte sie es zum Munde, küßte es und sprach weiter: In allen Dingen und immerdar, bis zu diesem äußersten Ziel meines Lebens hat mein Vater mir die zärtlichste Liebe bewiesen; jetzt aber mehr als je zuvor und darum bitte ich dich, ihm für dies köstliche Geschenk in meinem Namen den letzten Dank zu sagen, den ich ihm jemals sagen werde.

Nach diesen Worten, neigte sie sich über die Schale, welche sie fest umarmt hielt, blickte das Herz an und sprach: O du süßeste Herberge aller meiner Freuden! verflucht sei die Grausamkeit dessen, der meinen leiblichen Augen deinen

Anblick verschafft hat; genügte es mir doch, dich mit den
Augen des Geistes immerdar vor mir zu schauen. Du hast
nun deinen Lauf vollbracht und Alles überstanden, was das
Schicksal dir hienieden Uebles zugedacht hatte. Du hast das
Ziel erreicht, dem Jeder entgegen eilt; hast alles Elend und
Trübsal dieser Welt hinter dir gelassen, und von deinem
Todfeind selbst ein Grab erhalten, wie es deinem Werthe
gebührte. Nichts gebricht dir nun zu einer vollen Bestattung
als die Thränen Derjenigen, die du im Leben so zärtlich ge=
liebt hast, und damit auch diese dir zu Theil würden, gab
es das Schicksal meinem unbarmherzigen Vater in den Sinn,
daß er dich mir überschickte und ich will sie dir gewähren,
obgleich ich entschlossen war, mit trockenen Augen und durch
keine Empfindung getrübten Zügen zu sterben. Hast du
dann den Zoll meiner Thränen empfangen, so werde ich mit
deiner Hülfe ohne Säumen dazu thun, daß sich meine Seele
mit der theuern vereinige, die du einst so gerne beherbergt
hast. Und in welcher Gesellschaft möchte ich wohl ruhiger
und sicherer den Weg zu dem unbekannten Lande antreten,
als in ihrer? Ich weiß gewiß, sie weilt noch hierinnen und
weidet sich an dem Schauplatz ihrer und meiner Freuden,
und da ich nicht zweifeln darf, daß sie mich noch liebt, so
erwartet sie wohl die meine, von welcher sie inbrünstig ge=
liebt wird.

Als sie so gesprochen hatte, senkte sie, ohne nach Art
der Weiber laut zu klagen, ihr weinendes Angesicht über die
Schale, und begann unter tausend Küssen, die sie dem todten
Herzen gab, nicht anders, als trage sie einen Brunnen in
ihrem Haupte, einen solchen Strom von Thränen zu ver=
gießen, daß es ein Wunder zu schauen war. Ihre Be=
gleiterinnen, welche um sie herstanden, wußten weder, was

dies für ein Herz sei, noch was ihre Worte bedeuten sollten;
doch von Mitleid ergriffen, weinten sie alle mit ihr, fragten
gerührt, aber vergebens nach der Ursache ihres Weinens und
beflissen sich noch weit mehr, ihr so gut sie konnten und
wußten, Trost zuzusprechen.

Als sie nun genug geweint zu haben glaubte, richtete
sie ihr Haupt wieder empor, trocknete sich die Augen und
sprach: O, vielgeliebtes Herz, da ich nun jede Pflicht gegen
dich erfüllt habe, so bleibt mir nichts weiter zu thun übrig,
als meine Seele der deinen zur Begleiterin zu senden. Nach
diesen Worten ließ sie sich die Flasche mit dem Wasser
reichen, das sie am gestrigen Tage gebraut hatte, goß es
in die Schale, welche das von ihren häufigen Thränen ge-
badete Herz enthielt, setzte sie ohne alle Furcht an den Mund
und trank sie leer. Hierauf bestieg sie, die Schale in der
Hand, ihr Bett, legte sich in der würdigsten Lage, die sie
ihren Gliedern zu geben wußte, zur Ruhe, drückte das Herz
ihres Geliebten an das ihre und erwartete, ohne noch ein
Wort zu sagen, den Tod.

Ihre Begleiterinnen, die dies Alles sahen und hörten,
ohne zu wissen, was es für ein Wasser sei, das sie getrunken
habe, hatten unterdeß dem Fürsten Nachricht von dem Geschehenen gesandt, worauf Tankredi, von der Ahnung des
Ausgangs ergriffen, zu der Kammer der Tochter hinabstieg,
welche er in dem Augenblick erreichte, als Ghismonda sich
auf ihr Bett niederlegte. Jetzt da es zu spät war, hub er
an, sie mit süßen Worten zu trösten; als er aber sah, wohin es mit ihr gekommen sei, brach er in schmerzliche Thränen
aus. Da sprach Ghismonda zu ihm: Spare diese Thränen,
Tankredi, für ein Unglück, das dir weniger erwünscht kommt,
als das meine und verschwende sie nicht um mich, denn ich

begehre sie nicht. Wen außer dir sah man wohl je um das weinen, was er selber gewollt hat? Wenn aber die Liebe, die du sonst zu mir getragen hast, noch in dir fort lebt, so gewähre mir dies als die letzte Gunst, daß, wenn du nicht dulden wolltest, daß ich heimlich und im Verborgenen mit Guiscardo leben sollte, nun meine Leiche mit der Seinigen, wohin du sie auch hast werfen lassen, öffentlich zusammen ruhe.

Das beklemmende Herzeleid verhinderte den Fürsten, ihr zu antworten. Ghismonda aber fühlte, daß sie ihr Ziel erreicht habe, drückte das todte Herz noch einmal an ihre Brust und sprach: Bleibt mit Gott, ich scheide. Ihre Augen verschleierten sich, die Sinne vergingen ihr, sie war aus diesem traurigen Leben geschieden. Dies unselige Ende nahm, wie ihr vernommen habt, die Liebe Guiscardo's und Ghismonden's. Nach langer Trauer und später Reue über seine Grausamkeit ließ Tankredi die Liebenden, unter allgemeinem Bedauern aller Salernitaner, in einem gemeinschaftlichen Grabmahl ehrenvoll bestatten.

15.

Griseldis.

Schon vor langer Zeit war das Haupt des Hauses der Markgrafen von Saluß ein junger Mann mit Namen Walther, der weder Weib noch Kind hatte und seine Zeit nur mit Jagd und Vogelfang zubrachte, ohne daß er je bedacht gewesen wäre, eine Frau zu nehmen und Kinder zu zeugen; woran er meines Erachtens nicht unweise that.

Seine Lehnsleute aber, welchen dies nicht gefiel, baten ihn
zu wiederholten Malen, sich zu vermählen, damit er nicht
ohne Erben und sie nicht ohne Herren verblieben; auch er=
boten sie sich, ihm eine Gemahlin zu suchen, die an sich
selbst und durch ihre Herkunft von väterlicher und mütter=
licher Seite ihnen die Aussicht auf eine glückliche Zukunft
eröffne und ihn völlig zufrieden stelle. Aber Walther ent=
gegnete ihnen: Lieben Freunde, ihr zwingt mich zu einer
Sache, die ich fest entschlossen war niemals zu thun, weil ich
erwogen hatte, wie schwer es sei, eine Gattin zu finden,
deren Neigungen ganz mit den unsrigen übereinstimmen;
wie häufig vielmehr die Beispiele des Gegentheils seien, und
welch ein trauriges Leben Derjenige führe, dem eine Gattin
zu Theil geworden ist, die nicht wohl zu ihm paßt. Wenn
ihr aber sagt, daß ihr an den Sitten der Väter und Mütter
euch die Töchter zu erkennen getraut, und daraus folgert,
daß es in eurer Macht stehe, mir eine solche zu geben,
die mir gefallen werde, so ist dies eine große Thorheit,
angesehen, daß ich nicht wüßte, wie ihr die Väter erkennen,
oder die Heimlichkeiten der Mütter ergründen solltet, und
selbst wenn euch dies gelänge, so sind ja die Töchter
nur allzu oft den Vätern und Müttern ganz unähnlich.
Da es aber euer Wille ist, mich in diese Ketten zu schmieden,
so will ich mich darein fügen, und damit ich mich, wenn es
übel ausschlüge, nur über mich selbst zu beklagen habe, so
gedenke ich auch selber die Wahl der Gattin zu treffen,
wobei ich euch aber diese Versicherung gebe: wenn die,
welche ich immer wählen möge, von euch nicht als eure
Herrin geehrt wird, so sollt ihr zu euerm großen Schaden
erfahren, wie sauer es mir geworden ist, mich gegen meinen
Willen auf eure Bitten zu einer Heirath zu entschließen.

Die würdigen Männer erwiederten, sie seien mit Allem zu=
frieden, wenn er sich nur bewegen lasse, eine Frau zu
nehmen.

Schon eine geraume Zeit hatte Herrn Walther das
Benehmen eines armen Mädchens gefallen, die aus einem
seiner Burg benachbarten Dorfe gebürtig war; auch schien
sie ihm schön genug und so glaubte er mit ihr ein recht
glückliches Leben führen zu können. Ohne länger zu suchen,
entschloß er sich mithin, sie zu heirathen, ließ ihren Vater
zu sich rufen, und wurde mit diesem, der sehr arm war,
dahin einig, daß sie seine Gattin werden solle. Als dies
geschehen war, rief Herr Walther alle seine Freunde und
Lehnsleute zusammen und sprach zu ihnen: Lieben Freunde,
es ist euer Wunsch gewesen, und ist es noch, daß ich mich
entschlösse, eine Gattin zu nehmen, und ich habe mich dazu
entschlossen, mehr um euch gefällig zu sein, als weil mich
selbst nach einer Frau verlangt hätte. Ihr wißt, was ihr
mir versprochen habt, nemlich euch eine jede gefallen zu
lassen, und sie als eure Gebieterin zu ehren, welche ich
immer wählen möge. Jetzt ist also die Zeit gekommen,
wo ich euch mein Versprechen zu halten gedenke, und wo ich
verlange, daß auch ihr das eurige haltet. Ich habe ganz
in unserer Nähe ein Mädchen nach meinem Herzen gefunden,
welches ich zur Frau zu nehmen und binnen wenigen Tagen
in mein Haus zu führen gedenke; seid also bedacht, eine
schöne Hochzeit auszurichten und ihr einen ehrenvollen
Empfang zu gewähren, damit ich Ursache habe, mit der Er=
füllung eures Versprechens so zufrieden zu sein, wie ihr mit
der des meinigen habt.

Die guten Leute freuten sich und antworteten einhellig,
sie seien es gern zufrieden: sie möge sein, wer sie wolle,

so würden sie dieselbe zu ihrer Herrin annehmen und in
allen Dingen als solche ehren. Hierauf schickten sich Alle
an, ein schönes, großes und fröhliches Fest zu bereiten und
ein Gleiches that Herr Walther. Er ließ die Hochzeit auf
das Schönste und Herrlichste zurüsten und viele seiner
Freunde und Verwandten, nebst seinen vornehmsten Lehns=
leuten und andern aus der Nachbarschaft dazu einladen;
überdies ließ er viele schöne und reiche Kleider nach dem
Maaß eines Mädchens zuschneiden, welches ihm mit der=
jenigen, die er zu heirathen entschlossen war, von gleichem
Wuchs zu sein schien; endlich hielt er Gürtel und Ringe,
und einen schönen und kostbaren Brautkranz bereit, so wie
Alles, was einer Neuvermählten geziemt.

Als nun der Tag erschien, den er zur Hochzeit an=
beraumt hatte, stieg Herr Walther gegen die dritte Stunde
des Morgens zu Pferde, und mit ihm Alle, welche ihm zu
Ehren gekommen waren, und nachdem er die nöthigen
Befehle ertheilt hatte, hub er an und sprach: Ihr Herren,
nun ist es Zeit, die junge Braut einzuholen. Hierauf machte
er und seine ganze Begleitung sich auf den Weg; sie ge=
langten zu dem Dörfchen, und als sie das Haus ihres
Vaters erreicht hatten, fanden sie das Mädchen, wie es eben
in großer Eile mit Wasser vom Brunnen zurückkehrte, um
sich dann mit andern Frauen aufzumachen, und Herrn
Walthers Braut kommen zu sehen.

Als Herr Walther sie erblickte, rief er sie bei ihrem
Namen, nemlich Griseldis, und fragte sie, wo ihr Vater
sei. Verschämt gab sie ihm zur Antwort: Er ist zu Hause,
mein Gebieter. Herr Walther stieg nun ab, befahl Allen,
ihn zu erwarten und trat allein in die ärmliche Hütte, wo
er ihren Vater fand, welcher Janicola hieß, und zu ihm

sprach: Ich bin gekommen, um Griseldis zu heirathen; zuvor aber wünsche ich, in deiner Gegenwart etwas von ihr zu erfahren. Alsdann legte er ihr die Frage vor, ob sie sich, wenn er sie zum Weibe nehme, bestreben wolle, ihm immer gefällig zu sein, und über Nichts, was er auch thun oder sagen möge, sich zu erzürnen; ob sie ihm gehorsam sein wolle? und viele andere ähnliche Dinge, welche sie alle mit Ja beantwortete.

Hierauf ergriff sie Walther bei der Hand, führte sie hinaus und ließ sie in Gegenwart seiner ganzen Begleitung und aller Uebrigen entkleiden, und nachdem er die Gewänder, die auf seinen Befehl angefertigt worden, hatte kommen lassen, ließ er sie damit von Kopf bis zu Fuß bekleiden und ihren Haaren, so kunstlos sie geordnet sein mochten, den Brautkranz aufdrücken, worauf er die Anwesenden, welche über diesen Vorgang höchst verwundert waren, also anredete: Ihr Herren, dies ist das Mädchen, welches ich zu meiner Frau zu nehmen gedenke, wenn sie mich zum Manne will. Dann wandte er sich zu ihr, welche über sich selbst schamroth und erwartungsvoll dastand, und fragte sie: Griseldis, willst du mich zum Manne? Worauf sie er= wiederte: Ja, mein Gebieter. Und ich, fuhr er fort, will dich zu meiner Frau. So verlobte er sich ihr in Gegen= wart Aller; dann ließ er sie ein Reitpferd besteigen, und führte sie mit ehrenvoller Begleitung zu seinem Hause. Hier ward die Hochzeit schön und prächtig und das Fest nicht geringer, als ob er die Tochter des Königs von Frank= reich gefreit hätte. Die junge Braut schien mit den Kleidern auch Benehmen und Wesen ausgetauscht zu haben und so schön sie war, so gefällig, anmuthig wohlgezogen zeigte sie sich jetzt, so daß sie nicht mehr die Tochter des Janicola

oder eines Schafhirten, sondern irgend eines vornehmen
großen Herrn zu sein schien, wodurch sie Jeden in Erstaunen
setzte, der sie früher gekannt hatte. Ueberdies aber war sie
ihrem Gemahl so gehorsam und dienstbar, daß er sich für
den glücklichsten und zufriedensten Menschen auf Erden
hielt, und gleicherweise den Unterthanen ihres Gemahls so
gütig und liebreich, daß Niemand war, der sie nicht mehr
als sich selbst geliebt und ihr gern Ehre erwiesen hätte,
indem Alle für ihr Wohl, ihr Glück und ihre Erhebung zu
Gott beteten und die, welche sonst zu sagen pflegten, Walther
habe wenig Klugheit bewiesen, da er sie zur Frau genommen,
nun gestanden, er sei der weiseste und scharfsichtigste Mann
von der Welt, da es keinem andern als ihm gelungen sei,
ihre hohe Tugend unter der Hülle der Lumpen und des
bäurischen Kleides zu entdecken. Und kurz, nicht blos in
ihrer Markgrafschaft, sondern überall wußte sie, ehe lange
Zeit verlief, von ihrer Tugend und ihren guten Werken
reden zu machen und Alles ins Gegentheil zu verkehren,
was etwa gegen ihren Gemahl, als er sie zur Frau nahm,
gesagt worden war.

Nicht lange hatte sie mit Walther gelebt, als sie
schwanger ward und zur rechten Zeit eines Mädchens genas,
worüber Walther große Freude bezeigte. Bald nachher
aber kam ihm ein anderer Einfall in den Sinn, nemlich
durch lange Prüfung und beinah unerträgliche Leiden ihre
Geduld in Versuchung zu führen: zu welchem Ende er sie
zuerst mit Worten zu stacheln begann, indem er sich un=
muthig stellte und sagte, seine Lehnsleute seien ihrer niedern
Geburt wegen sehr unzufrieden mit ihr, besonders jetzt, da
sie sähen, daß sie Kinder bringe; und besonders seien sie
wegen der Geburt einer Tochter unwillig und thäten nichts

denn murren. Als Griseldis diese Worte vernahm, sprach sie, ohne ihre Züge oder ihr Benehmen im Mindesten zu ändern: Mein Gebieter, thu' mit mir was dir zu deiner Ehre und Beruhigung das Beste scheint; ich werde mit Allem zufrieden sein, da ich weiß, wie viel weniger ich gelte als jene, und daß ich der Ehre nicht würdig war, zu welcher mich deine Großmuth erhoben hat.

Diese Antwort war Herrn Walther sehr werth, da sie ihm zeigte, daß seine Gattin durch alle die Ehren, die er und Andere ihr erwiesen hatten, nicht hochfährtig geworden sei. Bald darauf, nachdem er der Gattin in allgemeinen Ausdrücken zu verstehen gegeben, seine Lehnsleute wollten das Mädchen, das sie geboren habe, nicht dulden, schickte er einen wohl unterrichteten Diener zu ihr, welcher mit sehr betrübtem Antlitz zu ihr sprach: Herrin, wenn ich nicht sterben will, so muß ich thun, was mein Herr mir befiehlt. Er hat mir befohlen, euer Töchterchen zu nehmen und es . . . . , mehr sagte er nicht. Als die Dame diese Worte vernahm, dem Diener ins Antlitz sah und sich dabei der Worte ihres Gemahls erinnerte, verstand sie wohl, daß er beauftragt sei, das Kind zu tödten. Sogleich nahm sie es daher aus der Wiege, küßte und segnete es, und so weh es ihr im Herzen that, sich von ihm zu trennen, legte sie es doch, ohne die Farbe zu wechseln, dem Diener in den Arm und sprach: Nimm und vollziehe genau, was mein und dein Gebieter dir aufgetragen hat, laß es aber nicht den wilden Thieren und Vögeln zum Raub, es sei denn, daß er es dir ausdrücklich befohlen hätte.

Der Diener nahm das Kind und brachte Herrn Walther Nachricht, was seine Gattin gesagt habe, worauf ihn dieser, über ihre Standhaftigkeit staunend, mit dem Kinde nach

Bologna zu einer Verwandten schickte, welche er bat, es
sorgfältig zu erziehen und zu bilden, ohne Jemand zu sagen,
wessen Tochter es sei.

Es geschah hierauf, daß Griseldis sich von Neuem
schwanger fühlte und zur richtigen Zeit ein männliches
Kind gebar, worüber Walther große Freude hatte. Weil
ihm aber, was er gethan hatte, noch nicht genügte, durch=
bohrte er die Gattin mit noch größeren Schmerzen, indem
er eines Tages mit zürnendem Antlitz zu ihr sprach:
Seit du den Knaben geboren hast, kann ich mit meinen
Leuten nicht mehr Frieden gewinnen, so bitter beklagen sie
sich, daß ein Enkel Janicola's nach mir ihr Herr werden
soll, daher fürchte ich, wenn ich nicht verjagt werden will,
wiederum thun zu müssen, was ich schon einmal gethan
habe, und zuletzt werde ich mich wohl gar gezwungen sehen,
dich zu verstoßen und eine andere Frau zu nehmen.
Griseldis hörte ihn mit geduldigem Muthe an und ant=
wortete nichts, als dies: Mein Gebieter, sinne nur, dich zu
befriedigen und deinen Wünschen zu genügen, und sei
meinetwegen außer Sorgen, denn für mich hat kein Ding
irgend Werth, als so weit ich sehe, daß es dir gefällt.

Wenige Tage darauf schickte Herr Walther in derselben
Weise, wie er nach der Tochter geschickt hatte, auch nach
dem Knaben, stellte sich wieder, als habe er ihn umbringen
lassen, und sandte ihn heimlich, um ihn erziehen zu lassen,
nach Bologna, wie es mit der Tochter geschehen war. Bei
dieser Gelegenheit zeigte Griseldis kein anderes Gesicht, und
sprach kein anderes Wort, als sie bei der Tochter gethan
hatte, worüber Herr Walther höchlich erstaunte, und sich
selber eingestand, kein anderes Weib vermöge das zu dulden,
was sie erduldet habe. Und hätte er sie nicht, so lange

es ihm gefiel, sterblich in die Kinder vergafft gesehen, so
würde er geglaubt haben, sie mache sich nichts daraus,
während er jetzt überzeugt war, sie thue es als eine ver=
ständige Frau. Seine Unterthanen, welche in dem Wahn
standen, er habe die Kinder tödten lassen, tadelten ihn sehr
und schalten ihn grausam; mit der Frau aber hatten sie
das größte Mitleid. Diese erwiederte aber den Frauen,
welche ihr über diesen Tod der Kinder Mitleid bezeigten,
nichts Anderes, als ihr müsse Alles Recht sein, was dem
gefalle, der sie erzeugt habe.

Als aber seit der Geburt des Mädchens mehrere
Jahre hingegangen waren, schien es Herrn Walther Zeit,
ihre Duldsamkeit der letzten Probe zu unterwerfen, weßhalb
er gegen Viele der Seinigen erklärte, er könne es nicht
länger ertragen, Griseldis zur Frau zu haben. Er sehe
jetzt ein, daß es ein unbedachter Jugendstreich gewesen sei,
sie zu nehmen, und daher werde er es nach Kräften bei
dem Pabst zu bewirken suchen, daß ihm erlaubt werde, eine
andere Frau zu nehmen und Griseldis zu verstoßen. Hier=
über ward er zwar von vielen würdigen Leuten bitter zu=
recht gewiesen, welchen er aber nichts erwiederte, als es
könne nicht anders sein.

Als die Frau hiervon hörte und nun gewärtigen mußte,
ehstens wieder zu der Hütte ihres Vaters zurückzukehren,
um wohl gar wieder, wie sie sonst gethan hatte, die Schafe
zu hüten, während sie eine andere Frau im Besitz dessen
sehen sollte, den sie mit ganzer Seele liebte, begann sie sich
innigst zu betrüben, entschloß sich aber, wie sie die übrigen
Unbilden des Geschicks ertragen habe, so auch noch diese
mit unverwandtem Angesicht zu überstehen.

Nicht lange nachher ließ Herr Walther nachgemachte
Briefe aus Rom anlangen und spiegelte seinen Unterthanen

vor, der Pabst habe ihm darin nachgelassen, eine andere
Frau zu nehmen und Griselden zu verstoßen. Diese ließ
er also vor sich kommen und sprach in Anwesenheit vieler
Zeugen zu ihr: Frau, mit Erlaubniß des Pabstes kann ich eine
andere Gattin nehmen und dich verstoßen, und weil nun meine
Vorfahren edle und große Herren, die deinigen aber stets Bauern
gewesen sind, so will ich nicht, daß du länger meine Gemahlin
sein sollst, sondern mit der Mitgift, die du mir zugebracht hast,
kehre zu Janicolas Hütte zurück, während ich eine andere, für
mich passendere, die ich schon gefunden habe, heimführen will.

Als dies Griseldis vernahm, hielt sie nicht ohne große
Mühe, und weil über die Natur der Weiber hinaus, die
Thränen zurück und erwiederte: Mein Gebieter, ich er=
kannte stets, daß meine niedere Geburt sich in keiner Weise
zu euerm Adel schicke; was ich bei euch gewesen bin, dafür
fühlte ich mich immer euch und Gott dankbar verpflichtet,
betrachtete es nie als ein Geschenk, das ich mir aneignen
dürfe, sondern sah es nur für mir geliehen an. Gefällt
es euch nun, es zurückzufordern, so muß es auch mir ge=
fallen, es zurückzugeben. Hier ist der Ring, mit welchem
ihr euch mir verlobtet, nehmt ihn zurück. Ihr befehlt mir,
das Heirathsgut mitzunehmen, das ich euch zubrachte; dies
zu thun, werdet ihr keines Zahlmeisters, noch ich einer Börse
oder eines Saumrosses bedürfen, denn ich habe noch nicht
vergessen, daß ihr mich nackt empfinget. Und wenn ihr es
für recht haltet, daß dieser Leib, in welchem ich die Kinder
getragen habe, die ihr gezeugt hattet, Aller Augen ausge=
setzt werde, so will ich auch nackt von dannen gehen, ich bitte
euch aber, mir als Preis der Jungfrauschaft, die ich euch zu=
brachte, und nicht mit hinwegnehme, zu erlauben, wenigstens
ein Hemde über meine Mitgift mit hinwegnehmen zu dürfen.

13*

Herr Walther, der mehr zum Weinen als zu allem Andern Lust hatte, hielt doch mit unerweichtem Antlitz Stand und sprach: So nimm denn ein Hemde mit hinweg. Die Umstehenden baten ihn, ihr wenigstens ein Kleid zu schenken, damit man Diejenige, welche dreizehn Jahre und länger seine Gattin gewesen sei, nicht so ärmlich und schmählich aus seinem Hause gehen sähe, wie es geschehen würde, wenn sie im Hemde ginge. Aber alle Bitten waren vergebens, und so verließ denn Griseldis, nachdem sie Alle Gott empfohlen hatte, im bloßen Hemde, baarfuß und baarhaupt sein Haus und kehrte unter Weinen und Wehklagen Aller, die es sahen, zu ihrem Vater zurück. Janicola, der es nie für möglich gehalten hatte, daß Herr Walther seine Tochter wie eine rechtmäßige Gattin behandeln werde und daher von Tag zu Tag diesem Fall entgegensah, hatte ihr die Kleider aufbewahrt, welche sie an dem Morgen abgelegt, als Walther sich ihr verlobte: diese holte er hervor; sie legte sie an und gab sich nun wieder den geringfügigen Dienstleistungen im väterlichen Hause, wie sie es früher gewohnt gewesen, hin, den heftigen Angriff des feindlichen Geschicks mit starker Seele ertragend.

Als Walther dies ausgeführt hatte, gab er bei den Seinigen vor, er habe die Tochter eines der Grafen von Panago gefreit, ließ zu der Hochzeit große Zurüstungen machen und schickte dann nach Griseldis, damit sie zu ihm käme. Als diese erschien, sprach er zu ihr: Ich führe nun die Braut heim, der ich mich neuerdings verlobt habe, und möchte ihr bei ihrer ersten Ankunft gern Ehre bezeigen; du weißt aber, daß ich keine Weiber im Hause habe, welche die Zimmer auszuschmücken und vieles Andere zu besorgen wissen, was zu solchen Festen gehört: darum bringe du, die sich am besten auf diese häuslichen Dinge versteht, Alles

in Ordnung, was hier zu thun ist, und laß die Frauen
dazu einladen, welche du willst, und empfange sie, als ob
du hier noch Herrin wärst; hernach, wenn die Hochzeit vor=
über ist, magst du zu deinem Hause zurückkehren.

Obgleich diese Worte alle gleich Messern in Griseldis
Herz schnitten, welches der Liebe, die es zu ihm gehegt,
nicht so leicht als der Gunst des Glücks hatte entsagen
können, gab sie doch zur Antwort: Mein Gebieter, ich bin
fertig und bereit. Sie betrat also in ihren groben Romagna=
kleidern das Haus wieder, das sie erst kürzlich im bloßen
Hemde verlassen hatte, fing hier an die Gemächer zu fegen
und in Ordnung zu bringen, Wand= und Sitzteppiche aus=
zuspreiten, die Küche zu besorgen und zu Allem, als wäre
sie die geringste Magd des Hauses, hülfreiche Hand zu
leisten und davon ließ sie nicht eher ab, bis Alles bereit
und in Ordnung war, wie es sich geziemte. Als dies ge=
schehen war, ließ sie in Walthers Namen alle Frauen der
Umgegend einladen und begann das Fest zu erwarten. Als
nun der Hochzeittag erschien, empfing sie zwar in ihren
ärmlichen Kleidern, doch mit dem Anstand und dem Wesen
einer Dame, alle Frauen, die am Hofe erschienen, mit
heiterm Angesicht.

Herr Walther, der seine Kinder in Bologna sorg=
fältig von der Verwandten hatte erziehen lassen, welche im
Hause der Grafen von Panago vermählt war, und dessen
Tochter jetzt in ihrem zwölften Jahre und das schönste
Wesen war, das man je gesehen, während der Knabe erst
sechs Jahre zählte, hatte inzwischen nach Bologna zu seinem
Verwandten geschickt und ihn bitten lassen, doch mit seiner
Tochter und seinem Sohn nach Salutz zu kommen und es
so einzurichten, daß er eine ehrenvolle und glänzende Be=
gleitung mit sich führe; dabei möge er zu Allen sagen, er

führe ihm das Mädchen zur Frau zu, Niemand aber das
Geringste davon wissen lassen, daß es sich anders verhalte.

Der Edelmann that wie ihm der Markgraf geboten,
machte sich auf den Weg und erreichte nach einigen Tagen
mit dem Mädchen, ihrem Bruder und einer ehrenvollen
Begleitung zur Stunde des Imbisses Salutz, wo er die
Einwohner und viele aus der Nachbarschaft versammelt fand,
welche die neue Braut Walthers erwarteten. Als diese von
den Frauen empfangen und in den Saal geführt wurde,
wo die Tische errichtet waren, trat Griseldis, so wie sie
war, ihr mit festem Angesicht entgegen und sprach: Will=
kommen sei meine Gebieterin.

Die Frauen, welche Herrn Walther viel, aber vergebens
gebeten hatten, daß er Griseldis entweder in ihrer Kammer
bleiben lassen oder ihr eins von den Kleidern leihen möge,
die einst die ihrigen gewesen, damit sie doch nicht so vor
seinen Gästen erscheinen dürfe, wurden nun zu den Tischen
geführt, wo man anfing, sie zu bedienen. Das Mädchen
wurde von Jedermann betrachtet und Alle gestanden, Wal=
ther habe einen guten Tausch gethan; unter Andern rühmte
Griseldis sie sehr, sowohl sie als ihren Bruder.

Walther, welcher nun von der Geduld seiner Gattin
so viel Proben gesehen zu haben meinte, als er nur wün=
schen mochte, und wohl erkannte, daß so unerhörte Vor=
gänge sie nicht im Geringsten verändert hatten, welches er
aber ihrer Beschränktheit nicht zuschreiben durfte, da er ja
ihren Verstand kannte, hielt es nun endlich an der Zeit, sie
den bittern Gefühlen zu entreißen, welche sie, wie er nicht
zweifelte, unter dem festen Antlitz verbarg. Er ließ sie also
vor sich kommen und redete sie lächelnd in Aller Gegenwart
so an: Nun, wie gefällt dir unsere neue Braut? Mein
Gebieter, antwortete Griseldis, sie gefällt mir sehr wohl

und wenn sie, was ich gern glaube, so verständig als schön
ist, so zweifle ich nicht, daß ihr mit ihr als der glücklichste
Herr von der Welt leben werdet; darum aber bitte ich euch,
so viel ich kann, ihr die Schmerzen zu ersparen, welche ihr
eurer ersten Gattin verursachtet, denn ich glaube kaum, daß
sie im Stande wäre, sie zu ertragen, theils, weil sie noch
sehr jung ist, theils, weil sie in Gemächlichkeit aufgewachsen
ist, während jene von Jugend auf beständigen Mühen unter=
worfen war.

Als Herr Walther sah, daß sie in der festen Ueber=
zeugung, jene sei seine Gattin, dennoch in allen Dingen nur
gut von ihr rede, ließ er sie an seiner Seite niederfitzen
und sprach: Griseldis, es ist endlich Zeit, daß du den Lohn
deiner langen Geduld erndtest, und daß Alle, die mich bisher
für grausam und unmenschlich gehalten haben, erfahren, wie
Alles, was ich that, zu einem vorausgesehenen Zweck ge=
schah, denn ich wollte dich lehren Frau zu sein, Jene lehren
Frauen zu wählen und zu halten und mir selbst, so lange
ich mit dir zu leben hätte, eine beständige Ruhe ver=
schaffen. Daß mir dies nicht gelingen werde, hatte ich, als
ich heirathete, große Furcht. Um nun eine Probe davon zu
haben, kränkte und schmerzte ich dich auf alle die Weise, die dir
erinnerlich ist. Und weil ich nun niemals bemerkt habe, daß
du dich in Worten oder Werken von meinem Willen ent=
fernt hättest, und nun überzeugt bin, daß ich mit dir das
Glück genießen kann, das ich mir wünschte, so gedenke ich
dir jetzt in einer Stunde Alles das zurückzugeben, was ich
dir Jahre lang vorenthielt und mit der höchsten Freude die
Schmerzen zu vergütigen, die ich dir verursachte. Somit
empfange denn mit frohem Herzen diese, welche du für meine
Braut hieltest, und ihren Bruder, als deine und meine
Kinder. Es sind dieselben, von welchen du und viele andere

lange Zeit geglaubt haben, daß ich sie grausamer Weise hätte
umbringen lassen; ich aber bin dein Gemahl, der dich über
Alles in der Welt liebt und sich rühmen zu dürfen glaubt,
daß wohl Niemand auf Erden mehr Ursache hat, mit seiner
Gattin zufrieden zu sein. Mit diesen Worten umarmte und
küßte er sie, dann erhob er sich mit ihr, die vor Freude
weinte, und beide begaben sich zu dem Sitze ihrer Tochter,
die über das Gehörte ganz erstaunt war. Sie umarmten
sie zärtlich, so wie ihren Bruder, und enttäuschten sie und
Alle, welche hier zugegen waren. Hocherfreut erhoben sich
nun die Damen vom Tische, traten mit Griseldis in ein
Seitengemach, entkleideten sie hier unter bessern Vorzeichen
ihrer groben Gewänder, legten ihr eins ihrer eigenen statt=
lichen Kleider an und führten sie als Dame, welches sie
freilich auch in den Lumpen geschienen hatte, wieder in den
Saal. Hier gab sie sich der Freude an ihren Kindern hin,
während alle Anwesenden über diesen Ausgang höchst vergnügt
waren, so daß sie die Feste und Lustbarkeiten vervielfachten
und noch auf mehrere Tage ausdehnten; Herrn Walther
hielten sie nunmehr für einen weisen Mann, obgleich ihnen
die Proben, welchen er seine Gattin unterworfen hatte, all=
zuschwer und bitter schienen; vor Allem aber priesen sie Gri=
seldis als weise und verständig.

Nach einigen Tagen kehrte der Graf von Panago nach
Bologna zurück und Walther enthob nun auch den alten
Janicola seiner Feldarbeit und richtete ihn wie seinen Schwieger=
vater ein, so daß er geehrt und in großer Zufriedenheit lebte
und so sein Alter beschloß. Er selbst aber verheirathete nicht
lange nachher seine Tochter ehrenvoll, und lebte dann mit
Griseldis, die er stets aus allen Kräften liebte und schätzte,
ein langes und glückliches Leben.

III.

Novellen des Sacchetti.

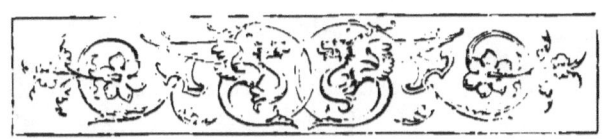

1.

Lob und Tadel.

Der alte König Eduard von England war ein Fürst von großem Ruhm und vieler Tapferkeit und dabei so verständig, als man aus folgender Geschichte zum Theil erkennen mag. Es lebte nemlich zu seinen Zeiten zu Linari im Enzethal in der Grafschaft Florenz ein Siebmacher mit Namen Parcittadino. Diesem kam es in den Sinn, die Siebmacherei an den Nagel zu hängen und Hofmann zu werden, in welchem Gewerbe er auch bald hübsche Erfahrung gewann. Während er sich so in den höfischen Künsten versuchte, entstand in ihm ein lebhafter Wunsch, den besagten König Eduard zu besuchen und dies nicht ohne Grund, sondern weil er gar viel Rühmens von seiner Großmuth und Milde, insonderheit gegen seines Gleichen, vernommen hatte.

In solchen Gedanken machte er sich eines Tages auf den Weg und ruhte nicht eher, bis er England und die Stadt London erreichte, wo der König sich aufhielt. Er betrat den königlichen Palast, schritt durch Thüren und Thore und gelangte in den Saal, wo der König Hof zu halten pflegte, und fand ihn mit seinem Haushofmeister im

Schachspiel vertieft. Parcittabino näherte sich dem Könige, kniete nieder und grüßte ihn ehrfurchtsvoll; der König nahm aber noch nicht mehr Rücksicht auf ihn, als bei seinem ersten Eintreten, ja er schien ihn nicht zu bemerken und Parcitta= bino verblieb eine geraume Zeit in dieser Stellung. Da er aber sah, der König achte nicht auf ihn, erhob er sich wieder und begann zu sprechen: Gesegnet sei der Tag und die Stunde, die mich dahin geführt haben, wohin mich immer verlangte, nemlich zu dem Anblick des edelsten, wei= sesten und tapfersten Königs der gesammten Christenheit, denn nun darf ich mich vor allen meines Gleichen brüsten, da mir die Ehre zu Theil geworden ist, die Blume aller Könige zu schauen. O welcher Gnade hat das Glück mich gewürdigt! Wenn ich des heutigen Tages zum Sterben käme, so würde ich mit freudigem Herzen den letzten Schritt thun, sintemalen ich jene durchlauchtige Krone von Angesicht zu Angesicht schaue, die wie das Eisen, der Magnet die ganze Welt an sich zieht, und mit dem Wunsch erfüllt, ihrer Glorie ansichtig zu werden.

Kaum hatte Parcittabino seine Rede so weit hinaus= geführt, als der König sich vom Spiel erhob, den Parcitta= bino ergriff, ihn zur Erde riß und ihm mit Faustschlägen und Fußtritten so begegnete, daß er ihn garstig zurichtete. Als der König das gethan hatte, kehrte er ruhig zu seinem Schachspiel zurück.

Ganz bestürzt erhob sich Parcittabino von der Erde; kaum wußte er noch, wo er sich befand; und fast bedäuchte ihn nun, er habe so manchen Schritt vergebens gethan und auch das Lob an den König verschwendet. So stand er wie ein Sinnloser und wußte nicht, was er beginnen sollte. Endlich faßte er sich ein Herz und wollte den Versuch machen,

ob es ihm vielleicht beſſer ausſchlüge, wenn er dem Könige
ganz entgegengeſetzte Dinge ſagte, da ihm das Lob ſo übel
aufgenommen worden war. Er hub alſo an und ſprach:
Verwünſcht ſei der Tag und die Stunde, die mich an dieſen
Ort geführt haben! Ich glaubte, ich ſei gekommen, einen
edeln König zu ſchauen, wie der Ruf ihn pries, und bin
gekommen, einen böſen König zu ſehen; ich glaubte, ich ſei
gekommen, einen weiſen und verſtändigen König zu ſehen
und bin zu einem unerkenntlichen und undankbaren gekommen,
zu einem boshaften Könige, der aller Ungerechtigkeit voll
iſt; ich glaubte, ich ſei gekommen, einen heiligen und ge=
rechten Fürſten zu begrüßen, und bin zu einem gekommen,
der Gutes mit Böſem vergilt, denn das beweiſt der Augen=
ſchein, da er mich Armſeligen, der ihn ehrte und lobpries,
ſo zugerichtet hat, daß ich nicht weiß, ob ich je wieder ein
Sieb werde machen können, wenn ich einſt zu meinem Hand=
werk ſollte zurückkehren müſſen.

Bei dieſen Worten erhob ſich der König zum Zwei=
tenmal, und noch heftiger als zuvor, trat an die Thüre
und rief einen ſeiner Hofdiener. Als dies Parcittadino
ſah, da kann man ſich denken, welcher Schreck ihn ergriff:
er ſchien eine zitternde Leiche und zweifelte nicht, der König
werde ihn hinrichten laſſen; denn als er ſah, daß er jenen
Hofdiener herbeirief, bildete er ſich ein, er rufe einen Scher=
gen, der ihn ans Kreuz ſchlagen ſolle. Als aber der Hof=
diener kam, ſprach der König zu ihm: Gehe hin, und gieb
dieſem Manne das und das meiner Staatskleider, und be=
zahle ihn damit für die Wahrheit, die er mir geſagt hat,
denn für ſeine Lügen habe ich ihn ſchon ſelber ausbezahlt.
Der Hofdiener ging eilends und brachte dem Parcittadino
eines der ſchönſten königlichen Kleider, mit ſo viel Perlen und

edeln Steinen an den Knöpfen, daß es, die Fußtritte und
Faustschläge, die er empfangen hatte, ungerechnet, wohl drei=
hundert Gulden und darüber werth war. Parcittadino,
welcher gleich argwöhnte, daß dies Kleid keine Schlange,
noch ein Basilisk sei, und ihn also nicht beißen werde, nahm
es blindlings an; dann faßte er wieder Muth, legte es sich
an und stellte sich so dem Könige vor, indem er sprach:
Gnädiger Herr, wenn ihr mich für meine Lügen immer so
bezahlen wollt, so werde ich selten die Wahrheit sprechen.

Als sich der König eine Weile an ihm belustigt hatte
und er des Aufenthalts am Hofe überdrüßig wurde, nahm
er Urlaub und reiste nach der Lombardei zurück, wo er die
Höfe aller Herren besuchte und diese Geschichte erzählte, welche
ihm hier mehr als noch einmal dreihundert Gulden ein=
brachte, womit er nach Toscana zurückkehrte, und in Linari
seine armen, in saurer Arbeit ganz verkommenen Verwandten
vom Siebmachergewerbe in seinem Staatskleide besuchte.
Diese machten große Augen; er aber sprach zu ihnen:

Am Boden leucht' ich unter Schläg= und Tritten,
Eh ich in England dieses Kleid erstritten.

2.

Der Müller und der Abt.

Bernabo, Herr von Mailand, war zu seiner Zeit ge=
fürchteter, als irgend ein anderer Fürst, und obgleich er
grausam war, so besaß er doch dabei einen guten Theil
Gerechtigkeit. Unter vielen andern Abenteuern begegnete es
ihm auch eines Tages, daß er einen reichen Abt, welcher

die Nachlässigkeit begangen hatte, zwei Herrn Bernabo ge=
hörige Doggen nicht recht zu halten, so daß diese räudig
geworden waren, zu einer Geldbuße von viertausend Spezies=
thalern verurtheilte. Als der Abt dies Urtheil vernahm,
fing er an um Gnade zu flehen. Aber Bernabo antwortete:
Wenn du mich über vier Dinge ins Klare setzest, so will
ich dir ganz und gar vergeben. Diese vier Dinge, die du
mir sagen sollst, sind folgende:

Wie weit ist es von hier bis zum Himmel?

Wie viel Wasser enthält das Meer?

Was machen sie in der Hölle?

Wie viel bin ich werth?

Als der Abt diese Aufgaben hörte, fing er an zu seuf=
zen, und es schien ihm, als wäre er nun schlimmer daran
als zuvor. Um indeß Zeit zu gewinnen und den Zorn
des Herrn sich abkühlen zu lassen, sagte er, er möge ihm
gnädigst eine Frist verstatten, um so hohe Dinge zu beant=
worten. Der Herr gab ihm den ganzen folgenden Tag
Bedenkzeit, und begierig, den Ausgang der Geschichte zu
hören, verlieh er ihm sicheres Geleit zur Rückkehr. Ge=
dankenvoll und sehr tiefsinnig kehrte der Abt zu seiner Abtei
zurück und keuchte wie ein Pferd, wenn es scheu wird.
Daselbst angelangt, begegnete er einem seiner Müller; als
der ihn so niedergeschlagen sah, fragte er: Was ist euch,
Herr, daß ihr so keucht? Der Abt antwortete: Ich habe
wohl Ursache, denn der Fürst ist gutes Willens, mich dem
Teufel in den Rachen zu jagen, wenn ich ihn nicht über
vier Dinge ins Klare setze, die selbst Salomon und Aristo=
teles zu hoch gewesen wären. Und was sind das für Dinge?
fragte der Müller. Der Abt sagte es ihm. Darauf sprach
der Müller nach einigem Nachsinnen zum Abte: Wenn es

euch recht ist, so will ich euch wohl aus dieser Verlegenheit helfen. Wollte Gott, sprach der Abt. Gott und alle Heiligen, sprach der Müller, werden es, denk' ich, schon wollen. Da begann der Abt, der nicht wußte wie ihm geschah, und sprach: Wenn du das ausrichtest, so nimm dir von mir, was du willst, denn nichts in der Welt kannst du von mir fordern, das ich dir nicht gäbe, wenn es irgend möglich ist. Der Müller versetzte: Dies will ich euerm Belieben überlassen. Wie willst du es aber anfangen, fragte der Abt? Herr antwortete der Müller, ich will mir euern Rock und Mantel anziehen, mir den Bart scheren und morgen früh bei guter Zeit vor Herrn Bernabo treten und sagen, ich sei der Abt, und alsdann will ich ihm die vier Dinge auf solche Art auseinandersetzen, daß ich denke, er soll zufrieden sein.

Der Abt konnte die Zeit nicht erwarten, bis er den Müller an seine Stelle geschoben. Am andern Morgen begab sich also der Müller zum Abt und machte sich bei guter Zeit auf den Weg. Als er an dem Thor anlangte, wo der Herr innen wohnte, klopfte er an und sagte, der und der Abt wolle dem Herrn auf gewisse Dinge antworten, die er ihm aufgegeben. Der Herr, begierig zu hören, was der Abt sagen könne, und verwundert, daß er so bald wieder da war, ließ ihn herbeirufen. Der Müller trat vor ihn, stellte sich ein wenig in den Schatten, machte seine Verbeugung, strich mit der Hand öfters über das Gesicht, um nicht erkannt zu werden, und als der Herr ihn nun fragte, ob er ihm über die vier Dinge Bescheid sagen könne, die er ihm aufgegeben, antwortete er: Ja, Herr. Ihr fragtet mich erstlich: Wie weit es von hier bis zum Himmel ist?

Nachdem ich nun Alles wohl ermessen, so ist es von hier bis da oben sechs und dreißig Millionen und acht

hundert vier und fünfzig tausend zwei und siebzig und eine
halbe Meile und zwei und zwanzig Schritte. Der Herr
sprach: Du hast es sehr genau angesehen. Wie aber beweisest
du das? Laßt es ausmessen, antwortete er, und wenn dem
nicht so ist, so hängt mich an den Galgen.

Zum Andern fraget ihr mich, wie viel Wasser das
Meer enthält. Dies ist mir sehr sauer geworden heraus=
zubringen, denn es steht nicht fest und kommt immer neues
hinzu; aber ich habe doch ermittelt, daß im Meere fünf
und zwanzig tausend neunhundert und zwei und achtzig
Millionen Stückfaß, sieben Anker, zwölf Kannen und zwei
Becher sind. Da sprach der Herr: Wie weißt du das?
Der Müller antwortete: Ich habe es nach bestem Vermögen
untersucht. Wenn ihr es nicht glaubt, so laßt Anker holen
und es nachmessen. Befindet ihr es anders, so laßt mich
viertheilen.

Drittens fraget ihr mich, was sie in der Hölle
machen? In der Hölle köpfen, viertheilen, zwicken und
hängen sie nicht mehr und nicht minder als ihr hier auf
Erden. — Welchen Beweis hast du dafür?   Er ant=
wortete: Ich habe einmal einen gesprochen, der da gewesen
war, und von dem hatte der Florentiner Dante, was er
über die Dinge in der Hölle geschrieben. Aber jetzt ist er
todt: wenn ihr es also nicht glaubt, so schickt hin und laßt
nachsehen.

Viertens endlich fraget ihr mich, wie viel ihr werth
seid, und ich sage neun und zwanzig Silberlinge. Als Herr
Bernabo dies hörte, wandte er sich voller Wuth zu ihm
und sagte: Daß dich der Donner und das Wetter! Bin
ich nicht mehr werth als ein Topf? Der Müller gab nicht
ohne große Furcht zur Antwort: Herr, vernehmt erst den

Grund. Ihr wißt, daß unser Herr Christus um dreißig
Silberlinge verkauft wurde: ich rechne, daß ihr einen
Silberling weniger werth seid als er.

Als dies Herr Bernabo hörte, ward es ihm auf
einmal deutlich, daß dies der Abt nicht wäre. Er sah ihm
starr ins Gesicht und überzeugt, daß dies ein Mann von
viel höhern Einsichten sei, als der Abt, sprach er dreist:
Du bist nicht der Abt. Man kann sich den Schrecken
denken, welchen der Müller hatte. Er warf sich mit ge-
falteten Händen vor ihm auf die Knie, bat um Gnade und
gestand dem Herrn, daß er der Müller des Abts sei und
wie und warum er in dieser Verkleidung vor seine Hoheit
gekommen, und Alles dies mehr um ihm einen Spaß zu
machen, als aus böser Absicht. Als dies Herr Bernabo
vernahm, sprach er: Wohlan denn, da er dich zum Abt
gemacht hat, und du mehr werth bist als er, so will ich
dich beim Namen Gottes darin bestätigen. Du sollst also
hinfort der Abt sein und er der Müller; auch sollst du alle
Einkünfte des Klosters haben, und er die der Mühle. Und
so mußte es gehalten werden, so lange er lebte, daß der
Abt Müller war und der Müller Abt.

Einige haben berichtet, diese oder eine ähnliche Geschichte
sei dem Pabst .... begegnet, welcher einem Abt zur
Buße eines begangenen Fehls die Aufgabe gestellt habe, die
vier oben genannten Fragen zu beantworten und noch eine
darüber, nemlich, welches das merkwürdigste Ereigniß sei,
das ihm im Leben begegnet wäre? Der Abt bat um Frist,
kehrte nach der Abtei zurück, versammelte hier alle Mönche
und Klosterverwandten bis auf den Koch und den Gärtner,
erzählte ihnen, welche Fragen er dem Pabst beantworten
solle, und bat sie um Rath und Beistand. Da standen sie

Alle wie unsinnig da und wußten nicht, was sie antworten sollten. Als aber der Gärtner sah, daß sie Alle verstummten, hub er an: Herr Abt, da diese hier Alle kein Wort hervorbringen, so will ich der sein, der redet und handelt. Ich hoffe euch aus dieser Verlegenheit zu helfen, gebt mir aber eure Kleider, daß ich als Abt vor ihm erscheinen kann, und laßt diese Mönche mir folgen. So geschah es, und als sie vor den Pabst kamen, sagte er, der Himmel sei dreißig Schrei hoch. Vom Wasser des Meeres sagte er: Laßt die Mündungen der Ströme erst verstopfen, die hineinfallen, dann wird es zu ermessen sein. Den Werth seiner Person schätzte er auf acht und zwanzig Silberlinge, denn er rechne ihn zwei Silberlinge geringer an als Christus, dessen Statthalter er sei. Das merkwürdigste Ereigniß seines Lebens, sagte er, sei gewesen, als er aus einem Gärtner zum Abt geworden; und in dieser Würde wurde er bestätigt.

—

3.

Die drei Gebote des Vaters.

In Siena lebte vor Zeiten ein reicher Bürger, der einen einzigen, etwa zwanzigjährigen, Sohn hatte, welchem er, als er zu sterben kam, unter andern Vorschriften die drei folgenden gab: Erstens, nie mit Jemanden so viel zu verkehren, daß er diesem zum Ueberdruß werde; zweitens, wenn er eine Waare oder sonst etwas gekauft habe, woran er einen Gewinn machen könne, so solle er diesen hinnehmen und auch noch Andern Gewinn daran übrig lassen; drittens, wenn er ein Weib nehme, so solle er eins aus der nächsten

11*

Nachbarschaft wählen, und wenn dies nicht sein könne, lieber eins aus seinem eigenen Lande, als aus andern entlegenen. Der Vater starb und der Sohn hinterblieb mit diesen drei Vorschriften.

Lange Zeit hatte dieser Jüngling mit einem aus dem Hause der Forteguerra verkehrt, welcher stets ein Verschwender gewesen war und jetzt einige mannbare Töchter hatte. Seine Verwandten setzten ihn täglich wegen seines Aufwandes zur Rede, es half aber nichts. Nun geschah es, daß jener Forteguerra eines Tages für unsern Jüngling und mehrere andere ein herrliches Gastmahl bereiten ließ, als seine Ver= wandten ihn deshalb vornahmen und sprachen: Was thust du, Unglücklicher? Willst du dem aufs Gerathewohl noch zugeben, der ein so großes Vermögen geerbt hat, und dem du täglich die Ausstattung zahlst für deine mannbaren Töchter? Sie sprachen so lange, bis Jener wie verzweifelt aus dem Hause ging, alle Speisen, die in der Küche bereitet wurden, wieder abbestellte, dann eine Zwiebel nahm, sie auf die schon gedeckte Tafel legte und den Befehl hinterließ, wenn der bewußte junge Mann zu Tische käme, so solle man ihm sagen, er möge die Zwiebel essen, · denn es sei nichts anders da und Forteguerra speise nicht daheim.

Als die Essensstunde kam, begab sich der Jüngling nach dem Hause, zu welchem er geladen war, und als er in den Saal trat, fragte er die Gattin seines Freundes nach ihm. Diese antwortete, er sei nicht zu Hause und speise nicht daheim; er habe aber hinterlassen, wenn er käme, so solle er jene Zwiebel essen, denn anders sei nichts da. Bei diesem Gerichte gedachte der Jüngling des ersten Gebots seines Vaters, und wie übel er dasselbe befolgt habe; nahm die Zwiebel, umwickelte sie mit einem Bindfaden und hing sie an die Decke des Saals, in welchem er zu speisen pflegte.

Nicht lange darauf kaufte er ein Reitpferd für funfzig
Goldgulden, und einige Monate nachher konnte er es für
neunzig verkaufen, wollte es aber nicht lassen, sondern sagte,
er müsse hundert dafür haben. Dabei blieb es; eines Nachts
aber ward das Pferd von Schmerzen überfallen und starb
daran. Als dies der Jüngling bedachte, erkannte er, daß
er das zweite Gebot des Vaters übel befolgt habe, schnitt
dem Pferde den Schwanz ab und hing ihn an die Decke
neben die Zwiebel.

Als er sich hierauf verheirathen wollte, fügte es der
Zufall, daß er weder in der Nachbarschaft, noch in ganz
Siena ein Mädchen finden konnte, das ihm gefiel, weßhalb
er in mehrern Ländern zu suchen begann und zuletzt nach
Pisa gelangte, wo er einem Notar begegnete, der früher in
Siena Geschäfte gehabt hatte und seines Vaters Freund
gewesen war. Daher kannte ihn dieser Notar, nahm ihn
sehr freundlich auf und fragte ihn, was er in Pisa für
Geschäfte habe? Der Jüngling antwortete, er suche sich
ein schönes Mädchen zur Braut, denn in ganz Siena könne
er keine finden, die ihm gefiele. Wenn dies ist, entgegnete
der Notar, so hat dich Gott hierher gesandt und sollst hier
wohl bedient werden, denn ich habe hier ein Mädchen aus
dem Hause der Lanfranchi unter den Händen, das schönste,
das man je sehen mochte, und hätte wohl Lust, sie zu der
deinigen zu machen. Dem Jüngling gefiel es und kaum
konnte er die Zeit erwarten, bis er sie zu sehen bekäme.
Als er sie aber gesehen hatte, machte er den Handel richtig
und verabredete die Zeit, wann er sie nach Siena
führen solle.

Dieser Notar war von den Lanfranchi bestochen und
das Mädchen unehrbar, denn da sie mit einigen jungen

Pisanern zu thun gehabt, hatte sie nachher nicht mehr
Gelegenheit gefunden, sich zu verheirathen, und darum
gedachte dieser Notar ihre Verwandten von dieser Last zu
befreien und sie dem Sienefer anzuhängen. Er traf also
mit ihrer Kammerfrau, welche Frau Bartolomea hieß und
vielleicht die Kupplerin gespielt hatte, die nöthige Abrede;
denn sie war seine Nachbarin und die junge Braut pflegte
mit ihr bald hier bald da ihrem Vergnügen nachzugehen.
Als nun Alles in Ordnung und auch für die Begleitung
gesorgt war, unter welcher sich auch einige der Jünglinge
befanden, welche sie in der Liebe unterrichtet hatten, machten
sie sich mit der Braut und dem Bräutigam auf den Weg
nach Siena, wohin dieser Boten sandte, um Alles zu ihrem
Empfang in Bereitschaft zu setzen.

Als sie auf der Reise waren, zeigte sich einer der
Jünglinge, die sich in ihrem Gefolge befanden, so traurig,
als ob es sein letzter Gang wäre, denn er bedachte, wie sie
nun nach einem fremden Lande verheirathet werde und er ohne
sie nach Pisa zurückkehren müsse. Er legte diesen Gram so
lange mit Gedanken und Seufzern an den Tag, bis der
Bräutigam ihres Einverständnisses gewahr wurde; denn das
Sprüchwort hat nicht Unrecht, welches sagt, daß die Liebe
und der Husten nicht zu verbergen sind. Kaum hatte er
dies bemerkt, als er argen Verdacht schöpfte und nicht eher
ruhte, bis er völlig erkannt hatte, von welchem Gewicht das
Mädchen sei und wie der Notar ihn verrathen und betrogen
habe. Als sie daher nach Staggia gelangten, bediente er
sich folgender List. Er äußerte, er wolle zu guter Zeit zu
Nacht speisen, weil er am Morgen vor Tagesanbruch nach
Siena eilen wolle, um die nöthigen Vorbereitungen zu
treffen; welches er so sagte, daß der verliebte junge Mann

es hören konnte. Die Kammern, in welchen sie die Nacht über schliefen, lagen dicht neben einander: in der einen schlief der Bräutigam, in der andern die Braut mit der Kammerfrau und in der dritten zwei junge Männer, von welchen der eine feine Ohren genug gehabt hatte, die Aeuße= rung des Sienesers aufzufangen.

Am Morgen nun erhob sich der Bräutigam etwa eine Stunde vor Tagesanbruch, um, wie er zu verstehen gegeben hatte, nach Siena vorauszueilen Er ging hinunter, setzte sich zu Pferde und ritt etwa vier Büchsenschüsse weit gegen Siena, worauf er die Zügel wandte und im langsamen Schritt nach Staggia zurückritt. Er näherte sich leise der Herberge, band sein Pferd an einem Thürringe fest und ging hinauf nach dem Saale. Hier trat er an die Thüre der Kammer, worin die Braut schlief, lauschte leise und über= zeugte sich, daß sie den Jüngling bei sich habe, worauf er die schlecht verriegelte Thüre erbrach und hineintrat. Dann ging er sacht zu dem Bettspinde, suchte nach einem der Kleidungsstücke des Jünglings und fand dessen Beinkleider. Die in dem Bette bemerkten ihn nicht oder stellten sich aus Furcht, als schliefen sie. Er aber nahm die Beinkleider, verließ die Kammer, eilte die Stiege hinab, setzte sich mit den Beinkleidern zu Pferde und eilte nach Siena. Als er nun nach Hause kam, hing er sie an die Decke neben die Zwiebel und den Pferdeschwanz.

Am andern Morgen erhob sich in Staggia die Braut mit ihrem Liebhaber. Der Jüngling aber, der seine Bein= kleider nicht fand, setzte sich ohne dieselben mit der übrigen Gesellschaft zu Pferde und ritt gen Siena. Sie erreichten das Haus, wo die Hochzeit sein sollte, und stiegen ab. Als sie sich nun zu einem Gabelfrühstück unter die drei aufgehängten Dinge setzten, wurde der Jüngling gefragt, was sie bedeuteten? Er antwortete: Ich will es euch sagen und bitte euch Alle, mir zuzuhören. Es ist nicht lange her, daß mein Vater starb, und mir drei Gebote hinterließ. Das erste lautete so und so — und deßhalb nahm ich diese Zwiebel und hängte sie hier auf. Zweitens befahl er mir so und so, und auch hierin gehorchte ich ihm nicht, und als das Pferd starb, schnitt ich ihm den Schwanz ab und befestigte ihn hier an der Decke. Zum dritten befahl er mir, so nahe als möglich in der Nachbarschaft zu heirathen: ich aber nahm mir kein Weib aus der Nähe, sondern ging bis nach Pisa und nahm dieses Mädchen, weil ich glaubte, sie sei, was alle sein sollten, die sich verheirathen, eine Jungfrau. Unterwegs aber lag der junge Mann, welcher hier sitzt, in der Herberge bei ihr; ich kam leise zu ihnen, fand seine Beinkleider, nahm sie mit mir und befestigte sie hier an der Decke, und wenn ihr mir nicht glaubt, so sucht bei ihm darnach, denn er trägt keine. Und so befand es sich. Nach Tische also, fuhr er fort, nehmt ihr dieses gute Mädchen und begebt euch wieder nach der Heimath, denn ich will sie nicht wieder sehen, geschweige denn Hochzeit mit ihr machen. Dem Notar, der mir guten Rath gab, die Heirath stiftete, und den Vertrag zu Papiere brachte, mögt ihr sagen, er solle einen Spinnrocken damit bekleiden. Und so geschah es.

4.

Das Vermächtniß.

Als Basso Della Penna zu sterben kam, war es eben Sommerzeit und die Sterblichkeit in Ferrara so groß, daß die Frau es nicht wagte, sich dem Manne zu nahen, und der Sohn den Vater vermied, der Bruder den Bruder, indem diese Krankheit, wie jeder weiß, der sie gesehen hat, sich sehr leicht mittheilte. Nun wollte er ein Testament machen und ließ, da er sich von allen den Seinigen verlassen sah, den Notar niederschreiben, seine Kinder und Erben sollten verpflichtet sein, alle Jahre am St. Jakobstag im Julimonat einen Scheffelkorb reifer Birnen an einem von ihm bezeichneten Orte den Fliegen zu geben. Als nun der Notar sagte: Basso, mußt du noch Scherz treiben? versetzte er: Schreibt, wie ich euch sage, denn in dieser meiner Krankheit haben mich alle Freunde und Verwandten verlassen und nur die Fliegen sind mir getreu geblieben. Da ich ihnen nun so verbunden bin, so würde ich nicht hoffen dürfen, bei Gott Gnade zu finden, wenn ich mich ihnen nicht dankbar erwiese. Und damit ihr seht, daß ich nicht scherze, sondern im Ernst rede, so schreibt, wenn dies nicht alle Jahre geschehe, so sollten meine Kinder enterbt sein, und mein ganzes Eigenthum einer milden Stiftung zufallen. Zuletzt sah sich der Notar genöthigt zu schreiben, wie er es haben wollte.

5.

Gonnellas Heimkehr.

Der Markgraf Obizzo von Ferrara befahl eines Tages seinem Hofnarren Gonnella, entweder, weil dieser etwas wider ihn verbrochen hatte, oder weil er sich einen Spaß mit ihm zu machen gedachte, mit ausdrücklichen Worten, er solle sich auf seinem Grund und Boden nicht mehr betreffen lassen, widrigenfalls ihm das Haupt abgeschlagen werde. Kaum hatte dies Gonnella vernommen, so begab er sich nach Bologna, miethete sich einen Rollwagen, füllte denselben mit bolognesischer Erde an, und nachdem er mit dem Wagenführer über den Preis einig geworden war, bestieg er denselben und kehrte auf diesem Rollwagen zurück vor den Markgrafen Obizzo. Als dieser den Gonnella in solcher Weise zurückkehren sah, wunderte er sich und sprach: Gonnella, habe ich dir nicht verboten, meinen Grund und Boden wieder zu betreten, und nun wagst du es auf einem Rollwagen vor mir zu erscheinen? Was soll das heißen? Verachtest du meine Gebote? Zugleich befahl er seiner Dienerschaft ihn zu verhaften. Aber Gonnella sprach: Herr, hört mich an, und laßt mir Recht widerfahren, denn wenn ihr findet, daß ich im Unrecht bin, sollt ihr mich an den Galgen hängen lassen. Der Markgraf war neugierig zu hören, was er sagen werde, denn er erwartete wohl, daß es wieder ein frischer Witz sein werde. Er rief also seinen Dienern zu: Verziehet eine Weile, und laßt ihn reden. Da begann Gonnella und sprach: Herr, ihr befahlt mir, euern Grund und Boden nicht mehr zu betreten, weßhalb ich mich eilends nach Bologna begab und diesen Wagen mit bolognesischem Grund und Boden füllen ließ. Diesen betrat und betrete ich noch jetzt und nicht den euern, noch den von Ferrara. Als der Markgraf dies vernahm, nahm er diesen Grund mit großer Ergötzung für gültig an und sprach: Gonnella, du bist eine sinntäuschende Nachtjacke (gonnella), so bunt und schillernd von Farbe, daß mir weder List noch Kunst wider dich aushilft. Bleibe, wo es dir beliebt, denn ich lasse dir den Sieg. Und durch diese spaßhafte List gewann

er die Erlaubniß in Ferrara zu bleiben, schickte den Roll=
wagen nach Bologna zurück und galt nun noch mehr als
zuvor bei dem Markgrafen.

6.

Die kalbende Kuh.

Ju einer toskanischen Stadt, die ich aus Schonung so
wenig als die Amtleute, von welchen die Rede sein soll,
irgend zu bezeichnen gedenke, bestand einst und besteht viel=
leicht noch ein großes von Bürgern besetztes Amtsgericht,
welches Macht und Auftrag hatte, alle zwischen Bürgern
sowohl als Bauern vorfallenden Streitigkeiten zu schlichten
und seinen Urtheilen Vollzug zu geben. Nun hatten zwei
reiche Viehhändler einen Rechtsstreit im Betrage von drei=
hundert Liren und darüber, welcher vor diesem Amte ver=
handelt werden sollte, und da derselbe nicht so bald ent=
schieden wurde, als der Eine von beiden wünschte, der viel=
leicht auch fürchtete, es möchte ihm Unrecht geschehen, so
gedachte er demjenigen der besagten Amtsrichter, welcher am
Meisten gelte, und ihm am Besten Beistand leisten könne,
ein Geschenk zu machen. Als er nun Alles wohl überlegt
und in Erfahrung gebracht hatte, daß der Richter ein schönes
Landgut besitze, welches er aber aus Mangel an baarem
Gelde nicht immer mit dem nöthigen Hornvieh zu versehen
wisse, so beschloß er, sich ihm anzuvertrauen: ihm einen
Besuch zu machen, sich ihm zu empfehlen, damit er ihm die
Stange halte und zu seinen Gunsten spreche: ihm auch
einen Ochsen zum Geschenk zu machen, deren er eine große

Zahl besaß. Gedacht, gethan. Der gute Mann ließ sich nicht lange bitten und nahm den Ochsen.

Der Andere, der mit dem Geschenkgeber des Ochsen in Streit lag und hiervon nichts wußte, hatte einen ähnlichen Einfall und dachte bei sich selbst: Der und der ist der einflußreichste Mann beim Gerichte; ich möchte ihm wohl ein Geschenk machen, damit er mein Recht unterstützte. Auch erwog er die häuslichen Umstände des Mannes, wie er so schöne Ställe habe um Vieh zu halten und doch aus Mangel am Gelde keins halte u. s. w. Demzufolge begab er sich zu ihm, empfahl ihm seine Sache, schenkte ihm eine Kuh und sprach: Ich hoffe, ihr werdet sie mir zu Liebe in euern Stall stellen. Der Richter nahm sie an, und hatte nun den Ochsen sammt der Kuh, ohne daß der Eine von dem Geschenk des Andern Kunde hatte. Einige Tage nachher aber, als die Viehhändler ihren Streit vor dem Gerichte verhandelten und die Sache sich zu Gunsten des Einen zu wenden schien, welcher den Ochsen geschenkt hatte, sagten die Beisitzer zu dem ihrer Gefährten, welcher der Einflußreichste war: Was dich hierin gutdünkt, dünkt auch uns gut. Der Richter aber schwieg und sprach kein Wort. Als nun der Viehhändler, der dem verstummenden Richter den Ochsen geschenkt hatte, bemerkte, daß er nicht spreche, fuhr er, in der Erwartung, daß er zu seinen Gunsten entscheiden werde, mit der Sprache heraus und sagte: Was sprichst du nicht, Ochse? worauf jener antwortete: Weil die Kuh es nicht zugiebt. Da sah Einer den Andern an: Was sollte das heißen, was Jener sagte? Als sie ihn nun fragten, gab er vor, er habe zu sich selbst gesprochen. Der Richter aber, der von der Kuh gesprochen hatte, erzählte ihnen, es sei eine sprüchwörtliche Redensart bei den Viehhändlern, wenn sie im Rechts-

ftreit begriffen seien, denjenigen, welcher Recht behalte, Ochs
zu nennen, den aber, welcher den Kürzern zöge, Kuh. Es
begab sich indeß, wie es auch zugehen mochte, daß derjenige,
welcher die Kuh geschenkt hatte, im Streit obsiegte, vielleicht
darum, weil die Kuh, die dazumal, als sie geschenkt wurde,
trächtig gewesen war, um die Zeit des Urtheilsspruchs ein
Kalb geworfen hatte.

7.

Die drei Blinden.

In St. Lorenz bei St. Ursula in der Stadt Florenz
wohnten einige Blinden, welche von Almosen lebten. Des
Morgens standen sie in aller Frühe auf und der eine ging
nach der Wohnung des Nunzius, der andere zum St. Michels=
garten, der dritte sang in den Vorstädten. Zuweilen ver=
abredeten sie sich, nach vollbrachtem Frühwerk beim St.
Lorenzthurm zum Imbiß zusammen zu kommen, wo ein
Wirth wohnte, der ihresgleichen zu beköstigen pflegte. Eines
Tages waren hier ihrer Zweie zu Tische und als sie ge=
gessen hatten, fiel das Gespräch auf ihre Armuth und ihre
Errungenschaft, und der eine sprach: Ich erblindete vor etwa
zwölf Jahren und habe an tausend Liren erworben. Der
andere sprach: O ich armer Unglücklicher, ich bin erst seit
so Kurzem erblindet, daß ich nicht mehr als zweihundert
Liren zusammen gebracht habe. Und wie lange ist es her,
fragte der erste, daß du erblindet bist? Etwa drei Jahre,
erwiederte Jener. Darüber kam ein dritter Blinder hinzu,
welcher Lazzero da Corneto hieß, und sprach: Gott grüß

euch, lieben Brüder. Jene verfeßten: Wer bift du? Lazzero
erwiederte: Ich tappe im Finftern wie ihr. Wovon fprecht
ihr? fuhr er fort. Sie erzählten ihm, es fei die Rede
von ihrem Gewerbe. Da fprach Lazzero: Ich bin blind
geboren und wenn ich das Geld noch befäße, das ich er=
worben habe, ich wäre der reichfte Blinde der Maremma.
Ich fehe wohl, fagte der dreijährige Blinde, daß ich keinen
finde, der nicht beffere Gefchäfte gemacht hätte als ich.

Wie fie nun alle drei zufammen faßen, hub der Eine
an und fprach: Die vergangenen Jahre laffen wir nun
einmal bewenden; wäre es aber nicht klüger, wenn wir für
die Zukunft Gemeinfchaft machten, und was wir gewinnen,
zu gleichem Recht unter uns theilten? Dann würden wir
uns immer zufammenhalten und im fchlimmften Fall nur
einen Führer gebrauchen. Diefer Vorfchlag fand Beifall,
fie reichten fich die Hände über den Tifch und befchworen
den Bund.

Sie hatten fchon einige Zeit in Gemeinfchaft gelebt,
als ein Schalk, der fie bei Abfchließung ihres Bündniffes
belaufcht hatte, ihnen eines Mittwochs am St. Lorenzthor
begegnete und Einem von ihnen einen Pfennig gab mit den
Worten: Theilt diefen Grofchen unter euch Dreien. Dies
feßte er einige Zeit fort, denn fo oft er fie an ihren Stand=
plätzen fand, fchenkte er ihnen einen Pfennig und fprach:
Theilt diefen Grofchen unter euch. Eines Tages fprach
Einer von ihnen, der diesmal das Almofen in Empfang
genommen hatte: Meiner Seele, der Grofchen, der uns ge=
geben worden ift, fcheint mir fo klein wie ein Pfennig.
Die andern verfeßten: Wo ift er? Laßt uns doch nicht
jetzt fchon anfangen uns zu betrügen. Jener erwiederte:
Wie kann ich euch betrügen! was mir gegeben wird, ftecke

ich in den Beutel, wie ihr auch thut. Brüder, mahnte
Lazzero, die Rechtschaffenheit ist eine schöne Sache. Dabei
blieb es für diesmal, sie fuhren fort zu sammeln und machten
aus, alle acht Tage den Gewinn zusammen zu schießen und
nach Dritteln zu theilen. Einige Tage nachher, in der
Mitte des Augusts, entschlossen sie sich ihrer Gewohnheit
nach, zum Fest unserer lieben Frau nach Pisa zu gehen.
Ein Jeder machte sich mit seinem abgerichteten Hund an
der Hand und mit seinem Bettelnapf, wie sie zu gehen pflegen,
auf den Weg; unterwegs sangen sie das Intemerata
in jedem Dorf, und als sie St. Gonda am Sonnabend
erreichten, welches ihr Abrechnungstag sein sollte, begehrten
sie von dem Wirth, bei dem sie einkehrten, ein Zimmer für
sie Dreie zusammen, um in der Nacht ihre Geschäfte ab-
zumachen. Der Wirth wies ihnen eins an, welches sie mit
ihren Hunden und Koppelriemen betraten. Als es nun
Zeit war, sich in der Kammer zur Ruhe zu legen, sprach
der Eine, mit Namen Salvadore: Zu welcher Stunde wollen
wir unsere Rechnung abschließen? Sie vereinigten sich: wenn
der Wirth und seine Leute zu Bette seien; und so geschah
es. Da sprach der dritte Blinde, welcher Grazia hieß und
die kürzeste Zeit blind gewesen war, zu seinen Gefährten:
Setze sich Jeder und zähle die Münze, die er hat, in seinen
Schoß, und dann laßt uns abrechnen, und derjenige, welcher
am meisten hat, mag den schadlos halten, der am wenigsten
hat. Dies ward beliebt, und jeder fing an zu zählen. Als
dies geschehen war, hub Lazzero an: Ich finde nach meiner
Zählung drei Liren, fünf Dreier und vier Pfennige. Salvadore sprach: Ich habe drei Liren und zwei Pfennige ge-
zählt. Da sprach Grazia: Schön, schön, ich habe nur sieben
und vierzig Dreier. Was zum Teufel, riefen die Andern,

was soll das heißen? Ich weiß nicht, sprach Grazia. — Wie, du weißt nicht? Du mußt einige Silbergroschen mehr empfangen haben als wir und die willst du uns so vorenthalten? Das ist ja eine Wolfsgesellschaft mit dir! Du heißest Grazia (Gunst), uns aber bist du mißgünstig. Jener entgegnete: Ich wüßte nicht, worin; denn als Jener sagte, er gäbe einen Groschen, schien es mir ein Pfennig. Was es nun war, weiß ich nicht; ich steckte es in den Beutel, wie ich euch sagte: ich werde allerwege so rechtschaffen sein als ihr, die ihr mich zum Verräther und Räuber machen wollt. Salvadore versetzte: Wohl bist du das, denn du raubst uns das Unsrige. Das lügst du in deinen Hals hinein, erwiederte Grazia. — Nein du lügst, nein du — und hiermit fuhren sie auf einander los und schlugen sich mit Fäusten und die Geldstücke flogen auf den Estrich. Als Lazzero sah, daß es zum Handgemenge komme, nahm er seinen Stock und schlug unter sie um sie zu trennen. Als Jene aber den Stock empfanden, griffen sie auch nach den ihrigen und fingen an sich zu prügeln, daß bald alles Geld auf dem Boden lag. Der Streit ward immer heftiger; sie schrien und schlugen mit den Stöcken und dazwischen bellten ihre Hunde und fuhren bald Diesem bald Jenem mit den Zähnen nach den Waden und dann schlugen die Blinden mit den Stöcken nach den Hunden, daß diese heulten, und so schien es ein wahres Turnier.

Der Wirth, welcher unter ihnen mit seiner Frau schlief, sprach zu dieser: Sollten wir Gespenster da oben haben? Sie erhoben sich beide, gingen mit einem Licht hinauf und riefen: Schließt auf. Die Blinden aber, vom Streit erhitzt, hörten nicht besser als sie sahen. Da stieß der Wirth die Thüre mit Gewalt auf, trat hinein und bekam,

da er die Blinden zu scheiden versuchte, einen Schlag ins
Gesicht. Darauf faßte er einen von ihnen, warf ihn zu
Boden und rief: Was zum Henker sitzt euch für ein Wurm
im Kopfe? Dann nahm er seinen Stock, prügelte sie alle
drei durch und rief: Schert euch aus dem Hause. Die
Frau des Wirths, die sich auch herzuwagte und schnatterte,
wie die Weiber pflegen, faßte einer der Hunde beim Saum
ihres Rockes und riß ein gutes Stück heraus. Zuletzt ging
den Blinden, die sich tüchtig durchgewalkt fühlten, der Athem
aus, jeder fiel in eine andere Ecke und Lazzero schrie:
Ach, Herr Wirth, ich bin des Todes. Das ist die Strafe
Gottes, versetzte der Wirth; schert euch aus meinem Hause.
Jene aber klagten ihr Leid und sprachen: Ach, Herr Wirth,
seht nur wie wir zugerichtet sind, unsere Gesichter triefen
von Blut, und was noch schlimmer ist, all unser Geld
liegt auf der Erde. Was Geld, rief der Wirth, hohl euch
der Henker, ihr habt mir fast das Auge aus dem Kopf geschlagen. Lazzero sprach: Vergieb uns, es war unser Wille
nicht, Gott hat es so gefügt. — Ich sage euch, geht mir
aus dem Hause. Jene versetzten: Gieb uns unser Geld
wieder, so thun wir was du befiehlst. Der Wirth ließ
das Geld auflesen, dessen Betrag er kaum zur Hälfte an-
gab und sprach: Es sind keine fünf Liren; eure Zeche beträgt zwei Liren: da bleiben drei; ich gehe aber auf der
Stelle zum Vicariat und fordre Recht gegen euch, denn ihr
habt euch an mir vergriffen und eure Hunde haben meiner
Frau das Kleid zerrissen.

Als die Blinden dies hörten, riefen sie mit einer
Stimme: Guter Freund, um Gotteswillen, richt uns nicht
zu Grunde: nimm von uns so viel wir vermögen und laß
uns mit Gott ziehen. Der Wirth entgegnete: Wohlan

denn, da ich nicht weiß, ob ich nicht das Auge verliere, so zahlt mir den Arztlohn, und das Kleid meiner Frau, das mich neu sieben Liren kostete. Endlich gaben die Blin= den dem Gastwirth das zur Erde gefallene Geld, welches neun Liren und zwei Dreier betrug und eine gleiche Summe, die sie noch bei sich trugen; dann baten sie den Wirth um Verzeihung für die Unruhen der Nacht und machten sich, so zerschlagen, wie sie waren, lendenlahm, mit geschwollenen Gesichtern und verrenkten Armen, vor Furcht so schnell aus dem Staube, daß sie am Morgen das Gebiet von Pisa er= reichten. Hier gingen sie in eine Schenke und fingen an, sich gegenseitig Vorwürfe zu machen. Der Wirth, der sie so blutig und wie mit allen Hunden gehetzt aussehen sah, verwunderte sich und sprach: Wer hat euch so zugerichtet? Sie antworteten: Das kann dir einerlei sein. Ein Jeder ließ sich ein Viertel Wein reichen, mehr um sich die Wunden und Beulen im Gesicht auszuwaschen, als zum Trinken. Als dies geschehen war, hub Grazia an: Wißt ihr was? Ich habe redlich für euern Vortheil, wie für den meinen, gesorgt und bin nie ein Dieb noch Verräther gewesen; dafür habt ihr mir übel gelohnt und mich an Leib und Gut fast zu Grunde gerichtet. Besser eine kurze Thorheit, als eine lange: ich sage mit Jenem: eins, zwei, drei, unsre Gesell= schaft ist vorbei; ich will nichts mehr mit euch zu schaffen haben: der Wirth soll mein Zeuge sein. Die beiden Andern entgegneten: Du heißest Gunst (Grazia); aber mag dir Gott so günstig sein, wie du es uns gewesen bist. Darauf ging Jener allein nach Pisa; Lazzero und Salvadore aber setzten ihre Reise zu dem Feste zusammen fort. Und weil sie nicht allein blind, sondern auch von Stockschlägen zerarbeitet waren, wurde in Pisa allen dreien reichliches Almosen zu Theil, so daß sie sich nicht nur über die ausgestandenen Schläge be=

ruhigten, sondern sie auch um keinen Preis hätten missen
mögen, nur um des Vortheils willen, den sie daraus her=
vorgehen sahen.

8.

Die drei Tauben.

Die vorige Geschichte von drei Blinden veranlaßt mich
eine andere zu erzählen, die einem meiner genauesten Freunde
widerfuhr und wie jene von drei Blinden handelte, so diese
von drei Tauben. Mein bemeldeter Herzensfreund war
Stadtrichter in einem kaum fünf und zwanzig Miglien von
Florenz entlegenen Orte und gegen das Ende seiner Ver=
waltung hatte er einst einen Rechtsstreit zu entscheiden, als
man ihm schon einen Nachfolger ernannt hatte, der stocktaub
war. Dem zeitigen Stadtrichter war dies wohl bekannt,
denn wenn die größte der drei Glocken in Florenz geläutet
wurde und seine Nachbarn sahen, daß er es nicht höre,
hoben sie die Finger in die Höhe und gaben ihm ein Zei=
chen, daß er nach Hause gehen solle, damit er nicht von den
Scharwächtern ergriffen würde, und so war es denn überall
kein Geheimniß, daß nach einem Monat der taube Stadt=
richter sein Amt antreten solle. Nun geschah es eines Tages,
daß eine Frau mit ihrem Bruder zu meinem Freunde, dem
Stadtrichter kam, und so zu sprechen begann: Herr Stadt=
richter, ich klage Gott und euch das große Leid, das mir
mein Nachbar mit Unrecht zugefügt hat. Er ist mir hinten
durch mein enges Gäßchen eingebrochen und hat mir den
Feigenbaum in meinem Garten ganz beschädigt und verdor=
ben. Ich bitte euch also, was er mir krumm gemacht hat,

15*

da es bei euch steht, wieder grad und recht zu machen.
Als dies der Stadtrichter hörte, kam ihm fast das Lachen
an, doch bezwang er sich noch. Darauf fuhr die Frau
fort: Und mein Bruder hier hat eine halbe Woche Tage-
lohn von ihm zu fordern und den Werth eines Esels, den
er ihm verdarb, obgleich er nichts als Gutes von euch gesprochen hatte. Der Stadtrichter fragte ihn hierauf, ob es
wahr sei, was die Frau sage? Er antwortete: Herr Stadtrichter, ich höre nicht was ich sehe, aber meine Schwester
hat euch gesagt, wie sich die Sache verhält. Der Stadtrichter rief nun den Gerichtsboten und ließ den Nachbar,
der den Feigenbaum beschädigt haben sollte, auf den nächsten
Morgen vorladen.

Des andern Tages erschien also die Klägerin mit ihrem
Bruder so wie der Beklagte vor den Schranken. Der
Stadtrichter sprach: Gute Frau, was fordert ihr von diesem
Manne? Sie machte nun ihre Rechnung für den Feigenbaum, und die ihres Bruders, der ein tauber Tölpel war.
Alsdann wandte sich der Richter zu der Gegenpartei und
fragte, ob das richtig sei, was die Klägerin vorbringe?
Der Beklagte kehrte die Ohren hin und her und sprach:
Herr Stadtrichter, ich höre nicht gut. Ein Mann, der ihm
zur Seite stand, sagte dem Stadtrichter, der Beklagte sei
harthörig; legte dann den Mund an dessen Ohren und schrie
laut: Der Stadtrichter fragt, ob das wahr sei? Der Beklagte antwortete: Ich weiß nicht, was ich hierauf antworten
soll. Da sprach die Klägerin: Er stellt sich wie aus den
Wolken gefallen; es ist wohl wahr, daß er etwas taub ist,
aber er hört recht gut, wenn er hören will. Hierauf erklärte der Stadtrichter, um von der Sache loszukommen,
der Frau, er befehle, die Parteien sollten sich dem Austrage
eines gemeinschaftlichen Freundes unterwerfen; und dies

ließ er auch dem Beklagten ins Ohr rufen. Sie fanden
auch bald einen solchen Freund, worauf der Stadtrichter
ihnen sagen ließ, sie sollten am nächsten Tage mit dem
Schiedsrichter vor ihm erscheinen. Am andern Morgen ge=
stellten sie sich demnach alle vor dem Stadtrichter, welcher
den Bescheid ertheilte, nach angehörter Sache müsse dieselbe
bei Strafe von fünf und zwanzig Liren binnen drei Tagen
abgemacht sein. Der Schiedsrichter stand da, wie aus Holz
geschnitzt, und wenn die Parteien am Gehör behindert waren,
so schien der Schiedsrichter stocktaub. Viele Leute aus der
Stadt waren zugegen, die sich fast das Zwerchfell zersprengten
vor Lachen. Endlich sprach der Stadtrichter: Gute Frau,
hier ist Keiner, der hören kann, als ihr, deßwegen wende
ich mich an euch, denn ich will in dieser Sache ein Urtheil
fällen. Die Klägerin, welche schon glaubte, sie solle für
ihren Feigenbaum entschädigt werden, versetzte: Thut das,
ich bitte euch um Gotteswillen. Das Urtheil, das ich spreche,
fuhr der Stadtrichter fort, ist dieses: Da ich sehe, daß
beide streitende Parteien taub sind und der Schiedsrichter,
den sie erwählt haben, ebenfalls taub ist, ich aber euch weder
verstehen, noch durch Zeichen mit euch reden kann, so über=
lasse ich, in Betracht, daß binnen einem Monat der neue
Stadtrichter sein Amt antritt, diesem die Entscheidung.
Die Klägerin, welche nicht taub war, bekreuzte sich und bat
den Stadtrichter selbst zu entscheiden, damit sie nicht so
lange auf Schadloshaltung für ihren Feigenbaum warten
müsse. Aber der Stadtrichter sprach: Wie ich gesagt habe,
so hat es sein Bewenden. Geht mit Gott. Die Klägerin
und die beiden Tauben gingen heim; die Umstehenden aber,
welche das Urtheil vernommen hatten, verstanden sehr wohl
was der Stadtrichter sagen wollte. Nichts anders nemlich,
als dies: Da sie alle drei taub seien, so sollten sie den

tauben Stadtrichter abwarten; dieser werde alsdann, da er
mit den Sitten und Gebräuchen der Tauben Bescheid wisse,
den Streit der Tauben taub entscheiden, wie es unter
Tauben billig sei.

--

9.

Die großen Fische verschlingen die kleinen.

Vor langer Zeit lebte in Modena die Wittwe eines
ziemlich begüterten Kaufmanns, Frau Cecchina genannt, der
ihr jüngst verstorbener Gatte einen etwa zwölfjährigen Kna=
ben hinterlassen hatte. Wie es aber in der ganzen Welt
zu geschehen pflegt, daß die Wittwen und Waisen als ge=
duldige Schafe und Lämmer viel von den Wölfen auszu=
stehen haben, wo diese sich nur zeigen, so erging es auch
dieser guten Frau, welcher die mächtigen Bürger heute dieses,
morgen jenes Stück ihres Erbes wegnahmen. Zuletzt nahmen,
man darf wohl sagen, raubten sie ihr ein Grundstück und
sie, die keinen Anwalt fand, ihre Sache zu führen, gerieth
in der Verzweiflung auf einen wunderlichen Einfall. Sie
bat einen befreundeten Nachbarsmann, ihr einen großen
Dienst zu leisten, der darin bestehen solle, daß er ihr, nur
für einen Tag, eine tragbare Kirchenglocke verschaffe. Der
gute Mann that nach ihrem Wunsch und brachte ihr die
Glocke. Darauf sprach sie, es war just in der Fastenzeit,
zu ihrem Freunde: Nun bitte ich dich, geh mit mir und
meinem Sohne nach dem Fischmarkt und kaufe mir zwei
Fische, einen großen und einen ganz kleinen, und wenn du
sie gekauft hast, so stecke den kleinen dem großen in den

Nachen und so tragen wir sie dann beide unverhüllt nach
Hause, daß ein Jeder sie sehen kann; mein Sohn aber soll
die Glocke in der Hand tragen und läutend neben dir her=
gehen und ich zu deiner andern Seite; wenn dann Einer
fragt, was das bedeute, so laß mich antworten.

Der Nachbar verwunderte sich sehr und fragte, warum
sie das thun wolle? Aber die Frau antwortete: Thu, was
ich dich bitte, du wirst schon sehen, warum es geschieht.
Der Nachbar versetzte: Ich bin es zufrieden. Die Frau
warf also einen Mantel um, gab die Glocke ihrem Sohne
und wies ihn an, nicht zu läuten, als wann sie es ihm ge=
biete; und so machten sie sich alle drei auf den Weg nach
dem Fischmarkt. Als sie hier ankamen, sah sich die Frau
um und sprach dann zu ihrem Freunde: Kaufe diesen großen
Hecht und einen der kleinen Fischchen, die auf jener Seite
feilgeboten werden. Der Nachbar that es, öffnete dem Hecht
den Gaumen und steckte ihm den kleinen Fisch zur Hälfte
hinein. Die Wittwe zeigte ihm, wie er den Fisch tragen
müsse, daß ihn ein Jeder sehen könne. Dann sprach sie zu
ihrem Sohne: Halte dich an unseres Nachbars Seite und
läute unaufhörlich die Glocke. Und nun, fuhr sie fort, laßt
uns nach Hause gehen. Sie machten sich also in diesem
Aufzuge auf den Weg, der Nachbar zeigte die Fische und
der Knabe läutete die Glocke, daß das Volk zusammenlief.
Die Leute fragten: Was habt ihr, Frau Cecchina? Was
stellt dies vor? Jeder hatte eine andere Frage zu thun.
Sie aber antwortete Allen gleich: Die großen Fische ver=
schlingen die kleinen, und so beschied sie einen Jeden und
sprach kein anderes Wort, bis sie nach Hause kam. Als
sie sich aber heiser gesprochen, der Sohn müde geläutet und
der Nachbar das Sinnbild aller Welt vorgezeigt hatte, sahen
sie doch kaum einen andern Gewinn davon, als daß sie den

großen wie den kleinen Fisch kochten und zum Imbiß ver=
zehrten. Dies geschah zu der Zeit, als die Pigli Herren
von Modena waren. Ohne Zweifel verstanden Viele die
Wittwe recht wohl und machten nur Miene, sie nicht zu
verstehen. Jeder Fürst aber, der zugiebt, daß die Wittwen
und Waisen beraubt werden, darf gewiß sein, daß seine
Herrschaft ein trauriges Ende nehmen werde. Das erfuhren
auch die damaligen Herren von Modena: denn kurze Zeit
nachher verloren sie die Herrschaft und das Land kam in
die Gewalt der Gonzagas.

10.

Alle Glocken lauten.

Ein ähnlicher Einfall war der folgende, der aber
weit mehr Erfolg hatte. Als Francesco de Manfredi Herr
von Faenza war, welches er als ein weiser und würdiger
Fürst so prunklos beherrschte, daß er mehr ein reicher
Bürger, als ein regierender Herr schien, geschah es nemlich,
daß einer der angesehensten Männer der Stadt ein Land=
gut besaß, an welches ein Grundstück stieß, das einem armen
Landwirth gehörte. Oftmals hatte er es kaufen wollen,
und ihm deßhalb Anträge gemacht, aber stets war ihm dies
fehlgeschlagen, denn der arme Mann, der es, so gut er
konnte, bestellte und so seinen Unterhalt gewann, hätte lieber
sich selbst als sein Stück Land verkauft. Da nun der reiche
Bürger sah, daß er in Güte nicht zu seinem Zwecke ge=
langen könne, gedachte er Gewalt zu gebrauchen, und da
nur ein kaum merklicher Graben zwischen seinem Grundstück
und dem des Armen die Grenze bildete, so pflügte er alle

Jahre, wenn er sein Feld bestellen ließ, einige Furchen darüber hinaus, wodurch er ihn jährlich um mehr als Armslänge verkürzte. Der arme Mann, der das wohl bemerkte, wagte es doch nicht, ein Wort zu sagen, außer daß er einigen Freunden heimlich sein Leid klagte. In einigen Jahren aber rückte die Sache so weit vorwärts, daß er in kurzer Zeit sein ganzes Eigenthum allmählig eingebüßt haben würde, wenn nicht ein Kirschbaum auf seinem Felde gestanden hätte, den zu überschreiten doch allzugewagt schien, weil Jedermann wußte, der Kirschbaum stehe auf dem Felde des Armen.

Der gute Mann, der sich so berauben sah, wollte vor Unmuth und Aerger vergehen; da er sich aber nicht beschweren, ja nicht einmal murren durfte, steckte er sich eines Tages wie ein Verzweifelter, zwei Goldgülden in Scheidemünze in die Tasche und lief zu allen großen Kirchen in Faenza, wo er sich für Geld und gute Worte versprechen ließ, daß zu einer gewissen Stunde zwischen der Vesper und Nonne alle Glocken geläutet werden sollten.

So geschah es wirklich, die Geistlichen nahmen das Geld an und zur bestimmten Stunde erklangen alle Glocken in hellem Geläute, so daß Alles aufhorchte und einer den andern ansah und fragte: Was bedeutet das? Unterdessen lief der arme Mann wie außer sich durch die Straßen. Ein Jeder, der ihn sah, rief ihm zu: He da, was lauft ihr? Weßhalb lauten die Glocken? Er aber antwortete: Weil die Gerechtigkeit gestorben ist, und an einer andern Stelle gab er zur Antwort: Für die Seele der Gerechtigkeit, welche gestorben ist. Und so verbreitete er diese Antwort mit dem Schall der Glocken durch die ganze Stadt, so daß endlich der Fürst, als er fragte, warum die Glocken lauteten, zur Antwort erhielt: Man wisse keinen andern

Grund als den, welchen ein gewisser Mann angebe, den man durch die Stadt laufen sehe. Darauf schickte der Fürst nach ihm und er gestellte sich nicht ohne große Furcht. Als der Fürst ihn erblickte, redete er ihn an: Nun sprich, was soll das heißen, was du in der ganzen Stadt aussprengst und was bedeutet das Glockengeläute? Er antwortete: Mein Gebieter, ich will es euch sagen; zuvor aber bitte ich, laßt mich euch empfohlen sein. Euer Bürger N. N. hat meinen Acker kaufen wollen; da ich ihn aber nicht verkaufen wollte, hat er mir alle Jahre, wenn er sein Feld bestellen ließ, bald eine bald zwei Ellen abpflügen lassen, bis er an einen Kirschbaum gekommen ist: denn da konnte er nicht weiter gehen, wenn es nicht zu auffallend werden sollte. Gott habe ihn selig, der ihn gepflanzt hat! Wenn er nicht dage= wesen wäre, so hätte mein Nachbar jetzt das ganze Land. Da mir nun von einem so reichen und mächtigen Mann mein Eigenthum genommen wurde, und ich ein armer Teufel bin, so entschloß ich mich nach langem Kummer und Leid= wesen aus lauter Verzweiflung jene Kirchen zu bezahlen, damit sie für die Seele der gestorbenen Gerechtigkeit läuten möchten.

Als der Fürst dies Wißwort vernahm und hörte, welchen Raub der reiche Bürger verübt hatte, ließ er diesen herbei= holen, und als sich die Wahrheit der Beschuldigung erwies, gab er dem armen Mann nicht nur sein Eigenthum zurück, sondern schickte auch Feldmesser dahin, welche ihm von dem Acker des reichen Mannes soviel zumessen mußten, als ihm dieser abgepflügt hatte. Ueberdies ließ er ihm die zwei Goldgülden zurückzahlen, die er für das Läuten der Glocken ausgelegt hatte.

IV.

Novellen des Giovanni Fiorentino.

1.

Galgano.

Jn Siena war ein Jüngling, Namens Galgano, reich
und vornehmer Geburt, tapfer, kühn, hochgesinnt, in allen
ritterlichen Fertigkeiten wohlgeübt und leutselig gegen alle Welt.
Dieser liebte eine Edelfrau von Siena, Minoccia mit Namen,
die Gemahlin eines edeln Ritters, Messer Stricca geheißen.
Er kleidete sich darum stets in die Farben dieser seiner Ge=
liebten, nahm ihr zu Liebe an Turnieren und Waffenspielen
Theil und veranstaltete zu ihren Ehren köstliche Gastmäler.
Aber demunerachtet wollte ihn Madonna Minoccia nicht er=
hören, weshalb Galgano zuletzt nicht mehr wußte, was er
thun noch denken sollte, als er sah, welche Grausamkeit in der
Brust der Herrin wohnte, die er mehr als sich selber liebte.
Denn bei allen Festen und Hochzeiten war er hinter ihr her
und achtete jeden Tag für verloren, an dem er sie nicht
gesehen hatte; auch schickte er ihr oft durch Mittelspersonen
Geschenke und Botschaften, die aber seine Dame nicht annehmen
noch anhören wollte und sich das einemal noch härter zeigte
als das andere. So litt denn ihr Verehrer lange Zeit
unter der großen Liebe und Treue, die er zu dieser Frau

trug und nicht selten geschah es, daß er sich über Amor
beschwerte und sprach: O du mein Gebieter, wie magst du
nur zugeben, daß ich so liebe ohne wieder geliebt zu werden?
Siehst du nicht, daß dies geradezu wider deine Gesetze ver=
stößt? So war er denn, wenn er an die Grausamkeit seiner
Herrin gedachte, der Verzweiflung nahe. Gleichwohl ent=
schloß er sich weislich, so lange es Amor gefiele, sein Joch
zu tragen: immer noch endlich Gnade zu finden verhoffend.
Aber wie er sich auch bemühte, ihr in Reden und Hand=
lungen zu gefallen, so ward sie nur unerbittlicher.

Da geschah es eines Tags, als Messer Stricca sich
mit seiner Gemahlin auf einem seiner Güter in der Nähe
von Siena befand, daß Galgano mit einem Sperber auf
der Hand vorüberkam als wenn er auf der Vogeljagd wäre,
in der That aber wollte er nur seine Geliebte sehen, an
deren Haus er dicht vorüberkam, so daß ihn Messer Stricca
sah und erkannte; alsbald ging er ihm entgegen, nahm ihn
freundlich bei der Hand und lud ihn ein mit ihm und seiner
Hausfrau zu speisen. Galgano dankte ihm, bat aber, ihn
für entschuldigt zu halten, da er durch dringende Geschäfte
verhindert sei. Messer Stricca versetzte: So nehmt doch
wenigstens ein Glas Wein zu euch. Aber der Jüngling
sprach: Großen Dank! Bleibt mit Gott, ich habe Eile. Als
Messer Stricca seinen Willen sah, ließ er ihn gehen und
kehrte zurück in sein Haus. Galgano aber, als er von
Messer Stricca wegkam, sprach zu sich selbst: O ich Unglück=
licher! Warum nahm ich seine Einladung nicht an? so hätte
ich sie doch sehen können, die mir lieber ist als die ganze
Welt. Indem er in solchen Gedanken weiter ging, hob
sich eine Elster: sogleich entließ er den Sperber, die Elster
flog in Messer Striccas Garten, wohin der Sperber ihr

nachflog und sie in seine Krallen nahm. Als Messer Stricca
und seine Gemahlin den Sperber gewahrten, liefen sie an das
Gartenfenster, und da sie sah, mit welcher Kraft und Gewandt=
heit der Sperber sich der Elster bemächtigte, fragte sie, denn
sie wußte es nicht, wem der Sperber gehöre. Messer Stricca
antwortete: Dieser Sperber gleicht ganz seinem Herrn, denn
er gehört dem trefflichsten und vollkommensten Jüngling in
ganz Siena. Die Dame fragte, wen er meine, worauf
ihr Gemahl antwortete: Jenen Galgano, der soeben hier
vorbeikam und meine Einladung mit uns zu speisen nicht
annahm. Und wahrlich, er ist der liebenswürdigste und
wackerste Jüngling, den ich jemals sah. Hiemit verließen
sie das Fenster und gingen zu Tische. Galgano aber lockte
seinen Sperber wieder zu sich und begab sich hinweg. Die
Frau aber hatte jene Worte wohl gemerkt und vergaß sie
nicht. Nun geschah es bald darauf, daß Messer Stricca
als Gesandter der Gemeinde Siena nach Perugia ging und
seine Frau allein daheim blieb. Da schickte sie sofort eine
Vertraute zu Galgano und ließ ihn bitten, doch zu ihr zu
kommen: sie wünsche sehr ihn zu sprechen, worauf er zurück=
sagen ließ, er werde sich mit Vergnügen einstellen. Da nun
Galgano vernommen hatte, daß Messer Stricca nach Peru=
gia sei, machte er sich Abends zu passender Stunde auf den
Weg und begab sich zu der ins Haus, die er mehr als
seine Augen liebte. Als er nun vor sie kam, grüßte er sie
auf das Ehrerbietigste: sie aber faßte ihn mit vielen Freuden
bei der Hand, umarmte ihn und sprach: Mein Galgano,
sei mir tausendmal willkommen! und ohne weiter zu sprechen
gaben sie sich zu wiederholten Malen den Friedenskuß. Die
Frau aber ließ Wein und süßes Naschwerk kommen und
als sie gegessen und getrunken hatten, nahm sie ihn bei der

Hand und sagte: Mein Galgano, es ist Schlafenszeit: gehen
wir zu Bette. Galgano versetzte und sprach: Ganz nach
eurem Belieben, Herrin! Sie gingen in die Kammer und
nach mancherlei anmuthigen Gesprächen entkleidete sich die Frau,
ging zu Bette und sprach zu Galgano: Mir scheint, du bist
verschämt und schüchtern, was hast du? gefalle ich dir nicht?
bist du nicht zufrieden, hast du nicht, was du wünschtest?
Galgano antwortete: Gewiß, Herrin, Gott hätte mir keine
größere Gnade erzeigen können, als daß ich mich in euren
Armen wiederfinden soll. Und indem sie noch · hierüber
sprachen, kleidete er sich aus, und stieg ins Bett neben die,
nach der er sich so lange gesehnt hatte. Als er nun unter
die Decke kam, sprach er zu ihr: Herrin, ich bitte euch noch
um eine Gunst. Sie sprach: Lieber Galgano, begehre. Aber
zuvor umarme mich. Das that er und sprach alsdann: Ma=
donna, ich wundere mich sehr, daß ihr mich heute endlich
habt zu euch entbieten lassen, nachdem ich euch so lange
gedient und nachgetrachtet habe, obgleich ihr mich nie sehen
noch hören wolltet. Was hat euch jetzt hiezu bewogen? Die
Dame antwortete: Das will ich dir sagen: Vor wenigen
Tagen kamst du mit dem Sperber auf der Hand hier vor=
bei und mein Gemahl erzählte mir, er habe dich zu Tische
gebeten; du hättest es aber nicht angenommen. Darauf flog
dein Sperber einer Elster nach und als ich sah wie gut er
jagte, frug ich meinen Mann, · wem er gehöre. Er ant=
wortete, er gehöre dem trefflichsten Jüngling von ganz Siena
und habe an seinem Herrn das beste Vorbild, denn er habe
nie einen Jüngling gesehen, der in allen Stücken so voll=
kommen sei. Und so war er deines Lobes voll, und als
ich dich so loben hörte und mich erinnerte, wie viel Wohl=
wollen du mir bewiesen hast, setzte ich mir vor, dich zu

mir zu bescheiden und nicht länger die Spröde gegen dich zu spielen. Dies ist die Ursache. Galgano fragte: Ist das wirklich wahr? Ganz gewiß, antwortete sie. Und sonst, fragte er, war kein Grund dabei? Nein, sagte sie. Nun wahrlich, sprach da Galgano, da mir euer Gemahl so viel Freundlichkeit erwiesen und so viel Gutes von mir gerühmt hat, so verhüte Gott, daß ich ihm eine Schmach anthue. Damit sprang er aus dem Bette, kleidete sich wieder an, beurlaubte sich von der Frau und ging seiner Wege. Die Frau sah er seitdem nie wieder mit solchen Augen wie früher an, ihrem Gemahl aber bewies er stets die größte Hochachtung und Liebe.

2.

Das Hemde der Glücklichen.

In Neapel war eine edle Dame, Frau Corsina genannt, aus Capovana gebürtig, und einem vornehmen Ritter vermählt, Namens Ramondo del Balzo. Nach Gottes Willen geschah es aber, daß sie Wittwe ward und ein einziger Sohn ihr verblieb, Carlo geheißen, der in Sprechen und Thun auffallend seinem Vater Messer Ramondo glich, weshalb ihn die Mutter zärtlich liebte und ihn nach Bologna schicken wollte da zu studiren und ein tüchtiger Mann zu werden, was sie auch that. Die Mutter gab ihm einen Lehrer bei, versah ihn mit Büchern und Allem, was er bedurfte und schickte ihn in Gottes Namen nach Bologna, wo sie ihn manche Jahre auf ihre Kosten hielt und mit allem Nöthigen ausstattete. Der Jüngling studirte auch dort mit vielem

Erfolge und ward in kurzer Zeit ein tüchtiger Gelehrter und
fast alle andern Studirenden Bolognas wollten ihm wohl
seiner guten Eigenschaften und des schönen und anständigen
Lebens wegen, das er führte. Nun geschah es, daß dieser
Jüngling, als er sich ausgebildet und die Würde eines
Licentiaten der Rechte erlangt hatte, eben nach Neapel
zurückzukehren gedachte, als er einer tödtlichen Krankheit
verfiel. Alle Aerzte Bolognas bemühten sich um seine
Heilung und Rettung, wußten aber den Weg dazu nicht zu
finden. Da nun Carlo sah, daß ihm nicht zu helfen sei,
sprach er zu sich selber: Ich traure und betrübe mich nicht
so sehr um mich, als um meine trostlose Mutter, die Alles
an mich gewandt hat, was sie besaß, in der Erwartung,
daß ich sie dereinst dafür entschädigen würde: ohne Zweifel
hoffte sie, ich würde die Stütze ihres Alters sein und
die Ehre unseres Hauses aufrecht zu halten wissen. Wenn
sie nun hört, daß ich gestorben sei und sie mich nicht einmal
habe wiedersehen können, das wird ihr gewiß ein tausend=
facher Tod sein. So nahm er sich seine Mutter mehr zu
Herzen als sein Sterben. Indem er nun diesen Gedanken
nachhing, glaubte er ein Mittel gefunden zu haben, daß sich seine
Mutter über seinen Tod nicht betrübe und schrieb ihr einen Brief
dieses Inhalts: Liebe Mutter, ich bitte euch, mir doch ein Hemde
zu schicken, das von der Hand der muntersten, kummerfreisten
und schönsten Frau in ganz Neapel genäht sei. Diesen Brief
erhielt die Mutter, die sich, sobald sie ihn gelesen hatte,
sogleich aufmachte Erkundigungen einzuziehen, wo sie eine.
Dame, die von allem Kummer frei sei, in kurzer Zeit
fände: das Letzte schien das Schwierigste, da sie doch voll Eifer
war ihrem Sohn zu dienen. Nun suchte sie so lange bis sie
eine Dame fand, die ihr schön und heiterer schien als sie

sich eine zu finden getraute. Demgemäß begab sich Frau Corsina zutraulich in das Haus dieser jungen Frau, die sie sehr freundlich empfing und sie tausendmal willkommen hieß. Da sprach Frau Corsina zu ihr: Ihr errathet wohl nicht, warum ich zu euch komme. Aus keinem andern Grunde, als weil ich bei mir erwogen habe, daß ihr die heiterste Frau in ganz Neapel seid und meines Erachtens am Wenigsten mit Kummer und Trübsal zu schaffen habt, und darum wollte ich euch um eine große Gefälligkeit ersuchen, nämlich, daß ihr mir mit eigener schöner Hand ein Hemde säumen möchtet, das ich meinem Sohne schicken will, der mich darum ge= beten hat. Die junge Frau versetzte: Ihr hättet bei euch erwogen, sagt ihr, ich sei die glücklichste Frau in ganz Neapel? So ist es, sprach Frau Corsina. So will ich euch denn zeigen, fuhr jene fort, daß gerade das Gegentheil der Fall ist, indem ich euch den Beweis liefere, daß nie ein unglücklicheres Weib geboren ward, die mehr Herzeleid und Kummer hatte als ich. Und damit ihr euch davon überzeugt, so kommt mit. Hiemit nahm sie die Fremde bei der Hand und führte sie in ein Vorzimmer und zeigte ihr einen Jüng= ling, der mit dem Hals an einem Balken hing. O Gott, was ist das? rief Frau Corsina. Die junge Frau holte einen tiefen Seufzer herauf und sprach: Frau Corsina, das war ein trefflicher Jüngling, der sich in mich verliebt hatte. Mein Ge= mahl fand ihn eines Tages bei mir und hing ihn hier auf, wie ihr ihn da seht, und was mich noch mehr schmerzt, jeden Abend und jeden Morgen zeigt er ihn mir und ich muß ihn sehen: urtheilt selbst, ob es mir beschwerlich und schmerzlich ist, ihn jeden Abend und jeden Morgen sehen zu müssen. Deshalb, wenn ihr aus einem andern Grunde wünscht, daß ich euch das Hemde nähe, so will ich es gerne thun, aber

16 *

nicht weil ich die glücklichste Frau sei: ich bin vielmehr die unseligste und bellagenswertheste, die je auf der Welt gelebt hat. Hierüber wunderte sich Frau Corsina sehr und sprach: Ich sehe wohl, daß es keine Frau giebt, die nicht Leid und Kummer trage und die am meisten, die am heitersten scheint. Und so nahm sie Urlaub von der jungen Frau, ging nach Hause und schrieb ihrem Sohne, er möge entschuldigen, daß sie ihm das Hemde nicht schicken könne, denn sie finde keine, die nicht Kummer und Leid habe so viel sie nur tragen könne. Wenige Tage darauf aber meldete ihr ein Brief den Tod ihres Sohnes: da sprach sie als eine verständige Frau zu sich selbst: Ich sehe wohl, daß es keine Frau in der Welt giebt, die keinen Kummer hätte. Auch die Jungfrau Maria hatte Kummer, die doch die Frau aller Frauen war. Darum will ich mich zufrieden geben, da ich sehe, ich bin es nicht allein. Gott verzeihe ihm und vergesse meiner nicht. Und hiemit beruhigte sie sich und lebte zufrieden und glücklich.

3.

Gute Rathschläge.

In Rom lebten zwei vertraute Freunde, von welchen der eine Janni, der andere Ciucolo hieß. Sie waren reich und mit irdischen Gütern gesegnet, verkehrten Tag und Nacht miteinander und liebten sich mehr als wären sie leibliche Brüder gewesen. Jeder hielt für sich sehr anständig Haus und lebte glänzend, denn sie waren edler Geburt und römische Ritter. Als sie eines Tages wieder beisammen waren, sprach der Eine zu dem Andern: Geht es dir denn wie mir? Warum dies? fragte Jener. Dieser fuhr fort: Ich mag noch so sparsam sein wie ich will, so bin ich am Ende des Jahres nicht vorwärts gekommen, sondern eher zurückgegangen. Da sprach der Andere: Ich glaube wahrhaftig, ich habe das verkehrteste Weib im Hause, das in der Welt sein mag. Sie ist eigentlich gar kein Weib, sondern der leibhafte Teufel. Ich kann ihr nicht so viel zu Liebe thun, daß mit ihr auszukommen wäre, früh und spät muß ich mich mit ihr zanken, mehr als mir lieb ist, so daß ich gar nicht weiß, wie ich es mit ihr halten soll. Janni versetzte: Wir wollen doch guten Rath einholen über diese unsere Fälle, du über deinen, ich über meinen. Ciucolo antwortete: Recht, ich bins zufrieden. Da machten sie sich auf und gingen zu einem wackern Manne, der Boethins hieß. Als sie zu ihm kamen, hub Janni an und sprach: Wir kommen, Herr, uns einen Rath zu erbitten: Ich spare das ganze Jahr und wirthschafte immer mehr zurück, worüber ich mich bei meinen Einnahmen verwundere. Und ich, sprach Ciucolo, habe das verkehrteste und widerspenstigste Weib in der ganzen Welt. Boethins sprach zu Janni: Steh früh auf, und zu Ciucolo: Geh auf die Engelsbrücke. Gott befohlen! Darüber wunderten diese Beiden sich und sprachen zu einander: Ist das ein Esel! Was soll das heißen, wenn ich ihn nach meiner Haushaltung frage und er antwortet mir: Steh früh auf! Und zu dir sagt er: Geh auf die Engelsbrücke! Sie gingen weiter und machten sich über ihn lustig. Einige Tage nachher aber begab es sich, daß Janni früh aufstand und sich hinter der Thüre versteckte und da stehen blieb. Da sah er, daß einer seiner

Knechte einen großen Krug Oel wegtrug, und ein anderer
ein Stück Dürrfleisch. Dies bewog Janni, die nächsten
Tage noch früher aufzustehen: da sah er, wie bald die eine
Magd dies, die andere das, bald die Kammerfrau Korn und
Mehl hinwegtrugen. Da sprach er zu sich selbst: Da ist
es freilich kein Wunder, wenn ich am Ende des Jahres
nicht vorwärts gekommen bin. Da rief er sogleich den
Knecht und sprach: Geh mit Gott und laß dich nicht
mehr hier im Hause sehen. Darauf rief er die Mägde
und die Kammerfrau und sagte ihnen dasselbe und schickte
sie alle fort. Darauf versah er sich mit neuen Knechten
und Mägden und begann auf seinen Haushalt ein wachsames
Auge zu richten und sieh, am Ende des Jahres hatte er Ueber=
schuß, während er früher zurückgewirthschaftet· hatte. Da
begegnete er eines Tages seinem Freunde und erzählte ihm,
was er beim Frühaufstehen entdeckt habe. Ei, rief da Ciu=
colo, so will ich denn auch versuchen, ob mir Boethius die
Wahrheit gesagt hat. Da ging er andern Tags auf die
Engelsbrücke, setzte sich hin und wartete. Da kam ein Esels=
treiber mit einigen beladenen Maulthieren des Weges, und
eins davon scheute und wollte nicht weiter; der Treiber faßte
es bei dem Halfter und wollte es über die Brücke ziehen:
das war aber nicht das Rechte, denn jemehr er vorwärts
zog, jemehr ging das Maulthier zurück. Der Treiber fing
an sich zu ärgern und schlug darauf los; aber das Maul=
thier trieb es nur noch schlimmer. Als dem Treiber die
Geduld riß, nahm er den Stock, der die Waarenballen zu=
sammenhielt, und schlug es damit auf den Kopf, auf Bauch
und Rippen und ließ Gift und Geifer so reichlich aus an
dem Maulthier, daß ihm der Stock zuletzt zerbrach. Da
ward auch das Thier zahm und bequemte sich über die Brücke

zu gehen, auf der es der Treiber mehrmals hin und her
führte, und als er sah, daß ihm der Starrsinn gründlich
ausgetrieben sei, seinen Geschäften nachging. Als Ciucolo
sah, wie es der Treiber mit dem Maulthier gehalten hatte,
sprach er zu sich selbst: Nun weiß ich was ich zu thun habe.
Mit diesem Gedanken ging er nach Hause, wo ihm die Frau
begegnete und gleich zu schreien und zu schelten anfing und
fragte, wie er so lange ausbleibe. Der Mann hörte es
geduldig an und blieb ruhig; in ihr aber kochte der Zorn
fort. Da sagte der Mann: Sei still, es könnte dir sonst
übel bekommen. O Himmel, rief die Frau, solltest du dich
unterstehen Hand an mich zu legen? dies Wort könntest du
schwer bereuen müssen. Sieh dich vor, sprach der Mann,
daß du mir nicht heiß machst: ich würde dir den Tag ver-
leiden. Darauf versetzte das Weib: Wenn ich glaubte, du hättest
nur ein Haar an dir, das so dächte, so ließe ich es meinen
Brüdern melden, die dich so handhaben würden, daß sie dir
das Lachen austrieben. Und du weißt noch nicht was dir
für das geschieht, was du eben gesagt hast. Bist du des
Teufels, rief der Mann, stand auf und ging auf sie los;
sie aber schrie und machte großen Lärm. Da griff er nach
einem Stock und lief auf sie los und bearbeitete ihr Rücken,
Kopf und Arme. Und als der Stock zerbrochen war, nahm
er einen andern und ließ sie auch den kosten. Da begann
sie zu schreien: Erbarmen, Erbarmen! Er aber schlug jetzt
noch heftiger und rief: Wahrhaftig, ich muß dich todt-
schlagen. Als die Frau den Zorn ihres Mannes sah und
sich ganz zerschlagen fühlte, fiel sie ihm zu Füßen und rief:
Lieber Mann, schlag nicht mehr: du wirst sehen, ich will
nicht mehr widerspenstig sein. Um ihr aber den Wider-
spruchsgeist gründlich auszutreiben, ließ der Mann sie noch

ein Paar mal im Saal auf und ab rennen, indem er den
Stock mit beiden Händen auf sie loßschwang. Und dies war
der gesegnete Augenblick, wo sich die Frau vorsetzte ihrem
Mann Alles zu Gefallen zu thun, und sich von nun an
als die sanftmüthigste und gefälligste Frau in ganz Rom
erwies. Auf diese Weise trieb Ciucolo seinem Weibe die
Widerspenstigkeit aus, und während er früher ewigen Krieg
und Zank mit seiner Frau gehabt hatte, lebte er jetzt mit
ihr in Liebe und Frieden. Wer also mit einem wider=
spenstigen Weibe beladen ist, nehme ein Beispiel an Ciucolo,
wie er selbst eins an dem Eselstreiber genommen hatte.

———

4.

Der Goldadler.

Der König von Aragon hatte eine Tochter, Namens
Lena, jung, schön, reizend, dabei so höfisch und verständig
als die Natur sie nur hatte bilden können. Daher glänzte
das Lob dieses edeln Geschöpfs über das ganze Land und
viel tapfere Herren begehrten sie zur Hausfrau, aber der
Vater versagte sie allen und wollte sie Niemand geben.
Nun geschahs, daß der Sohn des Kaisers Arrighetto mit
Namen von ihrer Schönheit hörte und sich so in sie ver=
liebte, daß er nichts mehr sann und dachte als wie er sie
zur Frau erhielte; auch entwarf er bald einen großartigen
und schönen Plan. Nun hatte er einen Goldschmied, den
größten Meister seiner Kunst, den man finden mochte: dem
trug er auf, ihm aus Gold einen prächtigen Adler zu

gießen in der Größe, daß sich ein Mensch darin verbergen
könnte. Als nun der Adler fertig war, so schön und meister=
lich als man nur sagen mag, gab er ihn dem Meister, der
ihn gebildet hatte und sprach: Geh mit dem Adler nach
Aragon und richte zu deinen Arbeiten eine Bude auf vor
dem Schloß, das die junge Königin bewohnt, und stelle den
Adler täglich vor deiner Werkstätte aus und sage, er sei zu
verkaufen. Ich werde auch dahin kommen, thu dann nur
was ich dir sage und kümmere dich weiter um nichts. Der
Meister nahm sein Werk wieder an sich und begab sich, mit
dem nöthigen Geld versehen, nach Aragon, wo er seine Bude
dem Palast gegenüber aufschlug, den die junge Königin be=
wohnte. Da begann er erst noch an seinem Meisterstück zu
arbeiten und stellte dann diesen Adler einige Tage der Woche
öffentlich aus, wodurch er die ganze Stadt herbeizog, dieses
Werk zu sehen, so schön und wunderbar war es ausgefallen.
Eines Tags trat auch die Königstochter ans Fenster, sah
den Adler, und ließ ihrem Vater sagen, sie wünsche ihn zum
Schmuck ihrer Wohnung zu erwerben. Da ließ der Vater
bei dem Meister nach dem Preise fragen, als Arrighetto
schon angekommen war; da berieth sich der Meister mit ihm,
der sich heimlich in des Goldschmieds Bude aufhielt. Arri=
ghetto sprach zu dem Meister: Gieb zur Antwort, du wollest
ihn ihr nicht verkaufen, aber wenn er ihr gefalle, werdest du
ihr gern ein Geschenk damit machen. Der Goldschmied be=
gab sich zu dem König und sprach: Mein Fürst, ich möchte
ihn euch nicht verkaufen; aber wenn er euch gefällt, so nehmt
ihn nur; ich will ihn euch gern zum Geschenk machen. Der
König antwortete: Laßt ihn herauf bringen, wir werden schon
darüber einig werden. Der Meister versetzte: Das soll ge=
schehen. Er ging zurück zu Arrighetto und sagte, der König

wolle ihn sehen. Da schlüpfte Arrighetto sogleich in den
Adler und nahm einige süße Speisen mit, die zu seinem
Lebensunterhalt dienen mochten und verschloß inwendig den
Vogel so, daß er ihn nach Belieben wieder öffnen konnte.
So ließ er sich hinüber tragen zu dem König. Als dieser
das schöne Werk sah, überwies er es seiner Tochter und
der Meister stellte ihn in ihrem Schlafgemach auf neben
dem Bette der jungen Königin. Als er damit fertig war,
sprach er zu ihr: Fräulein, deckt es nur nicht etwa zu; es
besteht aus einem Golde, das schwarz wird, wenn man es
bedeckt, und seinen Glanz verliert. Er fügte noch hinzu:
Fräulein, ich komme zuweilen hieher um nachzusehen. Die
Königstochter versetzte, das sei ihr lieb. Da kam der Gold=
schmied zurück zu dem König und meldete, der Vogel gefalle
dem Fräulein sehr. Ich will aber sorgen, fuhr er fort, daß
er ihr noch mehr gefällt, denn ich arbeite an einer Krone,
die der Vogel auf seinem Kopfe tragen soll. Der König,
dem das sehr gefiel, ließ sofort viel Geld herbeibringen und
sprach: Meister, macht euch hier selber bezahlt. Der Meister
antwortete: Mein Fürst, ich bin bezahlt, da ich mich eurer
Huld rühmen darf. Und was der König auch sagen mochte,
ließ er sich doch kein Geld aufnöthigen und sagte nur: Ich
bin schon bezahlt. Die Nacht darauf als Lena im Bette
lag und schlief, kam Arrighetto aus dem Vogel hervor und
schlich sich leise an das Bette, worin sie lag, die er mehr
als sich selber liebte, und küßte sie leise auf ihre weißrothe
Wange. Das Fräulein erwachte, gerieth in große Angst und
betete: Salve regina, mater misericordiae! Mit Zittern
rief sie die Kammerfrau, worauf Arrighetto eilends in den
Vogel zurückkehrte. Die Kammerfrau stand auf und fragte:
Was wünscht ihr? Sie antwortete: Ich spürte hier Jemand

mir zur Seite, der mir die Wange berührte. Die Kammer=
frau durchsuchte das ganze Gemach und sah und hörte nichts.
Da sie nichts fand, ging sie zurück ins Bette und sprach:
Sie hat gewiß geträumt. Nach einiger Zeit kam Arrighetto
sachte wieder an das Bette, küßte sie zärtlichst und flüsterte
leise: Liebes Herz, fürchte dich nicht! Das Fräulein erwachte
und stieß einen heftigen Schrei aus. Die Kammerfrauen
standen alle auf und sagten: Was hast du? Es ist gewiß
nur ein Traum. Arrighetto war wieder in den Vogel zu=
rückgegangen. Da untersuchten sie Thüre und Fenster, fanden
sie aber verschlossen, und da sie nichts fanden, fingen sie an
mit ihr zu schmälen und sprachen: Wenn du jetzt nicht ruhig
bist, sagen wir es deiner Hofmeisterin. Was sind das für
Thorheiten, daß du uns nicht schlafen lässest. Eine schöne Sitte,
in der Nacht zu schreien! Sieh jetzt zu, daß du dich nicht wieder
rührst, schlaf und laß uns auch schlafen. Das Mädchen fürchtete
sich, aber nach einer Weile, als es Arrighetto Zeit schien,
kam er wieder aus dem Vogel, trat sachte an das Bette und
flüsterte: Liebe Lena, schrei nicht und sei nicht bange. Sie fragte:
Wer bist du? Arrighetto sprach: Ich bin der Sohn des
Kaisers. Sie fragte weiter: Wie bist du denn herein ge=
kommen? Arrighetto versetzte: Das will ich dir sagen, ver=
ehrtestes Fräulein: ich bin schon lange in dich verliebt, seit
ich deine Schönheit rühmen hörte, und oft bin ich hieher
gekommen, dich zu sehen, und da ich kein ander Mittel
wußte, ließ ich diesen Adler machen, und in diesem bin ich
hereingekommen nur um mit dir zu reden. Darum bitte
ich dich inständig, habe Mitleid mit mir, da ich auf der
Welt kein größeres Gut als dich besitze und wie du siehst,
mein Leben um dich gewagt habe. Als das Mädchen die
holden Worte hörte, die Arrighetto zu ihr sprach, wandte

sie sich zu ihm, küßte ihn und sagte: Nach dem, was du um
mich gethan hast, wäre es die größte Abscheulichkeit, wenn
ich es dir nicht vergelten wollte. Darum bin ich zufrieden,
daß du nach deinem Willen an mir thust; zuvor möchte ich
aber wissen, wie du aussiehst. Kehre darum in deinen Ver=
steck zurück und fürchte dich nicht. Morgen will ich mich
stellen als wollte ich schlafen und die Kammerthür schließen.
So bleib ich allein, und wir können uns sehen und ausführ=
lich mit einander reden. Mein Fräulein, erwiederte Arri=
ghetto, und wenn ich jetzt sterben sollte, so wär ich doch froh,
daß ihr mich zu euerm Diener angenommen habt. Doch
möge es euch gefallen, mich zum Zeichen dessen wenigstens
einmal zu küssen. Die junge Königin küßte ihn lieblich,
denn sie fühlte schon im Herzen die Flammen der glühenden
Liebe. Darauf kehrte Arrighetto zurück in den Vogel. Am
andern Morgen sagte das Fräulein, sie wolle schlafen, denn
es däuchte sie tausend Jahre bis sie Arrighetto sähe; sie
schickte die Kammerfrauen hinweg und verschloß das Gemach
und lief zu dem Vogel, aus dem sogleich Arrighetto hervor=
kam und ihr zu Füßen fiel. Und als sie ihn so schmuck und
schön sah, fiel sie ihm gleich um den Hals, er aber schloß
sie in seine Arme und rief: Ich bin der glücklichste Mensch
unter der Sonne, da mir das Glück zu Theil wird, das
ich so lange ersehnt habe. Dann gab er ihr Bericht über
sich und sein Geschlecht mit so süßen und lieblichen Worten,
daß sie duftigen Veilchen zwischen würzigen Küssen glichen.
Unaussprechlich war die Liebe, die sie jetzt einander schenkten,
und die sie mehrere Tage und Nächte vereinigt hielt. Das
Fräulein versah ihn unterdessen mit leckern Speisen und
überirdisch köstlichen Weinen. Auch kam der Goldschmied
oft nach dem Vogel zu schauen und fragte nach Arrighetto,

ob er nichts befehle; er antwortete aber immer: Nein. Da
sprach Arrighetto eines Tags zu der Königin: Ich wünschte,
daß wir zusammen nach Deutschland zögen in unser Haus.
Sie antwortete: Lieber Arrighetto, ich bin mit Allem zu=
frieden, was dir gefällt. Arrighetto sprach: Ich will hin=
gehen und mit einem Schiffe zurückkehren an das Schloß
des Königs, das an der Küste steht, wo ich an einem be=
stimmten Tage eintreffen werde. Dann magst du deinem
Vater sagen, du wollest an der Küste spazieren gehen: er=
warte mich dann bei dem Schlosse, wohin ich am Abend kommen
werde, dich auf das Schiff zu bringen. Dann fahren wir
zusammen hinweg. Das soll geschehen, sprach das Fräulein.
Sie schickte alsbald zu dem Goldschmied und sprach: Trag
den Vogel hinweg und mache mir die Krone darauf, daß
ich sie bei meiner Rückkehr fertig finde. Der Meister ver=
setzte: Wenn der Herr es will, so ist es mir recht. Das
Fräulein sprach: Thu nur was ich dir sage. Da ließ der
Meister den Vogel in seine Bude schaffen. Und als es
Zeit war, trat Arrighetto hinaus, nahm Abschied von dem
Meister und fuhr heimlich fort in sein Land. Da befahl
er ein schönes Schiff auszurüsten nebst einigen bewaffneten
Galeeren zu dessen Vertheidigung, schiffte sich dann ein und
kam der Verabredung gemäß an das Schloß des Königs von
Aragon. Inzwischen hatte das Fräulein zu ihrem Vater
gesagt: Mein Fürst, ich möchte an den Hafen gehen der
Seelust zu genießen, und mich einige Tage in euerm Schloß
aufhalten. Der Vater war es zufrieden und ließ ihr viel
Frauen und Fräulein beigeben, sie auf ihren Spaziergängen
zu begleiten. Die junge Königin begab sich darauf mit
ihrem Geleit nach dem Schlosse und erwartete mit großem
Verlangen Arrighetto, bat Gott, daß er bald kommen möge

und schaute den ganzen Tag auf das Meer hinaus, ob sie ihn nicht kommen sähe. Spät Abends aber, zur verabredeten Stunde kam Arrighetto vor die Burg gegangen. Das Fräulein eilte sogleich zu ihm hinab, und umarmte ihn, worauf sie unverzüglich das Schiff bestiegen, die Segel lüfteten und mit Gottes Hülfe davon fuhren. So brachte sie Arrighetto in sein Land. Als sie aber Morgens nicht gefunden wurde, entstand im Schloß ein großer Lärm. Man meldete dem König, in der Nacht seien Seeräuber gekommen und hätten seine Tochter entführt. Darüber war der König auf das Schmerzlichste betroffen, er glaubte seine Tochter verloren. Und da er den wahren Sachverhalt nicht ahnte, schickte er nach einem seiner Söhne, der ein sehr entschlossener Jüngling war und sprach zu ihm: Ich befehle dir bei Todesstrafe, nicht wieder zu mir zurückzukehren, bis du weißt wo sie ist und wer sie entführt hat. Dieser ging sogleich zur See und verfolgte das Schiff und erfuhr bald für gewiß, daß der Sohn des Kaisers sie entführt habe. Und als er davon den Beweis in Händen hatte, kehrte er zu dem Vater zurück und meldete ihm, der Sohn des Kaisers sei in eigner Person dahin gekommen und habe sie entwendet. Demgemäß machte der König große Zurüstungen, um hinzuziehen und ihn in Deutschland selbst zu bekriegen, wozu er auch den König von Frankreich aufbot und den König von England, sowie die Könige von Navarra, Majolica, Schottland und von Castilien und Portugal nebst vielen andern Herren und Baronen des Abendlandes. Und als der Kaiser von den Rüstungen hörte, die jener gegen ihn machte, that er das Gleiche und bat und entbot die Könige von Ungarn und Böhmen und viele Markgrafen, auch Grafen und Herren Deutschlands, so daß beide Theile große Heerscharen zu-

fammenbrachten, um mit einander zu kämpfen, wie davon
sogleich näher berichtet werden soll. Als nun der König
von Aragon sein Heer beisammen hatte, brach er auf und
fiel in Deutschland in des Kaisers Gebiet, und als der Kaiser
von seiner Ankunft vernahm, hob er sich ihm entgegen nach
einer Stadt Namens Wien mit großer Menge Volks,
und als sie einander im Felde gegenüberstanden, hielt der
König von Aragon mit den Seinen Rath und beschloß den
Kaiser zur Schlacht zu fordern, wie auch geschah, indem er
ihm durch einen Trompeter einen blutigen Handschuh auf
einem Dornbusch schickte. Arrighetto als Oberfeldherr nahm
die Schlacht ohne Verzug an und durch Unterhändler setzten
sie den Tag an, wo sie sich auf dem Schlachtfelde begegnen
wollten. In der Nacht zuvor setzte der König von Aragon
zwölf Heermeister ein, sehr tapfere und einsichtige Männer.
Die erste Schar bildeten dreitausend erprobte Krieger, ganz
schwarzgekleidet, die er meist zu Rittern des goldenen Sporns
machte und Todesritter nannte, und seinen Sohn, Messer
Principale genannt, zu ihrem Hauptmann ordnete. Zu diesem
sprach er: Mein Sohn, heut ist der Tag, die Ehre deiner
Schwester wieder zu gewinnen. Darum ermahne ich dich,
sei tapfer und rüstig. Jede Fiber von Angst halt an dir
darnieder und laß dich lieber in Stücke hauen als zum
Weichen bringen. Dabei gab er ihm eine Standarte mit
goldenem Löwen in blauem Felde, ein Schwert in den
Klauen. Die zweite Schar führte der Herzog von Burgund
mit dreitausend Burgundern und Franzosen, alle gut beritten
und bewaffnet; im Wappen trug er jenen Tag goldene
Lilien in blauem Felde. Die dritte Schar befehligte der
Herzog von Lancaster mit dreitausend kühnen und in den
Waffen erprobten Engländern, alle mit Halsbergen, Brust=

harnischen und glänzenden Helmhüten bewehrt und unter einem Banner vereinigt mit drei goldenen Leoparden in rothem Felde. Der vierten Schar standen die Könige von Castilien und Schottland mit viertausend Kriegern vor, alle gut beritten und wohl bewehrt; sie folgten zwei großen Kriegsfahnen, in der einen ein weißes Schloß in goldnem Felde, in der andern ein grüner Drache in rothem Felde mit blauem Sparren in der Mitte. Die fünfte Schar leiteten und lenkten die Könige von Majolica und Navarra mit zweitausend guten Fechtern und als Wappen trugen sie in den Fahnen auf der einen eine schwarze Wölfin in weißem Felde, auf der andern drei weiße und rothe Schach= bretter mit einem goldenen Streifen in der Mitte. Die sechste Schar führte Graf Novello von Sansogna mit fünfzehn= hundert Provenzalen und in seiner Fahne sah man drei-rothe Rosen in weißem Felde. Die siebente und letzte Schar führte der tapfere König von Aragon und vier seiner Enkel mit fünftausend wohlbewaffneten und gut gerüsteten Aragoniern auf lauter guten Schlachtrossen, ganz mit Schuppen= und Ringpanzern bedeckt; und als Feldzeichen trug er diesen Tag einen Engel mit dem Schwert in der Hand; rings um diese Schar standen zweitausend Bogenschützen zu Fuß. Die zwölf Heermeister waren stets beflissen, diese sieben Scharen mit so viel Trompetern und Pfeifern in Ordnung zu halten, daß es wie der Donner erscholl.

In gleicher Weise war auch der Kaiser bedacht, seine Scharen zu ordnen. Seinen Sohn Arrighetto von Schwaben machte er an diesem Morgen zum Ritter und Grafen und gab ihm dreitausend Herren und Ritter bei, lauter vornehme Edelleute, und zum Feldzeichen eine kaiserliche Fahne mit einem schwarzen Adler in goldenem Felde; im Schild aber

trug er heute das Bild eines Fräuleins mit einer Palme
in der Hand, und diesen Schild hatte die ihm gegeben, um
derentwegen die Schlacht geschlagen ward. Und als der
Kaiser ihm diese Standarte und solches Gefolge gegeben
hatte, sprach er zu ihm: Mein Sohn, es ist deine Sache!
darum sage ich dir weiter nichts. Die zweite Schar führte
ein Neffe des Königs von Ungarn mit fünftausend Ungarn
in bester Zurüstung, und als Wappen trug er in seinem
Banner goldene Lilien in blauem Felde mit weißen und
rothen Streifen. Die dritte führte der alte König von
Böhmen mit sechstausend durchaus bewaffneten, gut berittenen
und kampflustigen Rittern, und als Wappenzeichen führte er
in seiner Fahne einen weißen doppeltgeschwänzten Löwen in
rothem Felde. Die vierte Schar leitete der Graf von der
Lippe, Herzog von Oesterreich mit sechstausend waffenge=
übten und kampferfahrenen Rittern von großer Kühnheit; und
als Abzeichen trug er ein Doppelbanner: in dem einen war
ein weißer Adler in rothem Felde mit etlichen weißen
Punkten, in dem andern ein weißer Berg in blauem Felde
gemalt, in dem ein Schwert steckte. Die fünfte Schar
führte der Graf von Savoien und Graf Wilhelm von
Luxemburg mit dreitausend fünfhundert Rittern, lauter tapfern
und rüstigen Leuten ohne alle Furcht; und als Abzeichen trugen
sie zwei Fahnen, in der einen einen Bären in gelbem Felde
und in der andern weiße und rothe Vierecke. Die sechste
Schar führte der Patriarch von Aquileja mit vierzehnhundert
Grafen, Freiherren und Rittern, und als Wappen hatte er
in seiner Fahne eine Bischofsmütze zwischen zwei weißen
Krummstäben in rothem Felde. Die siebente und letzte
Schar führte der Kaiser mit viertausend wohlerprobten
Deutschen, die in den Waffen geboren schienen, und trug als

Wappen die Kriegsfahne, die der Engel Karl dem Großen
brachte, die Oriflamme, d. h. eine Feuerflamme in
goldenem Felde. Und wahrlich diese letzte Schar bestand
aus lauter tapfern und tüchtigen Kriegern, und jede Schar
hatte vier Seneschalle, die immer die Scharen umritten,
damit Keiner aus ihnen herausträte, und weder Unordnung
noch Lücken entstehen könnten. Als so die Scharen beider=
seits geordnet und geschieden waren, gingen die Schlichter
voraus, um Bäume und Hecken wegzuhauen und Gräben
auszufüllen, und als der Tag anbrach, sah man bald auf
beiden Seiten die Strahlen der Sonne von den glänzenden
Helmen zurückgeworfen, sah die Staubarten, Banner und
Fahnen im Winde flattern, hörte die Pferde wiehern, die Trom=
peten und Pfeifen auf beiden Seiten schmettern und schallen als
wenn rings Alles blitzte und krachte. Niemals sah man
noch zwei so edle und herrliche Heere auf einem Felde ver=
sammelt, so viel tapfere und erfahrene Kriegshelden auf
beiden Seiten wie auf diesem prächtigen Felde. Und
wenn je ein Heer mit Einsicht geführt wurde, so war es
das des tapfern Königs von Aragon, der, sobald es Tag
wurde, daß sie einander sehen und erkennen mochten, einher=
ritt, seine Scharen anzufeuern, im Waffenwerk zu ermahnen
und aufzufordern, sich mannhaft und tapfer zu halten, denn
heute gedächten sie mit dem Schwert in der Hand den
Deutschen den Kaisertitel zu nehmen und in glorreichem
Triumph in ihre Heimat überzuführen, wie das schon zu
den Zeiten des großen Kaiser Karl geschehen sei. Darum
bitte er sie, daß sich jeder als ein echter Paladin erweise
in Betracht des ewigen Ruhms, den sie sich und ihren Nach=
folgern an diesem gesegneten, siegreichen Tage erwerben
würden, an dem Gott und der selige St. Georg ihnen den

Sieg verleihen wolle. Und darum, fuhr er fort, laßt eure
Schwerter einhauen und gebt keinem der Feinde Quartier,
denn der einmal todt ist, steht nicht wieder auf, mit euch
zu kämpfen: wer sich aber beigehen ließe, an dem heutigen
Tage nicht tapfer zu sein, wo es so glorreichen Ruhm zu er=
werben gilt, der mache sich nur darauf gefaßt zu sterben,
denn wir sind in ihrem Lande und finden hier keine Zuflucht:
unser Heil liegt allein in den Schwertern. Wir sind also
genöthigt uns tapfer zu erweisen. Darauf befahl er, wenn
gleichwohl Einige seiner Leute sich zur Flucht wendeten, so
sollten sie zuerst sterben.

Nach dieser Rede konnten seine Scharen den Augenblick
kaum noch erwarten, wo sie handgemein wurden, denn sie
glaubten das Recht auf ihrer Seite. Eben so machten es
der Kaiser und sein Sohn Arrighetto bei ihren Völkern:
sie riefen ihnen ins Gedächtniß, daß das deutsche Blut das
edelste sei und das tapferste in der Welt. Nicht ohne Grund,
sagten sie ihnen, haben wir die heilige kaiserliche Krone ge=
wonnen und besitzen sie seit Jahrhunderten. Darum haltet
euch wacker und muthig und dämpft den Ehrgeiz und die
Anmaßung dieser Gallischen Fremdlinge, die ihre Vermessen=
heit in unsere Lande führt uns zu verschlingen. Gedenkt
unserer Voreltern, die immer in den Waffen Meister und
begierig waren, ihrem Vaterlande Ehre zu erwerben, wie der
erste Kaiser, der tapfere Otto von Sachsen, und der kühne
Heinrich der Erste, der erste Konrad, der zweite, dritte und
vierte Kaiser Heinrich und Friedrich der Erste, der erlauchte
Rothbart, und andere mehr.

Inzwischen ging der Patriarch von Aquileja durch die
Scharen segnend und Jedem seine Sünden vergebend mit der
Ermahnung wacker zu kämpfen: so würden sie Sieger bleiben.

17 *

Nachdem man beide Theile mit dem Kreuzeszeichen ge=
segnet und den Scharen des Kaisers St. Paul, denen von
Aragon der Ritter St. Georg als Losungswort gegeben
war, rückten sich die beiden ersten Scharen allgemach näher,
legten die Lanzen ein und holten kräftig aus einander zu
treffen und griffen sich tapfer an, und als die Lanzen ge=
brochen waren, legten sie die Hand an die Schwerter und
schlugen so ungeheuerlich auf die glänzenden Helme los,
daß die Funken himmelwärts sprühten, so groß war ihre
Begierde einander zu treffen und zu verderben. Da ge=
schahs, daß Arrighettos Roß unter ihm stürzte und er selbst
zu Falle kam, doch richtete er sich alsbald wieder auf und
schuf sich mit dem Schwert in der Hand Bahn. Von den
Rittern des Todes standen viele umher, aber keiner konnte
ihn greifen; aber sein Schwager Principale kam über das
Feld gesprengt und stieß zufällig auf ihn, so daß sie sich
erkannten. Da rief ihm Messer Principale zu: Verräther,
du bist des Todes. Arrighetto entgegnete: Ich bitte dich
deiner Schwester zu Liebe mich nicht zu tödten. Aber Prin=
cipale erwiederte: Verhüte Gott, daß ich dich schone, da
du mein nicht geschont hast. Er schwang sein Schwert und
schlug auf ihn und wäre seine gute und erprobte Rüstung
nicht gewesen, so wäre er heute sicher gestorben, denn er
schnitt ihm den ganzen Schild durch, den er am Arme trug.
Da kam ihm der Neffe des Königs von Ungarn mit der
ganzen Schar der Ungarn zu Hülfe: er wurde gleich wie=
der auf ein Pferd gesetzt und stürzte sich mit dem Schwert
in der Hand unter die Feinde. Nun begann die andere
Seite zu weichen wegen der Uebermacht, die auf sie drückte.
Der Herzog von Burgund mit seiner Schar stieß zu ihnen,
so daß dort ein heftiger Kampf entstand und viel Leute

umkamen. Aber die Ungarn griffen nach den Bogen und spannten und schossen sie mit so verderblichem Erfolge ab, daß die Pfeile sich gleichsam drängten und von ihren Schüssen so viel Volks getroffen und getödtet ward, daß die Feinde zu weichen sich genöthigt sahen. Aber der Herzog von Lancaster that sich jetzt hervor mit den tapfern und muthigen englischen Rittern: er kam wie ein losgelassener Löwe unter die Ungarn gefahren und schrie: Tod und Verderben! Da flohen die Ungarn vor ihnen wie eine Heerde Schafe. So stieß er auf den Neffen des Königs von Ungarn, legte die Lanze ein, griff ihn von hinten an und warf ihn vom Pferde so lang die Lanze war. Da waren sie plötzlich alle um und über ihn her, und weil er aus königlichem Hause war, wollten sie ihn nicht tödten, sondern nahmen ihn gefangen. Als die Ungarn ihren Hauptmann gefangen sahen, geriethen sie in Unordnung. Der König von Böhmen bemerkte dies, setzte seine Schar muthig in Bewegung und schrie den Feinden entgegen: Blut, Blut! Da gab es ein heftiges und herbes Gefecht. So setzten sich auch die andern Scharen in Bewegung: die des Königs von Castilien, des Königs von Schottland und des Herzogs von Oesterreich. Als diese Scharen zusammentrafen, war der Lärm und das Geschrei so groß und der Wiederhall ihrer Schwertschläge, daß Luft und Erde davon zu zittern schienen. Und indem sie durch das Feld sprengten, begegneten sie dem König von Schottland und dem Herzog von Oesterreich und mit großer Verwegenheit rannten sie einander an, und als die Lanzen verschwendet waren, griffen sie zu den Schwertern. Der Herzog durchschlug dem König von Schottland den Arm, so daß der König das Schwert nicht mehr führen konnte: Der Herzog ergriff ihn und nahm ihn gefangen. Als sein Volk seinen

Herrn gefangen wegführen sah, widersetzte es sich, rottete sich zusammen, warf sich dem Herzog entgegen und nahm ihm seinen Gefangenen mit Gewalt wieder ab. Darüber rasend stürzte er sich mit solcher Wuth unter sie, daß wer vor ihm fliehen mochte, von Glück zu sagen hatte. Er ließ sich aber von der Leidenschaft so weit fortreißen, daß er in die fünfte Schar hinübersprengte, wo die Könige von Navarra und Majolica standen, die mit Besonnenheit in die Schlacht ritten. Diesem nun begegnend, senkte der König von Majolica die Lanze, zielte damit auf seine Brust und bohrte sie durch und durch. So fiel er zur Erde und der tapfere Herzog von Oesterreich war nicht mehr. Als die Krieger dieser Scharen in der Schlacht einen so siegreichen Anfang gemacht sahen, wurden sie muthvoll und liefen kühnlich bis zu der Schar des Herzogs von Savoien und des Grafen Wilhelm, und da gab es eine harte und scharfe Schlacht und mit Gewalt wurden die Banner der besagten Fürsten zu Boden geworfen, so daß sie der Niederlage nahe waren. Als das der Patriarch von Aquileja sah, warf er sich plötzlich der Wuth des Königs von Majolica entgegen; auch war er so gut zu Pferde und hatte so tapferes Gefolge, daß er sich mit Gewalt Bahn brach und heftig dahin ritt, wo Principale stand, der sich ihm eifrig entgegenwarf und ihn mit der Lanze traf, daß ihm ein Splitter des Spereisens in der Brust stecken blieb; aber seine Stärke war doch so groß, daß sie ihn hinwegtrug, und er, verwundet wie er war, den Feinden noch großen Schaden zufügte; zuletzt aber begann ihm in Folge des großen Blutverlustes das Gesicht zu versagen. Indem er nun über das Feld sprengte, traf er auf Arrighetto, der, als er ihn erkannte und so verwundet sah, ausrief: Weh mir, lieber Herr, was ist das? Der Patriarch sprach: Mein Sohn, zieh mir das Eisen aus; ich bin des Todes! Sogleich zog er ihm das Eisen aus, und der Patriarch sprach: Ich sehe fast nichts mehr: darum stopfe und verbinde mir diese Wunde gut und führe mich dann dahin, wo das Schlacht= gewühl am dichtesten ist, denn von meiner Hand sollen noch Etliche sterben. Und so geschah es; denn sobald er verbun= den war, küßte er Arrighetto, segnete ihn und sprach: Lieber Sohn, entsetze dich nicht über meinen Tod, sondern folge meinem Beispiel und geh mit Gott! Dies ist keine Zeit, da zu stehen und Worte zu machen. Damit stürzte er sich, das Schwert in beiden Händen, in die Schlacht, und wehe dem, der ihm zu nahe kam. So hielt er sich noch einige Zeit, bis er todt vom Pferde fiel. Als Arrighetto die Schar des Grafen von Sansogna daher kommen sah, hob er sich ihm entgegen mit den Seinigen, die sich unterdessen er= frischt hatten und fiel verzweifelt über den Grafen her. Der aber, als er ihn so tollkühn auf sich zukommen sah, rannte ihm muthvoll entgegen. Arrighetto setzte ihm die Lanze auf die Brust und stach sie gewaltig durch und durch, so daß der mannhafte Graf vom Pferde fiel und bald darauf starb. Die Seinigen hoben seine Leiche auf und trugen sie weg in ihr Lager. Als der König von Aragon den guten Grafen von Sansogna todt sah, konnte er sich der Thränen nicht enthalten. Darauf nahm er die Lanze in die Hand und rief: Krieger, wer mir wohl will, der folge mir. So brach er auf wie ein Gewittersturm und hieb Alles mit seinem Schwert entzwei was ihm begegnete und rannte über das Feld wie ein Drache und Alles floh vor ihm. Als der Kaiser dies sah, führte er seine Schar ingrimmes Muthes gegen den König von Aragon. Als die beiden Scharen zu= sammentrafen, schienen sie Teufel aus der Hölle: so heftig war der Sturm, mit dem Beide widereinander losfuhren und die ungemessenen Schläge anstheilten und empfingen. Der König von Aragon warf den Schild auf den Rücken, nahm das Schwert in beide Hände und spaltete alle, die sich vor ihm wagten, so daß bald Jeder vor ihm floh, denn sie konnten seinen furchtbaren Schlägen nicht Stand halten, da so viel Barone und Grafen von seinen Händen erlagen. Das Gemenge war sehr groß, man gab und empfing ge= waltige Schläge, durchschnitt Schilde und Panzer, Hände und Arme und vergoß Ströme von Blut das ganze Feld entlang; namentlich brachte der Kaiser seinen Feinden den größten Schaden bei.

Da begab es sich, daß der König von Aragon zufällig an eine Quelle kam, bei der Arrighetto, der sich erfrischen wollte, den Helm abgenommen hatte. Der König von Aragon stieg vom Pferde und erkannte sogleich an Schild und Helmzeichen Arrighetto und ohne ein Wort zu sagen, holte er mit dem Schwerte aus und schwang Arrighetto einen mächtigen Streich übers Gesicht mit den Worten: Das habe du auf Abschlag als Aussteuer meiner Tochter. Darauf sprang er wieder in den Sattel und rief Arrighetto zu: Greif zu deinen Waffen, denn heute ist der Tag, an dem du von meiner Hand bei diesem Brunnen sterben sollst. Arrighetto versetzte: Es ist nicht Rittersbrauch mit einem Manne zu kämpfen, der so schrecklich verwundet ist wie ich. Der König antwortete: Verbinde dir die Wunde und steig zu Pferde, denn ich will wissen, ob du so tapfer bist als man mir gesagt hat. Während sie so miteinander verhandelten, kam der Graf Guido von Luxemburg mit einigen seiner Barone an den Brunnen geritten sich abzu= kühlen, und als er den König von Aragon und Herrn Ar= righetto erkannte und von ihrem Handel hörte, wandte er sich zu dem König und sagte, er wolle diesen Streit scheiden, womit der König und Herr Arrighetto zufrieden waren. Darauf sprach der Graf: Herr König, ich will, daß heute diesem Kampf ein Ziel gesetzt werde bis Herr Arrighetto geheilt und wieder im Stande ist zu fechten. Inzwischen könnt ihr Beide im Lager bleiben und diesen Zwist unter euch ausmachen, damit nicht so viele tapfere Männer sterben müssen eines Weibes wegen, denn bei meiner Treue, nie hab ich eine blutigere Schlacht gesehen als diese.

Der König war damit einverstanden und Herr Arrighetto gleichfalls, sie gaben sich die Hand auf den künftigen Kampf und gingen hinweg, und als sie wieder auf das Schlachtfeld kamen, ließen Beide in die Trompete stoßen und zum Rückzug blasen. Es kostete aber sehr große Mühe dies grausame Handgemenge zu trennen.

Als nun am Abend beide Theile in ihre Lager zurückgekehrt waren, ließ der König von Aragon die ihm verbündeten Könige, Grafen und Herren alle versammeln und sagte ihnen was er gethan und versprochen habe. Da waren alle damit einverstanden, ausgenommen Herr Principale. Er sprach: Lieber Vater, ich wünsche selbst mit ihm zu kämpfen, denn ich bin jung wie er und hab ihn heute den ganzen Tag auf dem Schlachtfelde gesucht und konnte ihn nirgend finden. Der König versetzte: Mein Sohn, laß ihn erst geheilt sein, hernach magst du ihm was du willst. Es begab sich aber, daß der Pabst, der von den gewaltigen Aufgeboten hörte, welche der Kaiser und der König gemacht hatten, zwei Cardinäle zu ihnen schickte sie zu vergleichen. Sie fanden die Sache in schlimmem Stande und mußten mehrmals mit dem Kaiser und dem König von Aragon Gespräche pflegen, die sich sehr ungern zum Frieden bewegen ließen. Doch

wurden sie endlich durch die Bitten der beiden Cardinäle
und die Befehle, welche ihnen der Pabst mit Androhung
des Bannes durch sie übersandte, bestimmt, Frieden zu
schließen und sich Gott zu Liebe mit einander zu ver=
tragen, worauf unter großen Feierlichkeiten und Freuden=
festen sich Herr Arrighetto mit der Tochter des Königs ver=
mählte, Herr Princivale aber Arrighettos Schwester zur
Frau nahm. Und nachdem sie sich einander verziehen und
durch Vermittlung der beiden Cardinäle Frieden und Ver=
wandtschaft geschlossen hatten, schieden sie mit großer Feier=
lichkeit in Frieden von einander und kehrten Beide beruhigt
in ihr Land zurück.

5.

Die vertauschten Briefe.

Ein König von Frankreich hatte eine Tochter, Namens
Dionigia, schön und lieblich wie kaum sonst ein Weib ihrer
Zeit, und ihr Vater wollte sie, als es Zeit war sie zu
vermählen, seines Reichthums wegen einem der mächtigsten
deutschen Fürsten geben, der siebzig Jahre alt war; aber
das Mädchen wollte ihn nicht, obgleich der Vater entschlossen
war, sie ihm gegen ihren Willen zu geben. Da sann das
Mädchen nichts andres als wie sie Mittel fände zu fliehen.
Sie verkleidete sich also bei Nacht als Pilger, bestrich ihr
Gesicht mit Kräutern, die ihre Farbe änderten, steckte etliche
kostbare Steine zu sich, welche ihr die Mutter hinterlassen
hatte und nahm den Weg nach der Küste. Als sie an das
Meer kam, stieg sie auf ein Schiff und fuhr hinüber nach

England. Als der König, ihr Vater, sie am Morgen nicht
fand, ließ er sie in der ganzen Stadt suchen, ja im ganzen
Reich, und als sie nirgend zu finden war, dachte er, sie
habe sich vor Leid ums Leben gebracht. Das Mädchen unter=
deß, sobald sie ans Land gestiegen war, nahm die Richtung
nach einer Stadt und kam an ein Kloster, das reichste des
Landes, dessen Priorin eine Verwandte des Königs war.
Dieser sagte das Mädchen, sie wolle Nonne werden. Die
Priorin fragte sie, wer sie sei, wessen Tochter und woher
sie käme. Sie antwortete, sie sei die Tochter eines französi=
schen Bürgers; Vater und Mutter seien ihr gestorben und jetzt
nach einigen Reisen, die sie gemacht hätte, gedächte sie sich
dem Dienste Gottes zu weihen. Die Priorin, die sie so
artig und freundlich sah, gedachte sie als Schülerin anzu=
nehmen, daneben auch sich ihre Dienste gefallen zu lassen und
sprach: Liebes Kind, ich nehme dich sehr gerne an; zuvor
aber mußt du unsere Regel und Lebensweise kennen lernen;
hernach magst du, wenn dir unser Haus gefällt, das geist=
liche Gewand nehmen. Dionigia hiemit ganz zufrieden trat
in das Kloster ein und begann der Priorin und den Schwestern
so demüthig zu dienen, daß alle Nonnen im Kloster große
Liebe zu ihr gewannen und ihre Schönheit und feinen Sitten
bewunderten. Fürwahr, sagten sie, das muß ein Fräulein
hohen Standes sein.

Nun begab es sich bald darauf, daß der König von
England, dessen Vater vor Kurzem gestorben war, sein Land
bereiste und auch in dieses Kloster kam, seine Base, die
Priorin, zu besuchen, die ihm die feierlichste und ehrenvollste
Aufnahme bereiten ließ. Während seines Verweilens nun
erblickte er Dionigia, die einen tiefen, unaussprechlichen Ein-
druck auf ihn machte. Er fragte die Priorin, wer sie wäre;

sie konnte ihm nur erzählen, wie sie dahin gekommen sei und wie sie sich betragen habe. Da kam er auf den Gedanken sie zur Frau zu nehmen und sagte es der Priorin, welche das aber nicht billigte, angesehen, daß er nicht wisse, wer sie sei, ihm aber eine Königs- oder Kaiserstochter gezieme. Gewiß, entgegnete er, ist sie die Tochter eines großen Herrn nach ihrem Betragen, ihren feinen Sitten und ihrer Schönheit. Sie ist so wie du sagst, sagte die Priorin. Der König versetzte: So will ich sie denn so wie sie ist, sie sei auch wer sie sei. Die Priorin ließ sie rufen und sprach zu ihr: Dionigia, unser Herrgott hat dir ein großes Glück zugedacht: der König von England verlangt dich zur Gemahlin. Als sie das hörte, verfärbte sie sich und sprach, das wolle sie durchaus nicht, sondern wolle Nonne werden: darum bitte sie, ihr von solchen Dingen nicht mehr zu sprechen. Dies berichtete die Priorin dem König, der aber den unabänderlichen Entschluß kund gab, sie allen Hindernissen zum Trotz zur Frau zu nehmen. Als die Priorin seinen festen Willen sah, redete sie ihr so lange zu, bis sie einwilligte, worauf sie der König in Gegenwart der Priorin zur Gemahlin nahm. Er beurlaubte sich dann von ihr mit seiner Frau und begab sich nach London, wo er in seinem Palast ein herrliches Fest veranstaltete und alle seine Barone dazu einlud. Als diese die große Schönheit sahen, ihre edle Haltung und das feine Benehmen, da war Keiner unter ihnen, der sich nicht in sie verliebt hätte. Nur die Mutter des Königs wollte sich, da er eine solche Frau genommen, nicht bei der Hochzeit einstellen und zog sich in großem Zorn auf eins ihrer Landgüter zurück. Dionigia brachte es durch ihre Liebenswürdigkeit dahin, daß der König ihr mehr als sich selber ergeben war. Sie ward nach einiger Zeit schwanger, als der König ihr Gemahl mit einem großen Heere nach einer Insel ziehen mußte, die sich wider seine Herrschaft empört hatte. Er nahm also Abschied von ihr und empfahl sie seinem Vice= könig, daß er für sie sorge und sie in Ehren halte als seine Königin und ihm Nachricht zuschicke, wie es ihr bei der Niederkunft ergangen sei, worauf er England verließ.

Zur rechten Zeit genas Dionigia zweier Knaben. Der Vicekönig säumte nicht seinen Herrn von dem freudigen Ereignisse in Kenntniß zu setzen. Der Bote aber, welcher den Brief überbringen sollte, kehrte unterwegs in dem Schlosse ein, welches die Mutter des Königs bewohnte, und gab ihr Nach= richt von der Geburt der Zwillinge. Dadurch stieg ihr Groll aufs Höchste, und als die Nacht gekommen und der Bote schlief, vertauschte sie den Brief, den er bei sich trug, mit einem andern, den sie selbst geschrieben. In diesem stand, daß zwei Aeffchen von nie gesehener Häßlichkeit und Miß= gestalt geboren worden seien. Am folgenden Tage entließ sie den Boten reich beschenkt mit der Ermahnung, bei der Rückkehr wieder den Weg über ihr Landgut zu nehmen, was er ihr auch versprach. Im Lager angekommen, übergab er dem König den untergeschobenen Brief. Dieser wollte seinen Augen nicht trauen, als er ihn las; nichtsdestoweniger schrieb er an seinen Vicekönig, er solle die Zwillinge aufziehen lassen und seiner Gemahlin alles Gute und Liebe erweisen, bis er selbst zurückkomme, was bald der Fall sein werde. Nachdem er den Boten mit dem Briefe abgeschickt, gab er sich ganz sei= nem Schmerze hin. Getreu seinem Versprechen nahm der Bote seinen Weg über das Schloß, in welchem die Mutter seines Herrn wohnte. In der Nacht, als er schlief, nahm sie ihm wiederum den Brief, den er überbringen sollte, las ihn und ärgerte sich sehr, daß ihr Sohn die Nachricht so

gleichmüthig aufgenommen und nicht vielmehr den Tod seiner
Gemahlin befohlen habe. Deshalb vertauschte sie abermals
den ächten Brief mit einem andern, welcher folgenden In=
halt hatte: Sobald du diesen Brief erhalten, nimm meine
Frau und die Zwillinge und tödte sie alle mit einander;
denn ich weiß, daß es nicht meine Kinder sind. Der
Bote, den sie abermals reich beschenkte, blieb ohne Ahnung
von dem was vorgefallen. Als er dem Vicekönig den Brief
überbrachte, war dieser außer sich vor Entsetzen über das
was darin stand und fragte ihn, wer ihm den Brief ge=
geben habe. Der König selbst, versetzte der Bote und fügte
zur Bekräftigung hinzu, der König sei ganz betroffen ge=
wesen, als er den Brief seines Statthalters gelesen. Da
kamen dem Vicekönig die Thränen in die Augen und weinend
ging er zur Königin, der er den Brief zeigte und sagte: Lest,
Herrin. Die Königin wußte ihres Jammers kein Ende, als
sie den Brief gelesen. O ich Elende, rief sie ein über das
andere Mal aus, niemals habe ich eine glückliche Stunde ge=
habt. Dann nahm sie ihre Kinder in den Arm und sagte:
Meine Kinder, zu wie großem Unheil hab ich euch das Leben
gegeben. Was habt ihr verbrochen, daß ihr sterben sollt?

Untröstlich überhäufte sie die armen Kleinen, die schön
waren wie Sterne, mit Küssen. Auch der Vicekönig
wußte sich lange Zeit nicht zu fassen und stimmte in ihre
Klagen ein; endlich sagte er zu ihr: Herrin, was wollt
ihr thun? oder was wollt ihr, daß ich thue? Ihr seht, was
mein Herr schreibt: nichtsdestoweniger fehlt mir der Muth,
seinen Befehl auszuführen. Nehmt deshalb eure Kinder,
ohne daß es Jemand sieht: ich werde euch an die See be=
gleiten, wo ihr euch mit Gott einschiffen mögt. Irgend=
wohin wird euch das Geschick führen, wo ihr vielleicht

glücklicher sein werdet. Sie war damit einverstanden und
begab sich in der folgenden Nacht, ohne daß es jemand sah,
an den Hafen, wo sie einen Schiffer bat, sie nach Genua
zu bringen. Der Vicekönig gab ihm Geld und trug ihm
auf, für sie zu sorgen; dann nahm er unter Thränen von
ihr Abschied. Das Schiff brachte bei günstigem Wind die
unglückliche Frau nach Genua. Dort verkaufte sie einige
Juwelen, nahm zwei Ammen und zwei Kammerfrauen in
Dienst und begab sich nach Rom, wo sie ihre Söhne, von
welchen sie den einen Carlo, den andern Lionetto nannte,
mit der größten Sorgfalt aufzog. So wuchsen die beiden
Knaben heran und nahmen zu an Alter wie an Tugend,
daß alle erstaunten, die sie kennen lernten; auch ließ sie die
Knaben von den besten Lehrern unterrichten und sie Alles
lehren, was sich für Edelleute geziemt. Nachdem sie das
gehörige Alter erreicht hatten, schickte sie sie an den Hof
des Pabstes, ohne zu sagen, wer ihr Vater sei. Als der
Pabst erfuhr, welch ehrbares und heiliges Leben die Edel=
frau führe, und sah, wie wohlgezogen und schön von Ge=
stalt ihre Söhne seien, empfing er diese äußerst gnädig und
gab ihnen eine reiche Ausstattung, so daß sie glänzend leben,
Diener und Pferde sich halten konnten.

Es begab sich aber, daß der Pabst eine Fahrt über
Meer gegen die Sarazenen unternehmen wollte und zu
diesem Ende alle Könige und Fürsten der Christenheit,
unter ihnen den König von Frankreich und den König von
England aufforderte, nach Rom zu kommen, damit er
ihren Rath über diese Fahrt hören könne. So fanden
sich auch die beiden Könige auf Befehl des Pabstes in
Rom ein. Wie war es aber dem König von England
bis dahin ergangen? Nachdem er die aufständische Insel

wieder unterworfen, war er nach London zurückgekehrt. Die
erste Frage, welche er an den Vicekönig that, war die
nach seiner Frau und nach seinen Kindern, und als ihm die
Antwort wurde, es sei mit ihnen geschehen, wie er befohlen,
doch seien sie nicht getödtet, sondern nur des Landes ver=
wiesen worden, und ihm zum Beleg sein Brief vorgelegt
wurde, da war der König aufs Aeußerste bestürzt und wollte
wissen, wer Schuld an dem Allen sei. Es stellte sich heraus,
daß seine Mutter das ganze Unheil veranlaßt habe, und
im Uebermaß seiner Wuth tödtete er sie. Ueberall hin sandte
er Boten aus, die seine Frau suchen sollten. Als er hörte,
wie schön seine Kinder gewesen seien, wollte er vor Gram
sterben, und lange Zeit währte es, ehe er jemand mit sich
sprechen ließ. Nichts vermochte ihn zu erheitern, so groß
war die Liebe, die er zu seiner Frau trug, welche er auf
so unselige Weise verloren hatte. Da kam jene Aufforderung
des Pabstes und er beeilte sich ihr Folge zu leisten. Er
nahm seinen Weg über Frankreich, wo sich der König von
Frankreich ihm anschloß. In Rom angekommen wurden beide
vom Pabste mit großer Liebe empfangen. Es begab sich
aber, daß Dionigia Beiden in den Straßen Roms begegnete
und in dem einen ihren Bruder — denn der Vater war
unterdessen gestorben — in dem andern aber ihren Gemahl
erkannte. Da ging sie zum Pabste und sagte ihm: Heiliger
Vater, Ihr wißt, daß ich niemals habe sagen wollen, wer
der Vater meiner Söhne sei, noch wer ich selbst bin: jetzt ist
der Augenblick gekommen, Beides kund zu thun, indem ich alles
Weitere Eurer Heiligkeit anheimstelle. Ich bin die Tochter des
verstorbenen Königs von Frankreich und die Schwester dessen,
der jetzt in Rom ist. Mein Vater wollte mich gegen meinen
Willen an einen alten Mann verheirathen; aber in meinem

jugendlichen Uebermuth flüchtete ich nach England und verbarg mich dort in einem Kloster. Hier sah mich der König von England, fand Gefallen an mir und nahm mich zur Gemahlin, ohne zu wissen, wer ich war; ich gebar ihm diese beiden Söhne, als er außer Landes war. Aber er wollte sie nicht als seine Kinder anerkennen und schickte den Befehl, mich und sie zu tödten, worauf ich mit Hülfe eines seiner Diener mich flüchtete und hieher kam. Seitdem habe ich, wie Eure Heiligkeit weiß, hier gelebt und mich der Erziehung meiner unglücklichen Kinder gewidmet. Als der Pabst dies vernommen hatte, tröstete er sie und sagte, sie solle einstweilen nach Hause gehen. Er aber beschied die beiden Könige und auch die beiden Jünglinge vor sich, und als sie gekommen, fragte er den König von Frankreich: Kennt Ihr, allerdurchlauchtigster König, diese Beiden? worauf dieser mit Nein antwortete, und als er dem andern König dieselbe Frage vorlegte, erhielt er den gleichen Bescheid. Da wandte sich der Pabst zu beiden Königen, machte sie mit dem Stande der Dinge bekannt und ließ den Einen in den jungen Leuten seine Söhne, den Andern seine Neffen erkennen. Als der erste Jubel vorbei war, fragten sie nach der Mutter. Der Pabst ließ sie kommen: als sie kam, fiel sie ihrem Bruder um den Hals und gab ihm viele Küsse, aber um ihren Gemahl kümmerte sie sich nicht. Nach dem Grunde ihres Benehmens befragt, sagte sie: Der Grund ist die Grausamkeit, mit der du mich behandelt hast. Unter Thränen erzählte ihr nun der König, wie alles gegangen, wer die Schuld trage und wie er Rache genommen habe. Da nahm ihn Dionigia wieder zu Gnaden auf, und der Freude war kein Ende. So blieben sie noch einige Zeit in Rom und führten ein vergnügtes Leben. Als sie endlich an die Rückkehr in die Heimath dachten, sagte die Königin zu ihrem Gemahl: Sieh, ich gebe dir diese als deine Söhne; laß sie dir anempfohlen sein und geh mit Gott. Denn ich will hier bleiben und mich von der Welt zurückziehen, um meine Seele zu retten. Vergebens betheuerte der König, daß er nicht ohne sie Rom verlassen werde, sie beharrte auf ihrem Vorsatze; erst als der Pabst und ihr Bruder, der König von Frankreich, ihre Bitten mit denen ihres Gemahls vereinigten, gab sie nach und machte durch ihre Einwilligung ihren Gemahl zu dem Glücklichsten, der je gelebt. Darauf nahmen sie Abschied vom Pabste und verließen Rom. Zuerst gingen sie mit dem König von Frankreich in sein Land, wo große Feste gefeiert wurden, und dann nach England.

Pierer'sche Hofbuchdruckerei. Stephan Geibel & Co. in Altenburg.

www.ingramcontent.com/pod-product-compliance
Lightning Source LLC
Chambersburg PA
CBHW030630030726
47497CB00006B/1725